明清西溪南诗词选

吴有祥　吴军航◎编著

安徽师范大学出版社
·芜湖·

图书在版编目(CIP)数据

明清西溪南诗词选 / 吴有祥，吴军航编著 .— 芜湖：安徽师范大学出版社，2019.6
ISBN 978-7-5676-4124-2

Ⅰ.①明… Ⅱ.①吴… ②吴… Ⅲ.①古典诗歌－诗集－中国－明清时代 Ⅳ.①I222.74

中国版本图书馆 CIP 数据核字(2019)第 100614 号

明清西溪南诗词选　　吴有祥　吴军航◎编著

责任编辑：胡志恒
装帧设计：张　玲
出版发行：安徽师范大学出版社
芜湖市九华南路 189 号安徽师范大学花津校区
网　　址：http://www.ahnupress.com/
发 行 部：0553-3883578　5910327　5910310(传真)
印　　刷：江苏凤凰数码印务有限公司
版　　次：2019 年 6 月第 1 版
印　　次：2019 年 6 月第 1 次印刷
规　　格：700 mm×1000 mm　1/16
印　　张：20.75　　插　页：2
字　　数：316 千字
书　　号：ISBN 978-7-5676-4124-2
定　　价：56.00 元

高眺西溪南村一角

西溪南雷堨水口

西溪南溪边景色

西溪南元代建筑“老屋阁”

目　录

吴义培 // 251

词 选

导 言

如果你从徽州府城（今歙县）的太平桥出发，沿丰乐河驱车西上约二十公里，便来到一个名为西溪南的古村。对于今天大多数的旅游爱好者来说，这个位于徽州盆地西部边缘、黄山余脉金竺山东麓、丰乐河南岸的村庄，与众多的徽州乡村一样，早已被现代工业文明的浪潮冲刷得古风无几了。村外一栋栋规划整齐的新农村别墅，只有白色的墙面和楼顶高耸的马头墙，才标识着它与古代徽州的联系。许多外地游客对西溪南的了解，一是它离新建的黄山高铁站近在咫尺（三华里），另外就是村北的丰乐河边，有一处湿地公园正吸引着越来越多的“驴友”前往参观。每当盛夏酷暑，当你从热浪滚滚的都市来到村北边浓阴匝地的河岸及杨树林沙洲（当地村民俗称溪边），漫步在依河而建的青石板小巷；或伫立小木桥上，看着脚下清澈见底的溪水，日光下彻，影布石上，戏游于荇藻间的鱼群，倒映在水中的白墙黑瓦、丛筱翠竹，宛然一派“绿树村边合，青山郭外斜”的唐诗意境。青溪、绿树、远山，古道、小桥、老屋，自然风光与人文建筑如此浑融一体，有如一幅工笔彩绘的青绿山水画，令人陶醉，仿佛置身于陶渊明笔下的桃花源，或是道教神话中远离尘嚣的清凉世界。这时你身上的烦热及心里的烦躁就会一扫而光，鄙秽之念全消，思古幽情顿生。——这可能是许多外地游客初到西溪南的第一印象。

一些现代人往往满足于物质的占有和享受，而对自己脚下这片土地过去的历史一无所知；有些人把祖先的遗产当作奇货可居的商品，心里只盘算着它能给自己带来多少经济利益，而漠视遗产背后悠久厚重的文化内涵。如果你是一个想寻幽探古的旅行者，浮光掠影式的“到此一游”，搔首弄姿地拍几张照片，显然是无法真正触及西溪南村的历史脉搏，这时你就必须走进村庄内部，深入到尚存的古代建筑之中，去聆听，去感受，去体悟那些若隐若现的古代文明信息。中华民族拥有五千年的悠久历史，每一个村镇、每一座民宅都有自己厚重的历史，都承载记录着某种独特的民情风俗和地域文化，凝聚着我们祖先对宇宙人生的思考和祈求，其中曾上演过无数或优美动人或悲怆感伤或惊心动魄的故事。可以说，古建筑本身就是一部生动的乡土文化教材，是有生命有温度有灵性的文化化石，而这种乡土文化在历代官方的正统文献中很少被提及，从这个意义上说，一个村落中那些硕果仅存的古建筑应该引起现代人足够的敬畏。不幸的是，在过去的一个多世纪，由于东西方文明碰撞导致的激烈冲突，由于中华民族长期遭受侵略而产生的文化认同危机，一些文化精英在反思传统文化弊端的同时，恨屋及乌，逐渐把祖先遗留下来的文化遗产包括古建筑也视为停滞和落后的象征，视作某种思想守旧和倒退的文化标签，古建筑似乎是与现代文明格格不入的障碍物。基于这样的文化偏见，华夏大地上演了不少让人痛心疾首的文化破坏。以徽州为例，清末咸、同年间太平军与清军在此进行了长达八年的拉锯战，兵燹战乱使徽州许多古村落十室九空，无数精美绝伦的祠堂民宅化为废墟瓦砾，幸存的古建筑在其后的战乱中又经历了一次次的人为破坏。改革开放之初，文化遗产保护尚未成为国人的观念共识，而钢筋水泥的“洋房”却成为富裕小康的标志，于是刚刚脱贫致富的农民又迫不及待地拆老屋建新房，徽州境内的古建筑再次遭受浩劫。影星成龙所拥有的四套徽州古民居，就是在上世纪80年代搬离徽州的；而休宁山村的一栋明代官宦宅第“馀荫堂”，则是在更晚的90年代中期飘洋过海，来到美国东北海岸弗吉尼亚州的一小镇落户。如今，我们只能从一些地名上追忆想象当地若干年前的人文建筑景观，如宗祠前、社屋前、琴溪亭、百贤堂、文昌阁、楠木厅、进士第、状元坊、土地庙、灵金寺、水口塔等，物毁而徒存其名，这是多么令人心酸的记忆！更何况许多古建筑的消失仅仅发生在近三十年之内！

古建筑是一种不可再生的历史文化资源，无论我们如何痛心惋惜，那些消失的古建筑已化作历史的尘埃，成为日渐模糊的历史记忆，永远不可能穿越时空隧道而复活。今天许多地方的“重建”“再造”，只能是现代人“聊胜于无”的自我安慰，或是为招揽游客而打的商业广告，因为重建的文物已失去了原有的历史文化内核，而成为一具徒有其表的假古董，这正如圆明园和北京城墙不能恢复一样。然而这并不是说现代人在保护文化遗产方面就无事可做了：那些处于风雨飘摇之中日渐减少的濒危古建亟需抢救保护，而业已消失的古建筑背后的文化遗存也需要我们去挖掘整理，后者更应成为地方文化研究的重点。文化是具有多层面内涵的复合体，除了显性可见的物质层面外，它还有隐性的精神内核，后者或被记载于文字典籍，或被保存于民间传说、民俗信仰甚至方言土语中，是文化诸要素中最稳定最具生命力的部分，往往不随着物质层面的毁灭而消失。对于地域特色鲜明且物质遗存丰厚的徽州文化来说，尤其如此。自古以来，徽州因地处万山之中交通闭塞的地理环境，以及中原移民文化与山越土著文化融合的历史背景，而保留着长期稳定的封建宗法社会结构，孕育了灿烂辉煌的徽商文化和民间工艺，涌现出朱熹、罗愿、程大昌、程敏政、汪道昆、江永、戴震、程晋芳、鲍廷博、俞正燮、王茂荫、胡雪岩、黄宾虹、吴承仕、陶行知、胡适等一大批文化名人，可以毫不夸张地说，宋元以后的中国封建文化，或多或少都沾染上某些徽州地域文化的色彩。即以人文社科领域为例，徽州文书的面世，被学术界誉为与殷墟甲骨文、敦煌遗书并列的20世纪三大文献发现，极大改变了人文社科研究尤其是明清史研究的格局，为人们重新认识中国晚期封建社会提供了全新的资料和视角。事实上，徽州在明清时被称为东南邹鲁、文献之邦，近现代以来虽屡经动乱忧患，文献散佚严重，但留存至今的乡邦文献仍相当可观，尤其是某些不知名文士的诗文集和当地文人编纂的族谱及村落志（不包括地方官府组织纂修的府志、县志），一是因存世数量少，有些只有稿本孤本；二则因学术界过去利用不够，因而对于地方文化研究具有极高的史料价值，是有待挖掘的一个资料宝库。

西溪南是徽州腹地一个历经劫难而古韵犹存的村落。因地处丰乐河南岸，所以古称丰南或丰溪，自唐末五代起，新安吴姓居民世代在此聚族而居。徽州各地历代所修的《吴氏族（宗）谱》，都把吴氏始祖溯源至春秋时吴王寿梦的少子季札，甚至追溯至更早的吴太伯，因季札的封地在延陵（今江苏常州附近），故称郡望为“延陵吴氏”。吴氏发祥的源头浸润流淌着浓郁的儒家礼乐文化的馨香，季札则是先秦儒家文化最早的奠基者之一，这在典籍中有明确的记载。《史记·吴太伯世家》载太伯为周朝祖先周太王的长子，“而王季历之兄也。季历贤，而有圣子昌。太王欲立季历以及昌，于是太伯、仲雍二人乃奔荆蛮，文身断发，示不可用，以避季历。季历果立，是为王季，而昌为文王。”太伯作为长子而主动让贤，显示其坦荡无私的君子人格，所以孔子称赞道：“泰伯，其可谓至德也已矣。三以天下让，民无得而称焉。”因此太伯在历史上赢得了“让王”的美誉。季札是太伯的第二十世孙，同样秉承了其祖上的谦让美德。《左传·襄公十四年》载，吴王寿梦薨后，其长子诸樊即位。诸樊认为自己的德才不及弟弟季札，因而要让位于季札。“季札辞曰：曹宣公之卒也，诸侯与曹人不义曹君，将立子臧。子臧去之，遂弗为也，以成曹君。君子曰能守节。君，义嗣也，谁敢奸君？有国，非吾节也。札虽不才，愿附于子臧，以无失节。固立之，弃其室而耕，乃舍之。”季札让国的举动正是对周公制定的“嫡长子继承制”的坚定维护，符合儒家“谦尊而光”“谦谦君子，卑以自牧”的伦理道德规范，仅此一事就足以使季札在历史上留下不朽的名声，所以左丘明在《左传》中郑重地记录下这一笔。《左传》中对季札最浓墨重彩的描述，是襄公二十九年季札聘鲁，请观于周乐。他本着儒家“音乐之道与政相通”的哲学思想，对各国音乐与政治及民风之间的关系发表了一通深刻精辟的议论。不妨摘引如下：

使工为之歌《周南》《召南》，曰：“美哉！始基之矣，犹未也，然勤而不怨矣。”为之歌《邶》《墉》《卫》，曰：“美哉渊乎！忧而不困者也。吾闻卫康叔、武公之德如是，是其《卫风》乎！”为之歌

《王》，曰："美哉！思而不惧，其周之东乎！"为之歌《郑》，曰："美哉！其细已甚，民弗堪也。是其先亡乎！"为之歌《齐》，曰："美哉！泱泱乎！大风也哉！表东海者，其太公乎！国未可量也。"为之歌《豳》，曰："美哉！荡乎！乐而不淫，其周公之东乎！"为之歌《秦》，曰："此之谓夏声。夫能夏则大，大之至也，其周之旧乎！"为之歌《魏》，曰："美哉！沨沨乎！大而婉，险而易行，以德辅此，则明主也。"为之歌《唐》，曰："思深哉！其有陶唐氏之遗民乎！不然，何其忧之远也？"为之歌《陈》，曰："国无主，其能久乎！"自《郐》以下无讥焉。为之歌《小雅》，曰："美哉！思而不贰，怨而不言，其周德之衰乎？犹有先王之遗民焉。"为之歌《大雅》，曰："广哉，熙熙乎！曲而有直体，其文王之德乎！"为之歌《颂》，曰："至矣哉！直而不倨，曲而不屈，迩而不逼，远而不携，迁而不淫，复而不厌，哀而不愁，乐而不荒，用而不匮，广而不宣，施而不费，取而不贪，处而不底，行而不流。五声和，八风平。节有度，守有序，盛德之所同也。"

见舞《象箾》《南籥》者，曰："美哉！犹有憾。"见舞《大武》者，曰："美哉！周之盛也，其若此乎！"见舞《韶濩》者，曰："圣人之弘也，而犹有惭德，圣人之难也。"见舞《大夏》者，曰："美哉！勤而不德，非禹，其谁能修之？"见舞《韶箾》者，曰："德至矣哉，大矣！如天之无不帱也，如地之无不载也。虽甚盛德，其蔑以加于此矣，观止矣。若有他乐，吾不敢请已。"

这段议论不仅是春秋时代重要的音乐理论文献，也是我国哲学史及美学史上有关音乐与政治关系的经典论述，它开创了"审音以知政"的音乐欣赏方式，对后世儒家音乐美学思想的形成具有里程碑意义，之后的《礼记·乐记》就是在此基础上的理论总结和发展。我们只要粗略地浏览先秦典籍，就会发现其中有关季札的记载非常多，如延陵挂剑的故事，由此可见延陵吴氏作为一古老文化世家的感召力，其世德厚泽绵延百代而流芳至今。

延陵吴氏定居徽州的始祖是盛唐诗人吴少微（？—706），两《唐书》均有其传。《旧唐书·文苑传》："富嘉谟，雍州武功人也，举进士。长安中，累转晋阳尉，与新安吴少微友善，同官。先是，文士撰碑颂，皆以徐庾为宗，气调渐劣。嘉谟与少微属词，皆以经典为本，时人钦慕之，文体一变，称为富吴体。""少微亦举进士，累至晋阳尉。中兴初，调于吏部。侍郎韦嗣立称荐，拜右台监察御史。卧病，闻嘉谟死，哭而赋诗，寻亦卒。有文集五卷。"徽州在汉魏南北朝时，尚属文化欠发达的"蛮荒之地"，当时境内居民以山越人为主，生产力比较落后，中原文化的辐射还很微弱。直到南朝后期，由于毗邻首都建康，加上中原移民的大量迁入，文风才逐渐昌盛。但真正能在文学史上占有一席之地的徽州文人，则吴少微无疑是第一人。这不仅因为他在科第仕途上的成功，更因为他在盛唐的文学园地开创了一新的文章风格流派"富吴体"，扭转了自南朝以来的绮靡卑弱文风，这不仅需要学力的富赡，更需要相当的学术识见和魄力。吴少微做到了这一点，所以正史为他立了传，因此我们称他为"新安文学第一人"，是不过分的。吴少微之子吴鞏，虽然名声不及其父，但同样能克承父业，于开元十七年（729）中进士。程敏政纂修的《弘治休宁县志》卷十二载："吴鞏，御史吴少微之子，居石舌山。开元中拜中书舍人，以文行知名，人为改石舌山为凤凰山，莲池为凤凰池。"[①]此后，定居休宁的吴氏枝分派徙，渐散居于新安各地。至吴少微的九世孙吴光，于唐末由休宁迁丰溪，是为丰溪吴氏始祖，遂在丰乐河两岸的狭长平原上繁衍生息，衍生出歙西平原上富庶而文风昌盛的古村，至明清之际而臻鼎盛。

自吴光迁居丰溪后，历宋元至明清，虽历经朝代更迭陵谷变迁，丰溪吴氏仍恪守诗礼传家的延陵家风，数百年不替。如"宋九世祖翼之公（字符辅），不乐仕进，上承庭训，孝友于家，下励子孙读书。宋十世从祖自中公，嘉定甲申进士，诗文雄伟，著有《易讲义》《书讲义》《史评》

① 凤凰池：唐代人习惯称中书省为凤凰池。

诸书。”“元十三世祖倧公（原名应时，字尚贤，号存初），善诗文。尝与方秋崖、方虚谷、蒋云岩、曹宏斋、吴古楼暨族橘园、兰皋、一飞、兰畹诸公唱和，名称一时。十六世从祖芳师公，以明经举进士，官内台御史，擢典瑞院佥院。”“明二十一世祖崇恕公（字本忠），读书喜诗，好礼尚义，为乡里所雅重，四方贤士大夫咸纳交焉。篁墩程先生以诗赠之，而曹定庵、钱鹤滩、刘坦斋、陈矩庵、王西园、唐新庵诸君子亦歌以诗。明二十二世祖尚莹公（字良玉），天性至孝，辟地为别圃，曰东园，以娱老亲。凡有可以养亲者无不毕具，其孝行如此。二十三世祖正学公（字伯可），以专经入成均，其遗文传播艺苑。二十三世从祖守淮公，善诗赋，有《虎臣诗集》。二十三世从祖应明公，万历丙戌进士，令安福，期年而易俗移风。三赈邑荒，民至感激泣下。擢科给，屡陈御外治内之策，直声大振，官至太常寺少卿，著有《教养录》《从先录》《荒政要录》。二十四世祖光岳公（字汝钟），好儒术。尝积谷备歉，乡里赖之。二十五世祖公遂公（字季常），重气节，广交游，精研《天元赋》及《三合》《六神》诸书，刊有《五要奇书》；又精歧伯华扁之术，增修《本草》刊行。”①

西溪南文风之盛，除了归功于延陵吴氏文脉的遗泽馀芬外，也与徽州整体的文化氛围及地理环境有关。与徽州其他地方一样，由于人稠地狭，西溪南吴氏“业贾者什家而七，服田者十三”，“率以货殖为恒产”，经商致富所积累的经济基础是文化发展的前提，正如韩结根先生在其博士论文中所论：“明代中后期，徽州地区商业经济获得了前所未有的飞速发展，当时无论是就商业资本的雄厚而言，还是资本活跃之程度而言，全国很少有地区能和徽州相匹敌。”②至明中叶，西溪南多富商大贾及官宦文士，如明末刻书家吴勉学（师古斋）、吴琯（西爽堂）、吴养春（泊如斋），他们刊刻的书籍以校勘精审、刻工精良、装帧考究而著称，如吴

① 吴吉祜辑《丰南志》卷八，吴荫培《蜀抱轩文杂抄序》，吴晓春、张艳红点校，黄山书社 2017 年版。

② 韩结根《明代徽州文学研究》，复旦大学出版社 2006 年版，第 136 页。

勉学校刻的《伤寒六书》《性理大全》《近思录》《花间集》《唐诗正声》、吴养春校刻的《泊如斋重修宣和博古图录》、吴琯校刻的《古今逸史》《水经注》《晋书》《诗纪》等，均是当今收藏界宝爱的善本古籍。此外，万历二十年进士吴士奇、天启五年探花吴孔嘉、崇祯元年进士吴廷简，以及流寓嘉定的著名文士李流芳、版画家吴羽、书画收藏大家吴廷、吴桢都是该村人。嘉靖年间曾任兵部侍郎的汪道昆，与王世贞并称为“两司马”，其家乡松明山与西溪南仅一河之隔。汪道昆致仕后回乡里居，曾组织“白榆社”“丰干诗社”，成员中就有很多西溪南村文士。万历年间任礼部尚书兼武英殿大学士的许国，其子孙三代均与溪南吴氏连姻。此外，明末村中大富商吴养春与同族吴孔嘉因隙成仇，遂酿成黄山大案，也是明末政治生活的一大事件，《明史》卷三百五《宦官传二》记载如下：“编修吴孔嘉与宗人吴养春有仇，诱养春仆告其主隐占黄山，养春父子庾死。（魏）忠贤遣主事吕下问、评事许志吉先后往徽州籍其家，株蔓残酷。知府石万程不忍，削发去。徽州几乱。”此案因家族内斗而酿成，但却波及朝廷，可见其影响之大。至清初，石涛曾在西溪南收藏家吴伯炎家见到倪瓒的真迹，流连不能去，此后多次来村中观摹名画，与当地文士结下了深厚的友谊；徜徉于丰溪两岸的青山绿水中，得山川灵气之助，也留下了许多书画佳作，著名的《百美图》就是在西溪南创作完成的。

古人有所谓钟灵毓秀、英贤荟萃、代有闻人之说，折射出山川地理与人文风尚间的相互关系。民国文人胡逸民曾论及徽州文化与山川之关系：“黄山峰峦奇特，气脉雄厚，江南之名山也。山脊有箬岭，歙、太二邑交界处。歙在箬岭以南，为新安首邑，多大村巨族，吴氏尤为歙之世家，溯自唐宋以来，已千数百载于兹矣。吴氏代有文人，载在史乘者班班可考焉。盖由山川雄厚奇特之气磅礴而郁积，而钟之于人，秉其气者，达而在朝为名卿、为循良吏，其未通显者亦不失为朴学，而皆不欲仅以诗文传也。”明代邑人程孟在《溪南》一文中亦称赞西溪南的山川人物之美：“其人物之俊秀，财产之丰厚，功名之烜赫，虽由祖宗积累所致，然亦必由斯地风气完聚、相与符合而有以致之也，岂非天地钟设而待于吴氏乎？”程孟并在文末附有一诗：“南溪佳丽古今夸，乔木参天老世家。循习遗风敦礼义，不同时俗兢纷华。良畴极目平如掌，流水通村活似蛟。让德固宜昌后裔，厥居攸遂乐无涯。”①

以上所述只是西溪南村历史上的辉煌，我们再把目光投向当今，便多少会有些遗憾。文化积淀如此深厚的古村，今天到底还有多少遗产留存于世呢？这恐怕是一个令丰溪后人汗颜的问题。由于战乱及天灾人祸等原因，村中的许多古建筑如今已荡然无存。村内房屋建筑及街巷布局大体保留着数百年前的古貌，但与周边的几个热门旅游景点如西递、宏村、呈坎相比，西溪南现存的古建筑已屈指可数。建于明初的老屋阁及其边上的绿绕亭（建于明景泰年间），为全国重点文物保护单位，是村中硕果仅存的两颗古建明珠。而据民国年间村人吴吉祜先生所辑的《丰南志》一书，西溪南在清中叶鼎盛时期有7条街道34条小巷，20座祠堂，30栋名宅，20多处园林，10处社屋，16处寺观，此外还有书院、牌坊、水堨、水碓、路亭、池塘等多处。十二楼、曲水园、馀清斋、高士楼、钓雪堂、果园均为徽州著名的私家园林，在《徽州府志》及《歙县志》中均有记载，可惜如今除了果园尚部分完好外，其余的均已难寻踪影，或仅存断壁残垣埋没于荒草丛中，令人叹惋。最令人痛心的是建成于崇祯元年（1628）的思睦祠，新中国成立后因用作学校校舍，在上世纪70年代尚属完好，其大门、中门及享堂均用楠木建造，两廊有百馀根方形石柱，村人称之为楠木厅，极为富丽壮美，是徽州古建的瑰宝，不幸毁于1979年8月的一场大火。

这就是西溪南村目前古建的现状，也是绝大多数徽州古村落现状的一个缩影，要想恢复百年前的村容旧貌，是不现实也是不必要的。我们今天挖掘整理地方文化资源，面临的一个紧迫课题是：面对古代文物不复存在的现实，如何从历史的废墟中抢救清理文物背后的非物质文化遗存（如家训、族规），使其重现于当代人的精神生活中，成为构建现代人

① 《丰南志》卷八《艺文志》。

精神家园的的历史资源。这样，年轻一代才不致于成为数典忘祖的“空心人”，成为无根的精神流浪者。即以家族文化为例，家训、家规是我国古代文化世家坚守的道德信条，是维系家族精神命脉的灵魂和血液，一些家族之所以历数百年而不衰，相当程度上得益于家训、家规的恪守和传承。著名的如《颜氏家训》《朱子家规》等，它将传统伦理文化融入家族日常生活中，落实在每个家族成员的言行举止、洒扫应对、揖退礼让之中，是一种生活化的人生哲学和伦理文化，但解放后长期被作为封建糟粕遭到批判和遗弃。笔者认为，当今社会出现的道德滑坡及信仰真空，与古代家训文化的断层和缺失不无关系。笔者在阅读《丰南志》过程中，发现书中颇多有价值的家训文化内容。如丰溪吴氏二十八世祖吴尔襄(字赞公)，“尝以三言自勖曰：立本不外孝弟，应事不外诚信，接物不外谦和。并以勖子孙。其在豫章时，值滇闽耿逆叛乱，寇突至乐安，城且破，公为防御，得免诛戮。教谕许君，端人也，特以身殉，厚资之以归葬。”又三十世祖吴邦佩（字纫兰)，“笃志心性之学，尝谓：爱子弟，当为求名师益友，使究先圣微言，习为孝弟之行。至于爵禄名誉，非所以劝也。闻武进秦先生龙光研究儒先之学，命诸子受业其门。先生尝辑诸儒四书之说为《四书大全》刊之，以广其传。”三十一世祖吴钺（字岘山)，“尝受业于同邑叶丽南先生，读书问政山中，倜傥有大志，留心经世之学，不屑屑于章句。经史子集，至老未曾释卷。遇事辄明大体，能持公议，人所诉讼不决者，不数言即中款会。其于利害得失若烛照而数计之，人咸倚重焉。与人交不设城府，与父言则依于孝，与子言则依于慈。其训子孙曰：存好心，行好事，说好话，亲好人。又曰：厚之一字学不尽，亦做不尽。又曰：读书报国。更以陶侃惜分阴之义相警。”三十三世吴椿，嘉庆壬戌进士，由翰林院编修官户部尚书，居家教育子弟，曾举“学问当思胜于我者，境遇当思不如我者”一联为座右铭。这些治家格言式的家训大多未形成专书，只是散见于上引诸人的诗文作品中，如果仔细梳理，定会有更多有价值的发现，其中不少内容可为当今和谐社会的建设提供有益借鉴。这是我们阅读《丰南志·艺文志》诗文作品部分的收获，愿与更多的读者一同分享。

笔者为土生土长的西溪南人，对家乡这方热土充满了挚爱之情，大学毕业后又在齐鲁大地生活了二十多年，研究生阶段所学专业为中国古典文献及文学，先后浸染于两种不同的地域文化之中，再反观徽州历史文化，就多了一份参照和座标。徽学研究是当今学术界的热门学问，名家辈出，成果丰硕，笔者无心也无力跻身其中，但作为一个地道的徽州人，总想以自己所学为家乡贡献一点绵薄之力。近两年来，因孩子身体的原因长住徽州，与志同道合的老朋友吴军航兄朝夕相处，我们在查阅了相关方志、族谱等乡邦文献之后，结合当今的文物保护现状，萌生了编写一部《明清西溪南诗词选》的念头。编撰此书的初衷，还基于以下三点考虑：

一是由于西溪南地面文物毁坏严重，而文献遗存（包括村落志、文书、族谱及民间口述历史等）相对丰富，对于重塑村落历史来说，两者可以互补印证。尤其是由吴晓春、张艳红、许振东三位先生整理的《丰南志》一书，最近由黄山书社出版，更为《明清西溪南诗词选》的编写提供了资料便利。《丰南志》卷九的《艺文志》部分，十分之九的篇幅收录了自宋至民国历代西溪南籍文士的诗词作品，或是外地文士歌咏丰溪山水风物的诗作，总共300多首，再加上《民国歙县志》及其他诗文别集所载的相关诗作，总数当在千首以上，这些诗歌作品可以构成一部简明的《西溪南诗史》。它为我们从诗歌的角度认识不同时期丰溪两岸的自然风光、风土人情以及当时村民的日常生活，提供了第一手真实而鲜活的历史记录，从中也能窥见历史的风云变幻给徽州一隅带来的冲击，给丰溪先民带来的心灵震荡。如明清鼎革之际清军南下以及其后的太平天国战乱，都给徽州造成了空前的浩劫，许多丰溪家庭惨罹荼毒，家破人亡，妻离子散，这一页页惨痛的历史在诗中都有反映。如顺治二年（1645）春史可法困守扬州，城陷后清军统帅都铎下令屠城十日，这就是惨绝人寰的“扬州十日”。当时吴之騄的叔父吴允森一家身处围城，吴允森及其子吴之骖、吴之驾被杀，叔祖母洪氏及女儿瑞芳等女眷投井自杀，几乎全家殉难。吴之珽悲痛欲绝，写下了《挽叔祖母隆吉孺人洪氏节烈》等诗："三年忍死泣遗孤，一旦重围叹止乌。马上无家皆去妇，井中有路独从夫。山河破碎贞心在，城郭萧条烈骨殊。不道寒泉多寂寞，殉亡诸娣尽吾徒。"可谓字字血，声声泪。如此悲怆血腥的历史，丰溪后人难道不应该记住吗？再如咸丰十一年（1861），太平军攻占扬州，吴元照的妻子林兰时在城中，城破投井死，死前写有《自述诗草》八首，其创作心境类似杜甫当年写《月夜》《春望》时的悲愤凄凉，诗的史料价值毋庸置疑。所以我们设想：《西溪南诗词选》的编写，既是编撰地域文学史的新尝试，也可当作一部乡土历史教材来读，还可以为现今通行的文学史、古代史教材作些许补充和印证。所以我们从目前搜集到的五百多首古诗词中，挑选出约两百首与西溪南的历史人文有关的作品，大致按历史年代顺序编排，每位作者系以生平事迹小传，并附以简要的注释。注释以诠释语典为主，兼及写作背景及诗歌艺术手法的分析，庶几以诗存史，知人论世。入选的诗人大多为西溪南籍文士，也有部分作者的籍贯为外地，但曾到过西溪南，或其诗作曾描写歌咏过丰溪山水人文。一些作者的生平资料较少，生卒年月难以考订的，在其生平简介中则标注"不详或待考"。为节省篇幅，同一典故一般在首次出注，后见者不再注释或略注。

其次，自宋元以来，徽州号称文风昌盛之地，科第兴盛，人才辈出，有"连科三殿撰，十里四翰林""同胞翰林"等传世美谈。但徽州历史上的科第人才，大多在经学、理学及考据学上成就突出，而在文学上，除了吴少微、方回、汪道昆、李流芳、潘之恒、程嘉燧等少数几人被写入《中国古代文学史》教材，总体上缺乏第一流的文学大家，但这是否就意味着徽州人的文学成就不值一提呢？不能。因为文学史是由各个阶层的作家共同构成的，不同层次、不同水准的文学作品都应被纳入文学史的范畴，成为今人学习研究的对象。古代读书人是当时社会的文化精英，无论入仕与否，吟诗作赋、舞文弄墨几乎是他们的终身职业，即使是落魄潦倒的下层文士，到了人生的晚年，也有一两部诗文别集留世，以期生命的不朽。其中的诗文作品，也许艺术质量不高，或风格单一，缺乏鲜明的个性及创新，难以成为文学经典；但他们的作品仍是某种生命状态的记录和反映，是灵魂的呐喊或哭泣，是心灵的欢笑或悲歌，字里行间总有某种触人心弦的力量，让后世读者感动，至少它也反映了当时社会现实的某个侧面，因而具有一定的认识及审美价值。例如徽州文人程晋芳与吴敬梓的诗歌酬唱，对于了解吴敬梓的生平极有帮助，这已是文学史的常识。西溪南虽地处徽州的深山腹地，但明清时当地人因经商或游宦之故，足迹早已遍布大江南北、通都大邑，其诗文创作因受外面文化的影响而汇入当时文坛的主流，其中不少人与当时的文坛领袖有密切的交往，如清初西溪南人吴绮，字园次，侨寓江都，以贡生荐授中书舍人。少负才华，尤工诗词，遍交海内名流，其《乐府新声》为顺治皇帝所赏誉。后出任湖州知府，“地既名胜，四方嘉客毕临，唱酬游宴无虚日，而于政事无所妨。”人送雅号“三风太守”，谓风力、风节、风雅也，不久被诬罢官归里。吴伟业赠以诗云：“官如残梦短，客比乱山多。”吴绮与当时名士吴梅村、宋琬、孙枝蔚等人都有诗文酬唱，如孙枝蔚《溉堂集》卷一有《送吴园次守湖州》《湖州守吴园次招同诸子雨中泛舟平山下》等诗，又《同方尔止吴仁趾陪吴园次登多景楼时园次赴湖州任》，其一曰：

出城送客共跻攀，万里烟云杳霭间。
天下江山如此少，古来冠盖几人闲。
潮头日午添帆影，楼角风微散酒颜。
五马临行重回首，故知鱼鸟最相关。

其二：

登楼天气属青春，如练江光发兴新。
渺渺风帆疑未动，悠悠浴鹭故相亲。
老僧尚说三分主，名士何殊六代人。
若向碑间搜古迹，颜苏题满雪溪滨。

由此可见吴绮在清初文坛的影响，而且他还有《林蕙堂文集》十二卷、《续集》六卷传世，从中可以窥见清初江南文士的交游情况，是文学史研究的宝贵资料，也是我们编著此书的材料来源之一。又如，乾隆戊戌年进士吴绍浣，字杜村，官翰林院庶吉士，工诗古文词，钱泳在《履园丛话》卷八“谈诗”一节，专评其诗：

> 吴杜村观察，名绍浣，其祖父俱业盐，至杜村与其兄苏泉俱中进士，入翰林。杜村诗不多作，亦无专集，而笔甚遒峭。尝记其《舟中感怀》二首云：“枫叶兼芦荻，纷纷满客舟。水云千里白，风露一天秋。独宿同孤雁，愁怀寄远鸥。披衣人不寐，剪烛数更筹。”“江湖天地阔，感慨别离多。壮岁犹如此，衰年更奈何？怀人看落日，倚枕发高歌。长啸惊龙蛰，寒风起碧波。”七言如：“乡思暗随灯影动，客愁齐逐雨声来。乱山钟响僧归寺，古渡灯昏月满船。”《咏梅花》云：“山间月黯谁横笛，江上春寒独掩门。”又《寒夜》云：“众星皆淡漠，孤月自精神。”十字亦妙。

吴绍浣瓣香杜甫，所以自号杜村。上引诸诗只是他存世作品的片麟只爪，但确有杜诗的沉郁顿挫之美，音节顿挫而气韵沉雄，不愧为学杜而得其神髓之佳作。事实上，西溪南文人有文集传世的远不止吴绮一人，如元代吴倧有《渔矶脞语》，明代吴守淮有《吴虎臣诗集》，吴士奇有《绿滋馆稿》，清代吴从龙有《清晖馆诗》，吴之騄有《桂留堂诗集》，吴载勋有《味陶轩集》等，其中不乏艺术质量上乘之作。所以我们决不能以是否入选文学史教材为标准，来判断一个作家文学成就的高低。在古代文献流传日渐稀少的今天，任何一位古代文人的诗文作品，都有其独特的价值，至少对地域文化研究来说是如此。如《桂留堂诗集》旧序言：“从来地以人灵，人因地秀。山辉川媚，毓为文心；风发韵流，溢成篇叶。新安莲峰奇峭，练水澄清，奇士故尔如林，吴子尤为拔萃。年方弱冠，质不胜衣；学富三冬，胸藏武库；才优二酉，笔扫文师；耳目见闻，总皆诗料；嬉笑怒骂，悉擅骚坛。常闭户而孤吟，每登高而辄赋。或酒醒梦破，触绪遣愁；或春和景明，舒怀写致。至于钟情我辈，字字香生；若夫羁旅谁俦，言言木落。流莺堪为鼓吹，香醪可作诗钩。遇至德之可师，定书玉管；逢奇才之足仰，必报瑶章。情以性而深，词以学而赡。寻花邀月，檀板按歌；暖阁绮筵，金瓯酬韵。忧愁固好，欢娱亦工。绣虎雕龙，何云半豹；蕙心莲舌，岂待捻须？艳若春葩，情如秋水；皎同皓月，劲似苍松。时而龙吟，时而鹤唳；时而蕉雨，时而竹风；时而私语小窗，时而提兵大帅；时而音和琴瑟，时而声壮鼓钟。清庙明堂，可歌可颂；小奚老妪，共解共知。此诚天籁之自然，岂止心机之组织？洵是当今名宿，可称旷代才人。”虽不无溢美之辞，但确也说明吴之騄诗歌造诣之深，这与他身行万里、遍游天下名山大川的阅历是分不开的。正如其友万世杰在序言中所说：“耳公（吴之騄号耳公）家黄山，筑馆白龙潭侧，名桃花源。尝登莲花、始信二峰，置身天半，有芥视六合之意。又由新安江下，登严陵钓台，历两湖，溯扬子江，放舟武昌，登黄鹤楼，返匡庐，坐啸三叠泉，遵白鹿洞，访紫阳遗迹。此皆余茧足僻壤，私心向往不得至者。余读其诗，沉郁凄丽，似得山水之助。”这说明，明清时西溪南文人早已走出这山乡一隅，其诗文绝非“三家村”学究式的粗俗之作，而汇入了当时的文学主流。如果仔细梳理现存的西溪南古诗词，一定会激发读者对祖国锦绣山川的热爱，加深对悠久灿烂的中国古代文化的认识。

此外，我们还想借助《明清西溪南诗词选》，提高广大青少年读者及文史爱好者的古诗词阅读和欣赏能力，提升他们的古典文学素养，增加他们对中国传统文化、对家乡地域文化的认识和了解，对乡土的热爱和自豪感，这也是在当今“国学热”升温的背景下我们的一点尝试和期待。由于笔者才疏学浅，书中错谬不当之处一定很多，望广大读者不吝赐教，批评指正。

诗选

祝允明

祝允明（1460—1526），字希哲，号枝山、枝指生，长洲（今苏州人）。弘治间举人，后七应会试而不第，遂以举人身份出任广东兴宁知县，迁应天府通判，不久辞官。他是明中叶著名的书法家和文学家，与唐寅、文征明、徐祯卿并称为“吴中四才子”。传说祝允明的母亲是西溪南村人，他一生曾多次到过西溪南，熟谙丰溪的山水人文，并写下了《丰溪八景》组诗。按“八景”的出处最早可追溯至宋代。沈括《梦溪笔谈》：“度支员外郎宋迪工画，尤善为平远山水，其得意者有‘平沙雁落’‘远浦帆归’‘山市晴岚’‘江天暮雪’‘洞庭秋月’‘潇湘夜雨’‘烟寺晚钟’‘渔村落照’，谓之八景。”“丰溪八景”原为元代村人吴希德在《溪南吴氏八景记》一文中概括的溪南八处景观，即：祖祠乔木、梅溪书屋、南山翠屏、东畴绿绕、清溪涵月、西陇藏云、竹坞凤鸣、山源春涨。祝允明为此八景各赋七律一诗。康熙三十九年（1700），村人吴与桥将家传的祝书《丰溪八景诗》真迹摹勒上石，又请石涛依祝诗意境作画八幅，即《溪南八景图册》。原石存于吴氏宗祠，今石已佚，只有拓本传世。《溪南八景图册》真迹藏上海博物馆。

孙枝蔚（1620—1687），字豹人，号溉堂，陕西三原人，清初文学家。中年以后流寓扬州，与吴绮过从甚密，也曾到过溪南。其《溉堂诗集》卷七有《溪南八首次祝京兆韵为吴尔世作》，即是应吴绮之请而作。

丰溪八景诗(附孙枝蔚和作)

祖祠乔木

煌煌清庙奠崇岗，灵树擎天拔地强。
天子报功惟社稷，云孙追远许烝尝[①]。
千寻古色武侯柏，十亩清阴召伯棠[②]。
今日孙枝正蕃秀，愿移材干献明堂[③]。

附孙枝蔚和作《祖祠乔木》

春风及早过崇岗，始信名祠据地强。
树有神灵枝更异，岁逢时节果先尝。
反哺但爱曾参乌[④]，勿剪应同召伯棠。
欲识主人能好客，诸公题咏满祠堂。

---

① 云孙：据《尔雅》：曾孙之子为玄孙，玄孙之子为来孙，来孙之子为昆孙，昆孙之子为云孙。这里泛指后裔子孙。烝尝：古代秋祭曰尝，冬祭曰烝，泛指祭祀。《诗·小雅·天保》："禴祠烝尝，于公先王。"朱熹注："宗庙之祭，春曰祠，夏曰禴，秋曰尝，冬曰烝。"

② 武侯柏：成都武侯祠前有两株古柏，相传为诸葛亮手植。杜甫《古柏行》："孔明庙前有古柏，柯如青铜根如石。霜皮溜雨四十围，黛色参天二千尺。"李商隐也有《武侯庙古柏》一诗，可参看。召伯棠：召伯即召穆公虎。周厉王时，民众暴动，召伯藏匿太子靖于其家，后扶靖即位，即周宣王。召伯曾巡行南国，宣扬文王之政，于甘棠树下休憩决狱。后人念其遗爱，爱其树而不忍伤伐，因赋《甘棠》，即《诗·召南·甘棠》："蔽芾甘棠，勿剪勿伐，召伯所茇。"

③ 明堂：天子临朝听政的殿堂，代指朝廷。尾联两句是说吴氏后代人才济济，正可报效国家。

④ 反哺：传说乌鸦能反哺其母，古人视为孝道的典型。曾参，即曾子，孔子弟子，以德行纯懿孝顺父母而著称。

梅溪书屋

君子高居涧水浔，小斋还筑傍琼林[①]。
看花忽见乾坤理，玩《易》正求天地心[②]。
香腊浮浮谁共味，寒流汩汩自成音。
重重床上书连屋，莫道前人不遗金[③]。

附：孙枝蔚和作《梅溪书屋》

恰有梅开照水浔，高人兼不愧泉林。
无拘无束东邻伴，自去自来孤鹤心[④]。
雪打轩窗添绿色，月明箫管发清音。
老夫他日骑驴过，莫负宾筵定一金。

南山翠屏

结庐当面至周遭，登眺何须著屐劳[⑤]。
节彼瞻如太师尹，悠然见似隐君陶[⑥]。

---

① 浔：水滨。琼林：本为神话仙境中的树林，这里指长满名贵树木的林子。又，唐代自开元以后，皇帝每年于曲江池赐宴新科进士，称琼林宴。此处语义双关，暗寓吴氏子弟在此书屋苦读，日后必能科第折桂，跻身于天子庙堂。

② 玩《易》正求天地心：《易·系辞传上》："《易》简而天下之理得矣……是故君子所居而安者，《易》之序也；所乐而玩者，爻之辞也。是故君子居则观其象而玩其辞，动则观其变而玩其占。"

③ 遗金：据《汉书·儒林传》，汉代经学昌盛，士人竞以研经为利禄之途，当时社会上流传有"遗子黄金满籯，不如遗其一经"的谚语。这里称赞吴氏世代以诗书传家的优良家风。

④ 此联借鉴了杜甫《江村》诗"自去自来堂上燕，相亲相近水中鸥"的句法。

⑤ 著屐：南朝刘宋时谢灵运好寻幽访胜，特制了一种登山木屐，屐底有齿，上山则去其前齿，下山则去其后齿。这句是说南山翠屏近在咫尺，登楼即可一览无余，无需亲自登临游玩。

⑥ 此处化用了《诗·小雅·节南山》"节彼南山，维石岩岩。赫赫师尹，民具尔瞻"以及陶渊明《饮酒》"采菊东篱下，悠然见南山"的语句。形容南山秀色尽收眼底。

千岩雨过浮青嶂，万木春深滚翠涛。
拄颊朝来得新句，棱棱秋色与相高[①]。

附：孙枝蔚和作《南山翠屏》

佳绝南山日夕遭，渔樵来往不知劳。
却看篱下兼栽菊，欲把先生错认陶[②]。
屏障每憎五侯宅，烟岚须胜广陵涛[③]。
市归定惹家人问，不信城中髻更高[④]。

东畴绿绕

庞公宅畔甫田多[⑤]，畎亩春深泼泼和。
五两细风摇翠练，一犁甘雨展青罗[⑥]。
鱼龙起伏轻围径，燕尾逶迤不作波。

---

① 拄颊：《世说新语·任诞》载："王子猷（王徽之）作桓车骑（桓冲）参军。桓谓王曰：卿在府久，比当相料理。初不答，直高视，以手版拄颊云：西山朝来，致有爽气。"颊：脸颊。

② 栽菊、认陶：东晋诗人陶渊明爱菊，其《饮酒》诗有"采菊东篱下，悠然见南山"之句。

③ 五侯：西汉成帝母舅王谭、王根、王立、王商、王逢五人同日封侯，史称五侯。又东汉桓帝时，宦官单超、徐璜、具瑗、左管、唐衡五人封侯，也称五侯。后以五侯泛指王公贵族。"广陵涛"下原有小字注："尔世久寓维扬。"典出西汉枚乘《七发》："将以八月之望，与诸侯远方交游兄弟，并往观涛乎广陵之曲江。"

④ 东汉时童谣："城中好高髻，四方高一尺。城中好广眉，四方且半额。城中好大袖，四方全匹帛。"

⑤ 庞公：即庞德公，东汉末隐士，南郡襄阳人。曾拒绝刘表的征聘，后携妻子登鹿门山，采药不返。甫田：大田。

⑥ 五两：古代测风仪器。以鸡毛五两或八两系于长竿顶端以测风的方向。《文选》卷一二郭璞《江赋》"觇五两之动静"，李善注："《兵书》曰，凡候风法，以鸡羽重八两，建五丈旗，取羽系其巅，立军营中。"翠练：形容翠绿的丰溪河水。甘雨：指春天的及时雨。青罗：指田野上翠绿的禾苗有如铺展开的青罗幕。

最喜轻锄多有获，丰年宁愧《伐檀》歌[①]。

附：孙枝蔚和作《东畴绿绕》

负郭[②]宁贪二顷多，丰年里俗喜相和。
圣朝昔日尊钱镈，处士全家谢绮罗[③]。
细雨轻沾青似袖，微风远漾绿成波。
庞公纵有麦千斛，肯买人间《碧玉歌》[④]。

清溪涵月

黄山高脉滥微觞[⑤]，一道分流向草堂。
有本却如先泽远[⑥]，分清还看末流长。
金波冷浸罗纹丽，玉髓虚凝宝鉴光[⑦]。
记得唐贤佳句在，千寻练带晚含香。

附：孙枝蔚和作《清溪涵月》

溪水声中共举觞，明月先上读书堂。
水堪酿酒邻皆取，月照弹琴夜正长。

---

①《诗·魏风·伐檀》有“不稼不穑，胡取禾三百囷兮？不狩不猎，胡瞻尔庭有悬鹑兮”的句子，这里反其义而用之，意谓参加了劳动，就不怕有人发出这样的诘问了。

② 负郭：背负城郭，指城外的田地。

③ 钱镈：铜钱钟，代指钱。绮罗：绫罗绸缎，指华美的衣服。

④《碧玉歌》：碧玉本为梁汝南王的侍妾。梁元帝《采莲曲》：“碧玉小家女，来嫁汝南王。”

⑤ 滥觞：倾倒的酒壶流出的水，后多比喻事物的源头。微觞：指丰乐河水发源于黄山，起初只是一条细小的山涧。

⑥ 先泽：祖先遗留下来的恩惠德泽。

⑦ 金波、玉髓：都是指月亮倒映在河水中所反射的金色波光，水中明月有如一面玉制的宝镜。此景可与范仲淹《岳阳楼记》“浮光跃金，静影沉璧”的写景参照。

钓叟栖迟明素发，游鱼泼刺畏清光[1]。
小童洗砚惊相报，荷叶微沾桂气香[2]。

西陇藏云

飞烟长护屋西岑[3]，恍惚朝晴又夕阴。
不可赠君惟自悦，有时出岫本无心[4]。
微横一抹蛾眉淡，漫绕千重絮幄深[5]。
好去从龙覃世泽，南溪应拟傅岩寻[6]。

附：孙枝蔚和作《西陇藏云》

最喜门开对碧岑，游人指点立花阴。
山家赠客无他物，日夕看云见素心[7]。
映带红霞随屋近，勾留[8]甘雨入苗深。
若非犬吠神仙宅，中有吴刚未易寻[9]。

---

① 泼刺：拟声词，形容鱼跳出水面的声响。这两句描写月光下白发苍苍的渔人在悠闲地垂钓，水中游鱼似乎害怕月亮的清光而跳离水面，写景动静结合，生动传神。

② 荷叶微沾桂气香：暗示时令已近中秋。

③ 西岑：指溪南西面的金竺山。岑，小而高的山峰。

④ 不可赠君惟自悦：意谓金竺山上变幻多姿的云霞只能单独欣赏，无法赠予他人。语本梁代陶弘景《诏问山中何所有赋诗以答》："山中何所有，岭上多白云。只可自怡悦，不堪持赠君。"出岫本无心，化用陶潜《归去来兮辞》"云无心以出岫，鸟倦飞而知还"句。

⑤ 此联上句写山上一缕白云缭绕，有如女子淡描的眉毛；有时漫山云雾重锁，有如千重布幔笼罩。秦观《满庭芳》："山抹微云，天粘衰草。"

⑥ 从龙：《易·乾卦·象辞》："云从龙，风从虎，圣人作而万物睹。"傅岩：《孟子·告子下》"傅说举于版筑之间"赵歧注："傅说筑傅岩，(殷高宗)武丁举以为相，殷国大治。"傅说即傅岩。

⑦ 素心：淳真朴实之心。陶潜《卜居》："闻多素心人，乐与数晨夕。"

⑧ 勾留：招致，寻致。所谓云腾致雨。

⑨ 传说月中有桂树，仙人吴刚被罚砍树，树随斫随合。

竹坞凤鸣

当时贤者此徘徊，手把琅玕屋后栽[1]。
万个自缘医俗在，九苞曾览德辉来[2]。
宫商盈耳《箫韶》弄，重影朝阳紫翠开[3]。
今日遗雏有君子，来仪须上九成台[4]。

附：孙枝蔚和作《竹坞凤鸣》

竹林闲坐意徘徊，为爱名贤手自栽。
把酒已同嵇阮在，吹箫况有凤凰来[5]。
自看虞夏[6]今非古，安得乾坤闭复开。
口内衔图奉皇帝，将雏[7]飞下最高台。

① 琅玕：一种像玉的青石，这里比喻青翠的竹林。

② 医俗：苏东坡有诗称赞竹子："宁可食无肉，不可居无竹。无肉使人瘦，无竹令人俗。"九苞：原指凤凰具有的九种美德，此处代指凤凰。《初学记》卷三十引《论语摘衷圣》："九苞者，一曰口包命，二曰心合度，三曰耳听达，四曰舌诎伸，五曰彩色光，六曰冠矩州，七曰距锐钩，八曰音激扬，九曰腹文户。"

③《箫韶》：舜时乐曲名。《尚书·益稷》："《箫韶》九成，凤凰来仪。"成，终也，曲终必变更奏。九成，即演奏完《韶》乐九段，就会招引凤凰下来。

④ 遗雏：凤雏，新生的凤凰。《晋书·陆机陆云传》载陆云年幼时，闵鸿奇其才，说："此儿若非龙驹，当是凤雏。"这里比喻吴氏后代人才济济，多少年才俊。

⑤ 嵇阮：西晋名士嵇康和阮籍，他们与山涛、向秀、王戎等七人曾作竹林之游，史称"竹林七贤"。吹箫、凤凰：《列仙传》载箫史善吹箫，能作鸾凤之音。秦穆公的女儿弄玉好之，穆公就把弄玉嫁给箫史，日教弄玉作凤鸣，并筑凤凰台给他们居住。传说弄玉吹箫，曾招来凤凰止于台上。后两人皆乘凤凰飞去。

⑥ 虞夏：虞舜和夏禹，上古时代的两位圣君。

⑦ 古代箫曲有《凤将雏》。

山源春涨

清时潘骑有闲居，山泽源通二月馀[①]。
忽觉甘霖过洞府，更看浮气袭图书[②]。
镜铺浩渺金波泛，帘挂玲珑玉液虚[③]。
好待桃花春浪暖，君家惊起化龙鱼[④]。

附：孙枝蔚和作《山源春涨》

春水乱流静者居，黄山泉水出山馀。
已添无数披蓑客，更借谁家种树书[⑤]。
鸡鶒漫从田里卧，桃花只恐洞中虚。
南村日日须酩酊，酒价还闻贱似鱼。

---

① 潘骑：潘指西晋文人潘岳，字安仁，人称潘安。他作有《闲居赋》。山泽源通：《易·说卦》："天地定位，山泽通气，雷风相薄，水火不相射。"江南地区进入二月，天上降雨日渐增多，古人认为是山泽通气所致。

② 甘霖：春天的及时雨。洞府：即洞天、洞天福地，道教称神仙的居处为洞府，后泛指风景优美之地。

③ 浩渺：春雨连降导致河水上涨，河面增宽许多，似乎望不到对岸。窗外连绵的春雨好似一串串用玉珠编织的帘子，晶莹剔透。

④ 江南三月桃花盛开，正逢多雨时节，河流涨水，称为桃花水或桃花浪。化龙鱼：黄河龙门一段水流湍急，传说鲤鱼逆流而上，跃过龙门便化为龙。后世常以"化龙鱼"比喻在科场上一举成名的读书士子。

⑤ 披蓑客：指披蓑戴笠的垂钓者。柳宗元《江雪》："孤舟蓑笠翁，独钓寒江雪。"张志和《渔歌子》："青箬笠，绿蓑衣，斜风细雨不须归。"种树书：秦始皇统一天下后，下令"《诗》《书》百家语者，悉诣守尉杂烧之"，唯"医药卜筮种树之书"不焚。见《史记·秦始皇本纪》。

吴腾蛟

吴腾蛟，字云将，溪南吴氏第二十五世孙。明末监生，武英殿中书舍人，赠征仕郎。

题高先祖桂芳公旅葬三河[1]

招魂迢递向三河，欲展高原泪更多[2]。
谁忆亢宗芳草遍[3]，可怜游子暮云过。
千山落叶飞红雨，万里清流咽白波。
但使狐丘得正寝，还登马鬣思如何[4]。

刘玄锡《题桂芳公墓》[5]

麒麟冢上草青青[6]，蚀剥苔封石上铭。

① 三河：汉代称河东（今山西省西南部）、河内（今河南省黄河以北地区）、河南（今河南省黄河以南地区）为三河郡。泛指河南北部、山西南部一带。吴桂芳徙居三河，可能是在明初随徐达北伐，或永乐年间的“靖难之役”，当时中原地区兵连祸结，人口死亡很多，后明政府从全国各地迁徙大量人口充实其地。

② 招魂：古代为客死异乡的亲人举行的一种祭祀安魂仪式。迢递：遥远。展：即展墓，到墓上祭奠先人。

③ 亢宗芳草遍：指吴氏宗族人丁兴旺，后裔如芳草一样遍布天下。

④ 狐丘：传说狐狸临死时，必头朝向它居住的山丘。《楚辞·哀郢》：“鸟飞返故乡兮，狐死必首丘。”正寝，卧室的正房。

⑤ 刘玄锡：字玉受，号心城，苏州人。万历三十八年进士，官庐陵教授，后任贵州提学佥事。

⑥ 麒麟冢：坟墓的神道边立有石麒麟，这是古代品官坟墓的规制。

白树野云春寂寞，胡笳边月夜清泠[①]。
人从龙奋空遗蜕，地卜牛眠尚孕灵[②]。
羡有慈孙能步武，来倾絮酒慰幽冥[③]。
才读铭文思惘然，勤王谁复似君贤[④]。
已惊独鹤归华表[⑤]，犹有芳名在简篇。
征雁集时秋月白，哀云啼处暮云连。
黄山蓟北魂千里，荒草斜阳带晚烟。

---

① 胡笳：古代西北少数民族的一种吹管乐器，多用作军乐。

② 遗蜕：蛇、蝉等脱落的皮壳。人从龙奋空遗蜕，是说吴桂芳从明帝征伐，殒身沙场，只留下一座孤坟。牛眠：《晋书·周访传》："初，陶侃微时，丁艰，将葬，家中忽失牛而不知所在。遇一老父，谓曰：前岗见一牛眠山污中，其地若葬，位极人臣矣。"陶侃将父葬于牛眠之处，后果官至三公。

③ 步武：继承祖先遗志、事业。武：脚印。絮酒：据谢承《后汉书》载，东汉名士徐孺，"前后为州郡选举诸公所辟，虽不就，及其死，万里赴吊。常于家预炙鸡一只，以一两绵絮渍酒，日中暴干以裹鸡，径到所赴冢隧外，以水渍绵，使有酒气。斗米饭，白茅为藉。以酒置前，酹酒毕，留谒即去，不见丧主。"后世就以絮酒作为微薄祭品的代称。

④ 勤王：古代诸侯兴兵赴京师保卫天子，称勤王。

⑤ 独鹤归华表：据干宝《搜神记》："辽东城门有华表柱，忽有一白鹤集柱头。时有少年，举弓欲射之，鹤乃飞，徘徊空中而言：有鸟有鸟丁令威，去家千岁今来归。城郭依旧人民非，何不学仙冢累累。"后世常用华表辽鹤这个典故比喻魂归故里。

吴自有

吴自有，明中叶人，溪南吴氏二十一世孙，字苦虚，由监生出任滨州府同知。

秦始皇台诗[①]

台边杨柳柳迷烟，青草茫茫障远天。
极目独咏春色里，桃花应笑古台前。
二月黄鹂唱好音，甘棠庭树绿阴阴。
汉家吏隐逢梅福[②]，秋月冰壶共此心。
新丝新谷岁丰登，村舍村翁醉美醇。
一日好风三日雨，五乡烟树万家春[③]。
独上高台一振缨，林花灼灼鸟嘤嘤。
风前堪弄桓伊笛，月下频吹子晋心[④]。
游仙曾梦到仙亭，黄白仙人梦乍醒。
昨梦东皇授瑶草[⑤]，漫题春简碧山灵。

① 秦始皇台：简称秦台，在滨州。相传为秦始皇巡游至此而筑，故名。

② 梅福：字子真，寿春人。西汉末曾为南昌尉，后弃官家居。南宋绍兴二年（1132）赐封为“吏隐真人”。

③ 宋王炎《丰年谣》：“五风十雨天时好，又见西郊稻秫肥。”此处化其义而用之。

④ 桓伊：字子野，东晋名士，善吹笛，曾为王子猷踞胡床吹奏三调。见《世说新语·任诞》。《列仙传》：“王子乔，周灵王太子晋也，好吹笙，作凤鸣，游伊洛之间。道人浮丘公接以上嵩高山，遂仙去也。”

⑤ 东皇：即东皇太一，亦即天帝，古代神话中最尊贵的天神。瑶草：仙草。

吴希周

吴希周，字汝旦，溪南吴氏二十四世孙，嘉靖四十三年（1564）举人。性仁慈乐施。

赠师古叔[1]

昔闻愚公谷，今我见翁堤[2]。
南溪通直北，东绕浙江西[3]。
川思传说济，柱忆长卿题[4]。
祠屋千年创，舆梁持笔批。
荫桥盘古木，甃石傍长溪[5]。
堤远中林迴，亭高四望低。
一川增胜概，放筏鼓吹嬉。

---

① 吴勉学，字师古。

② 愚公谷：《说苑·政理》："齐桓公出猎，逐鹿而走，入山谷之中，见一老公而问之曰：是为何谷？对曰：为愚公之谷。桓公曰：何故？对曰：以臣名之。"翁堤：溪南丰乐河上通济桥两岸的堤坝，为吴勉学之父吴正己所造。正己字古愚，故名愚公堤。

③ 直北：京城之北。南溪通直北，意思是从溪南泛舟东下，行至杭州，然后再转入大运河，可直达北京，这段航程由浙西贯穿浙东。

④ 川思传说济：语本曹植《洛神赋》："黄初三年，余朝京师，还济洛川。"意谓渡河。柱忆长卿题：长卿，司马相如字长卿。据《华阳国志·蜀志》，成都城北十里有神仙桥。司马相如初入长安，题市门曰：不乘赤车驷马，不过汝下也！

⑤ 甃石：用砖石砌筑。

吴守淮

吴守淮（约1538—1567），字虎臣，一字原柏，号淮隐。天资绝异，但屡试不售，遂挟豪资游江淮吴楚间，遍交海内名士。珍藏法书名画甚富，性嗜酒，善诗。家居与汪道昆兄弟过从甚密，入丰干社。晚年穷困而死。有《吴虎臣诗集》传世。

平远楼对雨呈沈嘉则[①]

小楼连广莫[②]，平野断人群。
翠失山中雨，天低树杪云[③]。
性情嵇叔夜，词赋沈休文[④]。
一片寒林色，终朝可共云。

从祖母金节妇行[⑤]

天如规，地如矩，人生旦暮俯仰此。[⑥]

① 原注："楼为传芳公别墅。"沈明臣，字嘉则，曾任闽浙总督胡宗宪的幕僚。

② 莫：同"漠"。广漠指阴雨连绵的天空。

③ 树杪：树梢。

④ 嵇康，字叔夜，曹魏时文学家，"竹林七贤"之一。沈约，字休文，南朝齐梁年间文学家。这两句是称赞对方性情旷达，文采富丽。

⑤ 原注："为汝章叔题，金氏廿一世。"行是古乐府诗的一种体裁，句式长短不齐，押韵较自由，可换韵。

⑥ 人生旦暮：慨叹人生短暂，如朝暮之间，或如一俯首一抬头的瞬间。

胡为一朝捐此生，纷纷世俗徒为尔[①]。
君不见金氏姨红颜如花，应倡随尔欢。
故自商人儿，飘泊江湖何所之。
一旦弃侬在中道，商歌白露成秋花。
天已摧，地已老，延陵有墓何人扫？
念尔呱呱在襁褓。
岁暮萧然拂卷看，吞声泪尽南山看。

中秋饮慎之叔溪上楼居一首

清流泻百泓，一亩卜儒宫[②]。
奇字周秦鼎，豪华宛洛风[③]。
居无论岁月，学已问崆峒[④]。
竹林吾何敢，愀然调颇同[⑤]。

饮汝复叔氏竹坞园亭有感呈余君房[⑥]

竹坞随云入，岩阿隔崦通[⑦]。
新诗褰薜荔[⑧]，幽意寄梧桐。

---

① 捐此生：死亡。

② 泓：清澈深广的水。儒宫：代指儒生居处。

③ 周秦鼎：周朝和秦代的钟鼎彝器，上面铸刻有上古的大篆文字（金文）。宛洛风：东汉光武帝刘秀家乡在宛（今河南南阳），定都洛阳。当时宛洛两地多豪强贵族，风气奢靡。

④ 崆峒：在今甘肃省平凉市西，相传是黄帝问道于广成子之处。《庄子·在宥》："黄帝立为天子十九年，令行天下。闻广成子在于空同之上，故往见之。"

⑤ 竹林：指西晋时的"竹林七贤"，他们以不拘礼法、纵迈不羁而著称。末联的意思是自己不敢以"竹林名士"自居，但处世风格颇与之合。自谦实为自矜。

⑥ 余君房：余寅字君房，鄞县人。万历八年（1580）进士，官至太常寺少卿。著有《农丈人集》。

⑦ 竹坞：四周高中间低的竹林。崦：山坳。

⑧ 褰：采摘，摘取。薜荔：多年生灌木，枝条柔长。

奔走终何事，尊罍[1]信不空。
青山当睥睨[2]，风色为谁雄？

重阳后一日偕胡培之访无怀[3]叔梅花庵饭最高处

佞佛叔真痴，怜余杖屦随[4]。
山山红叶画，曲曲白云诗。
晚稻香浮钵，秋菱滑满匙。
羊昙吾党士，莲社雅相宜[5]。

喜鲁南兄赴乡饮宾筵回奉赠一首

辟雍劳祖割，硕德此相求[6]。
鸠杖缘明主，牺尊抗列侯[7]。
岁时遥奉夏，文物共称周。
喜动乡闾色，翩翩燕翼谋[8]。

① 尊罍：两种酒器。

② 睥睨：斜着眼看。

③ 无怀：吴良琦，字无怀，为吴守淮的叔父辈。喜收藏图书。

④ 佞佛：迷信佛教。杖屦：拄杖著屦。屦，草鞋。

⑤ 羊昙：东晋谢安之甥。《晋书》本传载谢安去世后，“昙悲感不已，以马策扣扉，诵曹子建诗曰：生存华屋处，零落归山丘。恸哭而去。”莲社：即白莲社。东晋高僧慧远在庐山东林寺，与僧俗十八贤结白莲社念佛，誓生西方净土。

⑥ 辟雍：原义为天子所设的太学，这里泛指学校。祖割：祭祀时持刀割肉以奉神灵的尊者。

⑦ 鸠杖：杖头刻有鸠鸟形状的拐杖，通常由天子赐给年老德尊者。牺尊：制成犀牛状的酒尊。牺同“犀”。

⑧ 燕翼谋：安社稷济苍生的谋略。

梦士达弟[①]

章逢千日恨，涕泪九原情[②]。
池草春犹发，芳兰秋不荣[③]。
风神怜倜傥，感慨见平生。
一失枫林夜[④]，空梁月自明。

读汪司马长公《重修仁义院记》赋赠小松家兄一首

十字延陵后[⑤]，丰碑孰与多？
品堪题幼妇，文岂擅头陀[⑥]。
白社莲争放[⑦]，青天石不磨。
吾家老居士，名理学维摩[⑧]。

---

① 吴士达，字有本，鳌公长子。早卒。

② 章逢：即章甫缝掖，儒者的衣冠。《礼记·儒行》："丘少居鲁，衣缝掖之衣；长居宋，冠章甫之冠。"九原：即九泉，代指地下。

③ 池草春犹发：谢灵运《登池上楼》："池塘生春草，园柳变鸣禽。"芳兰秋不荣：语本曹植《杂诗》"芝兰不重荣"，荣：开花。

④ 一失枫林夜：化用《九歌·招魂》"湛湛江水兮上有枫"而来，戴叔伦《过三闾庙》："日暮秋风起，萧萧枫树林。"表达深沉的哀伤之情。

⑤ 十字延陵后：传说季札墓碑上"呜呼有吴延陵君子之墓"十字为孔子所书。

⑥ 品堪题幼妇：《世说新语·夙慧》载，曹操过《孝女曹娥碑》下，见碑阴刻有"黄绢幼妇外孙齑臼"八字，不明何义。经杨修解释，才知道是"绝妙好辞"义。文岂擅头陀：《文选》载齐王俭《头陀寺碑》，文辞华美。

⑦ 白社：白榆社。万历年间汪道昆在家乡组织的文社。

⑧ 维摩：即维摩诘，为在家的佛门弟子。这句指吴小松奉佛。

得孝父兄书[①]

兄弟嗟星散，书来慰岁阑[②]。
片云江上思，明月握中看。
世路堪鹑结，天涯衹鹖冠[③]。
新岁春水绿，旧业有渔竿。

为太清弟纪梦

幽真寡俗虑，雅抱托岩栖。
皓衣玄裳使，来自瑶海西[④]。
圆吭唳素月，振翼凌紫霓[⑤]。
嘹亮九皋声[⑥]，凡鸟不敢啼。
扶桑升朝暾，沧桑下成蹊[⑦]。
《游仙》诗拟郭，《养生》论攀嵇[⑧]。
仿佛太山颠，跨兕闻天鸡[⑨]。
秋露滴阿阁，晓星灿深闺。
瞻顾灵踪往，徘徊旧迹迷。

---

① 原注："孝父，一作孝甫，讳治。谱名邦治，号梦竹。"

② 岁阑：岁末。

③ 鹑结：鹑衣百结，形容衣服破烂。《荀子·大略》："子夏贫，衣若悬鹑。"鹖冠：隐士之冠。

④ 皓：白色。玄：黑色。古人上衣下裳。瑶海：神话中西王母的游宴之处，亦称瑶池。

⑤ 唳：鸣声嘹亮。霓：彩虹。

⑥《诗·小雅·鹤鸣》："鹤鸣于九皋，声闻于天。"皋：水泽边。

⑦ 扶桑：神话载东海中有大神树，太阳从中升起。沧桑下成蹊：《史记·李将军列传》引谚曰："桃李不言，下自成蹊。"蹊：小径。

⑧ 东晋郭璞有《游仙诗》，曹魏时嵇康作有《养生论》。拟、攀：都有模拟、追随的意思。

⑨ 太山：即泰山。兕：犀牛。天鸡：《述异记》卷下："东南有桃都山，上有大树，名曰桃都，枝相去三千里。上有天鸡，日初出照此木，天鸡则鸣，天下鸡皆随之鸣。"

锦字青童报，遐龄北斗齐[①]。

早秋偕王君公、许太初[②]集太宁弟曲水园两首

选石萦深岛，分流甃曲池。
愁驱千盏尽，爽集一亭宜。
柳短舟堪系，松高席可移。
老夫心似水，竟日狎凫鹥。
痛饮今河朔，名园古辟疆[③]。
狂情从落落，醉态自堂堂。
都讲人如许，哀歌客是王[④]。
兰亭差不减，接膝更流觞[⑤]。

陪余君房饮曲水园

白云千顷起横塘，客有陈留共举觞[⑥]。
桥外石窥星汉动，楼前山掩薜荔裳。
忽听啼鸟娇清昼，无那鸣蝉送夕阳[⑦]。

---

① 锦字青童报：《晋书·列女传》："窦滔妻苏氏，始平人也，名蕙，字若兰。善属文。滔，苻坚时为秦州刺史，被徙流沙，苏氏思之，织锦为回文旋图诗对赠滔。宛转循环以读之，词甚凄婉。"遐龄：高龄，长寿。

② 王世武，字君公，歙人，与其兄王世爵著有《青山社草》。许楚字太初，歙人，善弹琴，有孝行。

③ 辟疆：指东晋名士顾辟疆，吴郡人。历郡功曹、平北将军。《世说新语·简傲》："王子敬自会稽经吴，闻顾辟疆有名园，先不识主人，径往其家。"

④ 都讲：佛寺举行讲经法会，主持宣讲经义的高僧为都讲。

⑤ 兰亭：指东晋永和九年王羲之等名士在兰亭举行的雅集。接膝：并膝而坐。流觞：古人郊野游宴时把酒杯放入流水中，任其漂流，客人待于水边，杯流到谁的旁边，就由他喝酒。

⑥ 横塘：苏州一地名。北宋词人贺铸曾居此，这里代指曲水园。陈留：曹丕代汉称帝后，曾封曹植为陈留王。

⑦ 无那：无奈。

骑马不妨乘夜月，高歌宁减四明狂[①]。

曲水园十二楼寻许太初不遇怅然二绝

春山寂寂水潾潾，杨柳垂丝动面尘。
开遍桃花人不见，楼中闲杀古龙唇[②]。
一壑烟霞万顷春，白滕书笈白纶巾[③]。
怜君何处遗山水，只恐人间听未真。

秋日南山庄居和文德承[④]一首

代序爽气荐，同声契三五[⑤]。
商风吹短褐[⑥]，飞云度深坞。
农人具园蔬，渔父施网罟。
杯斝[⑦]挹空翠，啸歌当日午。
上客赋大鹏，逸士咏猛虎[⑧]。
酬酢忘主宾，俯仰慨古今。
颇得静者便，幸谢讴中苦。

---

① 四明狂:盛唐诗人贺知章,自号四明狂客。

② 龙唇:以雕龙为饰的琴唇。这里代琴。

③ 书笈:书箱。白纶巾:用白丝帛织的便巾。出游而以书箱及白纶巾自随,形容儒雅潇洒。

④ 文德承:名伯仁,字德承,文征明之侄。工画山水,曾应溪南人吴一桂之邀,来游溪南。

⑤ 代序:季节更换。荐:来临。同声:《易·乾卦》:“同声相应,同气相求。”比喻志同道合的朋友。三五:阴历每月十五日。

⑥ 商风:秋风。

⑦ 斝:同“爵”,古代一种酒器,圆口,三足。后代指酒杯。

⑧ 上客赋大鹏:李白曾作《大鹏赋》。自谓“有仙风道骨,可与神游八极之表”。逸士咏猛虎:陶渊明虽为隐逸诗人,但其《读山海经》也曾歌咏猛士:“精卫衔微木,将以填沧海。刑天舞干戚,猛志固常在。”

曜灵尚未颓[1]，乔松犹可抚。

丰干别余孝廉[2]二首

生平重惜别，兹别独踌躇。
良友成参辰，睽违会难期[3]。
浮云起长薄，丙夜何凄其[4]。
离群寡所营，索居自委迤[5]。
愿为希有鸟，图南振羽仪。
儵尔乘天风，栖彼扶桑枝。

春日亭亭楼对雪三首

烟树迷无际，郊原望转赊[6]。
今年南雪盛，连夜北风斜。
楼杏春偷蕊，堤杨早着花。
荜门辞不借，石鼎烹瑶华[7]。
初看疑混沌，转盼觉飞扬。
郢曲工谁擅，山阴兴自狂[8]。

---

① 曜灵尚未颓：太阳尚未落山。曜灵：太阳。

② 余孝廉：余寅，字君房。孝廉为明清时对举人的雅称。

③ 参辰：参、辰皆星宿名。参星下午五时至七时出现于西方，辰星早晨五时至七时出现于东方。此出彼没，永不相见。睽违：分离，隔离。

④ 长薄：长林。丙夜：夜半三更时分。

⑤ 意思是自己离群索居，不事经营，生活穷困潦倒。

⑥ 赊：遥远。

⑦ 荜门：柴门，蓬门。瑶华：嫩绿的茶叶。

⑧ 郢曲工谁擅：宋玉《对楚王问》载，楚国乐工在市中歌《阳春》《白雪》曲，应者寥寥，即李白诗所叹"巴人谁肯和《阳春》"之意。山阴兴自狂：用东晋名士王徽之雪夜访戴的故事，见《世说新语·任诞》。

文章留古色，海岳眩新妆。
寂寞耽玄者，依栖一草堂[①]。
拥膝成孤啸，捻须属苦吟[②]。
鹊枝惊不定，鸳瓦坐来深[③]。
岩壑争辉处，江湖独卧心。
龙唇清响绝，四海几知音。

不佞举豚儿辱汪二仲见过[④]

岂敢称鸣凤，宁须问饭牛[⑤]。
浮生栖笔砚，薄业愧箕裘[⑥]。
梨栗从他觅，壶觞且自谋[⑦]。
代耕南亩上，身世更何求。

---

① 寂寞耽玄者：指西汉末学者扬雄。《汉书·扬雄传》："哀帝时，丁、傅、董贤用事，诸附离之者或起家至二千石。时雄方草《太玄》，有以自守，泊如也。"代指那些仕宦失意而埋头著述的文人。卢照邻《长安古意》："寂寂寥寥扬子居，年年岁岁一床书。"

② 拥膝成孤啸：陶潜《归去来兮辞》："倚南窗以寄傲，审容膝之易安。""登东皋以舒啸，临清流而赋诗。"捻须属苦吟：中唐诗人贾岛，一生落魄不得志，作诗耽苦吟。他曾自述作诗用心之苦："吟安一个字，捻断数茎须。"

③ 鹊枝惊不定：辛弃疾《西江月》："明月别枝惊鹊，清风半夜鸣蝉。"鸳瓦：一仰一俯成对覆盖的屋瓦。白居易《长恨歌》："鸳鸯瓦冷霜华重，翡翠衾寒谁与共。"

④ 不佞：古人谦称自己为"不佞"。举豚儿：生儿子。汪二仲：汪道贯，字仲淹，其堂弟汪道会字仲嘉，时人称之为"二仲"。

⑤ 饭牛：即饲牛、喂牛。《淮南子·道应训》："宁戚饭牛车下，望见桓公而悲，击牛角而疾商歌。"

⑥ 箕裘：《礼记·学记》："良冶之子，必学为裘；良弓之子，必学为箕。"意为子承父业。这两句意思是自己继承父业，以笔砚文墨谋生。

⑦ 梨栗从他觅：语本陶渊明《责子诗》："通子垂九龄，但觅梨与栗。"

登松萝山最高处赠印泉上人[①]

廿载燃藜地[②]，兹来快一登。
世儒新讲席，古佛旧传灯[③]。
艺苑惭中驷，言筌悟上乘[④]。
青天吾欲问，绝顶杖崚嶒。

奉酬社友携诗见过草堂

科头日不簪[⑤]，君每过中林。
时事须金错[⑥]，高情盛玉琴。
青天廖廓意，白雪古今吟[⑦]。
异代收奇士，交传尔汝深[⑧]。

夏日家园偶题

野人无广厦，徙倚但高吟[⑨]。

---

① 原注："山为余少年读书处。"按，松萝山在休宁县城北，以产松萝茶而闻名。

② 燃藜：《三辅黄图》载刘向校书天禄阁，夜晚有黄衣老人植青藜杖入内，吹杖燃火以照明。这里指点燃灯烛。

③ 传灯：佛法教义或佛门宗派的传承称为传灯，意为如灯火相传，永不熄灭。

④ 中驷：中等的马。言筌：筌为捕鱼工具。佛道二教都把语言视作参悟佛法妙理的工具，主张得意而忘言，得鱼而忘筌。

⑤ 科头：不戴冠帽。簪：簪子，插在发髻上的头饰。这里用作动词。

⑥ 金错：古代钱币，王莽摄政时所造，以黄金错镂其文，亦称金错刀。泛指金钱。

⑦ 白雪：即《白雪歌》，一名《白头吟》，传为西汉卓文君所作。《西京杂记》："司马相如将聘茂陵人女为妾，卓文君作《白头吟》以自绝。相如乃止。"首句："皑如山上雪，皎若云间月。"比喻高洁坦荡的襟怀。

⑧ 尔汝：你我，形容关系亲密。《世说新语·排调》："晋武帝问孙皓：闻南人好作《尔汝歌》，颇能为不？皓正饮酒，因举觞劝帝而言曰：昔与汝为邻，今与汝为臣。上汝一杯酒，令汝寿万春。"

⑨ 徙倚：徘徊，形容心情不安的样子。

鲁酒聊春色，胡床就日阴[①]。
凉非挥羽扇，爽更理瑶琴。
社里多知己，缄题《白雪》音。

溪上水楼

小坐兴悠哉，层楼面水开。
林深锁暑气，树古积莓苔。
竟日游鱼出，高天飞鸟来。
了然无证法，何必雨花台[②]。

介堂纳凉

负俗寡相投，虚堂枕上游。
翩然居郑圃，端不羡庾楼[③]。
一榻随阴转，千觞待月流。
知希深闭户，斗酒妇堪谋[④]。

① 鲁酒：鲁地出产的酒，味淡薄，后用作薄酒的代称。《庄子·外篇》："鲁酒薄而邯郸围。"庾信《哀江南赋》："楚歌非取乐之方，鲁酒无忘忧之用。"胡床：交椅、坐榻。

② 雨花台：在南京城南。相传梁武帝时，云光法师在此讲经，花落如雨，故名。

③ 郑圃：古地名，相传为列子所居。《列子·天瑞》："子列子居郑圃，四十年人无识者。"指代隐者的居处。庾楼：在江西九江，东晋庾亮镇守江州时所建。陆游《入蜀记》卷四："楼正对庐山之双剑峰，北临大江，气象雄丽。"

④ "知希"二句：意谓知音稀少，门庭冷落，想喝酒只能求助于妻子。苏轼《后赤壁赋》："客曰：今者薄暮，举网得鱼，巨口细鳞，状如松江之鲈，顾安所得酒乎？归而谋诸妇。妇曰：我有斗酒，藏之久矣，以待子不时之需。于是携酒与鱼，复游于赤壁下。"

春日偕陆长倩步梅花庵分得来字

芳时双蜡屐[①]，结伴入山来。
法喜青精供，狂吟白社开[②]。
云中延宝座，树里出香台。
一自闻钟后，愀然共尔回。

正月菽日酬少廉、子虚二社长雪中遇亭亭楼[③]

献岁能无颂[④]？逢春漫举杯。
衡门人日过，并驾客星来[⑤]。
白雪来朝夕，青藜彻夜开。
飞扬怜玉树，总谓谢家才[⑥]。

肇林偕俞公临访二仲一首[⑦]

结伴问禅栖，秋山信马蹄。

---

① 蜡屐：用蜡涂于木屐底部以防水，称为蜡屐。《世说新语·雅量》："或有诣阮(孚)，见自吹火蜡屐。"

② 法喜：佛教谓闻见、参悟佛法而心生喜悦。青精：即青精饭，佛教徒多于农历四月八日以青精饭供佛。

③ 菽日：亦称谷日，农历正月初八。少廉：谢陛，字少连、少廉，曾纂修《万历歙志》。子虚：程本中。两人均为白榆社成员。

④ 献岁：新年初始。

⑤ 衡门：横木为门。指简陋的门户。人日：农历正月初七。客星：指代客人。

⑥ "飞扬"二句：《世说新语·言语》载谢安集诸子侄谈话，其侄子谢玄说道："譬如芝兰玉树，欲使其生于庭阶耳。"这里称赞吴氏子弟人才兴盛，多名扬于朝廷公卿间。

⑦ 肇林：即肇林社。俞公临：俞安期，初名策，字公临。后以字行，字羡长，吴江人，擅诗工书，王世贞曾为之延誉。

社容浮白堕[①]，阁自照青藜。
小品籤从下，高谈法尽西[②]。
羊何能和曲[③]，名共谢家齐。

介堂偶题

俗驾应常谢，端居此介堂。
琴书依枕簟，诗酒傲羲皇。
有日聊驱湿，无风也自凉。
独醒非玩世，聊尔答沧浪[④]。

春日过千秋里访二仲不值却寄一首

曳杖遵畦陇，寻君路不遥。
松门闲古寺，兰阁俯长桥。
凡鸟双飞径，修鳞万里潮[⑤]。
明时具四美，箕踞话渔樵[⑥]。

① 白堕：指美酒。北魏杨炫之《洛阳伽蓝记·法云寺》："河东人刘白堕，善能酿酒。季夏六月，时暑赫晞，以罂贮酒，暴于日中，经一旬，其酒不动，饮之香而醉，经月不醒。"后世即用作美酒的代称。

② "小品"二句：读的尽为小品佛经，谈话内容皆为佛法。因为汪道贯兄弟俱信佛。

③ 羊何：羊璇之与何长瑜的合称。羊璇之，北魏散文家，博学能文，精通佛教经典，后奔南朝。何长瑜，南朝宋诗人，与谢惠连、荀雍、羊璇之以文章赏会，时人谓之"四友"。

④ "独醒"二句：化用《楚辞·渔父》屈原语"众人皆醉我独醒"及《孟子·离娄上》"沧浪之水清兮，可以濯我缨；沧浪之水浊兮，可以濯我足"，表明自己不与世同流合污的高洁情操。

⑤ 凡鸟：繁体"凤"字的合体，这里称赞汪道贯兄弟是人中麟凤。

⑥ 四美：谢灵运《拟魏太子邺中集诗序》："天下良辰、美景、赏心、乐事，四者难并。"箕踞：张开两腿席地而坐，形似簸箕，在古代是一种非常不礼貌的坐姿。这里形容不拘小节，非常随意。

得中丞翍中起居[①]

自愧关门令，应怀河上翁[②]。
千言疑柱下[③]，一曲得翍中。
不识空山暑，常昭高阁风。
迩来会心处[④]，杖屦更谁同。

失　仆

漫游无长物[⑤]，羞涩此行囊。
病久诗篇废，贫来仆从亡。
负恩俱道路，何宅傍金张[⑥]。
驯鸟庭阶下，依人不忍翔。

---

① 中丞：汪道昆。翍中：汪道昆嘉靖四十五年(1566)遭弹劾乡居时的归隐地，在今黄山南麓的山口、蒋村附近。

② 关门令：守卫函谷关的关令尹喜。《关尹内传》："关令尹喜常登楼，望见东极有紫气西迈。曰：应有圣人经过。果见老君乘青牛车来。"河上翁，即河上公，西汉时学者，曾为老子《道德经》作注，称《老子河上公注》。

③ 柱下：即柱下史的简称，周秦官名，掌管图书典籍及星历占卜之事，相当于后世的太史。相传老子曾为周朝柱下史，指代老子。

④ 会心处：《世说新语·言语》："简文入华林园，顾谓左右曰：会心处不必在远，翳然林水，便自有濠濮间想。觉鸟兽禽鱼，自来亲人。"寄寓自己的隐世出尘怀抱。

⑤ 长物：多余之物。语出《世说新语·德行》："王恭从会稽还，王大(王忱)看之。见其坐六尺簟，因语恭：卿东来，故应有此物，可以一领及我。恭无言。大去后，即举所坐者送之。既无馀席，便坐荐上。后大闻之，甚惊。曰：吾本谓卿多，故求耳。对曰：丈人不悉恭，恭作人无长物。"后世以"身无长物"形容一个人清贫或清廉。

⑥ 道路：道路之人，路人。金张：西汉宣帝时朝中显贵金日磾(音密低)、张安世两家累世富贵，后借指累世簪缨之家。左思《咏史诗》："金张藉旧业，七叶珥汉貂。"

奉送大司马汪公入朝十二韵[①]

凤下飞龙诏[②]，遥颁司马符。
青萍开旧府，紫气起新都[③]。
业已趋彤扆，翻令拜鼎湖[④]。
三朝荣出入，九庙籍匡扶[⑤]。
国步今多艰[⑥]，边人久待餔。
指挥驱上将，谈笑处降胡。
铭勒医巫石，亭看督亢图[⑦]。
风云随剑佩，蛇豕避蝥弧[⑧]。
带砺朝廷宠，恩威部曲敷。
几年中执法，不日大鸿胪[⑨]。
文事周申甫，军容汉亚夫[⑩]。

---

① 明代人习惯称兵部尚书为大司马，兵部侍郎为少司马。这里的大司马是指隆庆六年(1572)汪道昆升任兵部右侍郎一事。

② 后赵主石虎曾以木凤衔诏下颁，后泛指皇帝下颁诏书。

③ 青萍：宝剑名。陈琳《答东阿王笺》："君侯体高俗之材，秉青萍干将之器。"

④ 彤扆：宫殿里设在门窗间的红色大屏风，此代皇宫。鼎湖：《汉书·郊祀志》载："黄帝采首山铜铸鼎于荆山下，鼎既成，龙有垂胡髯下迎。后世因名其处曰鼎湖。"代指帝王。

⑤ 九庙：天子之宗庙。古代帝王立庙祭祀祖先，有先祖庙及三昭、三穆庙，共七庙。王莽增为祖庙五、亲庙四，共九庙。其后历朝皆沿此制。此处九庙指代朝廷。

⑥ 国步：国运。《诗·大雅·桑柔》："于乎有哀，国步斯频。"朱熹注："步犹运也。"《小雅·白华》："天步艰难，之子不犹。"朱熹注："天步犹言时运也。"

⑦ 医巫石：即医巫闾山，在今辽宁锦州市北境，山上多摹勒刻石文字。唐贞观十九年(645)，唐太宗东征高丽，曾驻跸于此。明万历二年(1574)，辽东总兵李成梁破后金于辽左，朝廷犒师，勒铭于此山。督亢：战国时燕国之地，当年燕太子丹遣荆轲刺秦王，所献即为督亢地图。此代指收复的失地。

⑧ 蝥弧：春秋时郑伯的旗名，此代旌旗。

⑨ 大鸿胪：明代掌管朝会、筵席、祭祀及赞相礼仪的机构，其长官鸿胪寺卿为正四品官，相当于后世的外交官。

⑩ 周申甫：西周名臣申伯和仲山甫的合称。《诗·大雅·崧高》："崧高维岳，骏极于天。维岳降神，生甫及申。维申及甫，维周之翰。"亚夫：西汉名将周亚夫，曾统帅汉军平定吴楚七国之乱。

功成拂衣去，吾道在鸥凫[①]。

奉楚藩殿下[②]

雄风万里仰君王，朱邸弘开奠武昌。
山挹衡巫凭作几，水分江汉寿称觞[③]。
金茎露赐烟霞色[④]，竹简书留日月光。
季重才华吾岂敢？西园簪笔奏词章[⑤]。

奉柏友殿下

孤舟昨夜系江门，醴酒重来对一尊。
招隐山中深桂树，题诗泽畔狎兰孙[⑥]。
衣冠近接西园胜，宾客亲承左席恩。
门下三千尽珠履[⑦]，从来豪侠楚王孙。

---

① “功成”二句：用战国时齐国处士鲁仲连帮助田单收复聊城，功成不受赏，逃隐海上的故事，表明归隐之志。

② 此诗当是汪道昆任副都御史抚楚期间作呈楚藩王。殿下：对皇子的尊称。

③ “山挹”二句：恭维楚王府地势雄伟，以衡山、巫山为几案，寿可比江、汉二水。

④ 金茎露赐烟霞色：金茎，汉武帝作柏梁台，上立铜柱仙人掌以承玉露。班固《西都赋》：“抗仙掌以承露，擢双立之金茎。”

⑤ 季重：吴质，字季重，济阴人。属汉末以“三曹”为核心的邺下文人集团成员，文才出众，与曹丕、曹植多有诗文唱和。西园：汉末建安年间曹植在邺（今河北临漳西南）所建的园苑，当时曹魏诸多文士游宴其中。簪笔：把毛笔插在帽子上，随时准备书写。

⑥ “招隐”二句：西汉淮南小山《招隐士》：“桂树丛生兮山之幽，偃蹇连蜷兮枝相缭……王孙兮归来，山中兮不可以久留。”题诗泽畔：指屈原被放逐后行吟于沅湘之间，作《离骚》《九歌》以抒哀怨。

⑦ 门下三千尽珠履：《史记·春申君传》：“春申君客三千馀人，其上客皆蹑珠履。”这里赞叹楚王府中门客众多，极尽奢侈。

谦堂殿下留集池亭

王孙甲第接青霄，芝磴盘回九曲遥。
断壁云开苍兕石，闲亭月满赤栏桥。
书成桂树传鸿宝，楼隐桃花下凤箫[①]。
箕踞自怜乱礼法，平原左席日相招[②]。

王君公过访亭亭楼赋赠一首

衡岳峰回旅雁群，王家诸少独怜君[③]。
孤舟夜放山阴雪[④]，一曲秋停梦泽云。
社里来年饶草色，尊前终日挹兰芬。
盘餐莫厌供粗粝，片云萧条席可分[⑤]。

别方于鲁[⑥]

芳草连天暮霭中，揖君东去思何穷。

---

① 楼隐桃花下凤箫：意为高楼四周桃花盛开，如此美景会引来凤凰。凤箫：用王子乔吹箫引凤的典故。

② "箕踞"二句：前句用阮籍纵迈不拘礼法的故事。《世说新语·任诞》载阮籍丧母，依旧饮酒食肉，箕踞散发坐胡床上，旁若无人。并说："礼岂为我辈设耶？"自怜：自爱。平原：战国时赵国公子平原君赵胜，礼贤下士，门下食客常数千人。这里以平原君来恭维楚王好客，广纳贤士。

③ 衡岳峰回旅雁群：衡山七十二峰的第一峰名回雁峰，峰势如飞雁回旋，相传雁飞至此，不再向南，就折回北方。王家诸少：指东晋高门琅邪王氏诸子弟。

④ 孤舟夜放山阴雪：用东晋名士王徽之雪夜访戴的故事。见《世说新语·任诞》。

⑤ 盘餐莫厌供粗粝：化用杜甫《宾至》"百年粗粝腐儒餐"而来，为无美食待客表示歉意。片月萧条席可分，是说自己虽然家境清贫，但款待朋友是出于一片真情。

⑥ 方于鲁：初名大激，后以字行，改字建元，岩镇人，万历年间徽州制墨名家，与罗小华、程大约、邵格之齐名。著有《方氏墨谱》六卷、《佳日楼集》十二卷。与汪道昆为姻亲，汪招其入丰干社，时相唱和。

孤装风雨新林浦，双履烟霞桂树丛①。
宗炳卧游神自王，相如病渴赋偏工②。
月明怅望江南北，莫惮题书托塞鸿③。

肇林精舍过访汪仲淹谢少连

绿阴如幄覆香台，双树林园二妙开。
大地烟霞抆尘外，浙江波浪倚天来④。
中年法喜青精饭，末路平沉浊酒杯。
匡岳待君期结社，篮舆咫尺好徘徊⑤。

风雨亭亭楼读李欧二公诗

片雨西飞海气腥，坐来天地见漂零。
楼台晚动金银色，絺络寒裁薜荔青。
已摒萧骚成老丑，转于偃蹇托沉冥⑥。

---

① 新林浦：在南京城西，西通白鹭洲。

② “宗炳卧游”二句：《宋书·宗炳传》：“（炳）好山水，爱远游，西涉荆巫，南登衡岳，因结宇衡山，欲怀尚平之志。有疾还江陵，叹曰：老病俱至，名山恐难遍睹，唯当澄怀观道，卧以游之。”后世以观赏山水图画为卧游。王：通“旺”，旺盛之意。相如病渴赋偏工：西汉词赋家司马相如患有消渴病（即糖尿病），所以李商隐《汉宫词》：“侍臣最有相如渴，不赐金茎露一杯。”

③ 题书托塞鸿：古代有鸿雁传书的说法，以此嘱咐方于鲁别后要经常通信。

④ 抆同“挥”。浙江：即浙江。这两句称赞汪氏的肇林精舍隔绝人尘，园主信佛精勤，法力如钱塘江潮般巨大。

⑤ 匡岳待君期结社：用东晋高僧慧远在庐山东林寺结白莲社，期往生西方净土的故事。篮舆：竹制的轿子。篮舆咫尺好徘徊：期望经常来往走动。

⑥ 萧骚：头发稀疏。偃蹇：落魄，命途坎坷。

风雷不是论同调，匣里双龙若个听[①]。

亭亭楼酬余君房孝廉见过[②]

蓬蒿三径谢衣冠，千载论文此会难。
忽漫谈天来稷下，深怜避地老江干[③]。
病栖白社逢人少，贫有青山借客看。
雅调自君歌郢雪[④]，小楼风雨昼生寒。

还山讯丰干诸社友

敢谓词名擅大巫[⑤]，归来兄弟自相呼。
社中草色春多少，囊里珠米夜有无。
卜筑蓬蒿仍仲蔚，为儒笔札愧潜夫[⑥]。
诸君但具千金骨，何日君王不按图？[⑦]

---

① 匣里双龙：据《艺文类聚》卷六〇引雷次宗《豫章记》："吴未亡，恒有紫气见斗牛之间。张华闻雷孔章（雷焕）妙达纬象，乃要宿，问天文。孔章曰：惟牛斗之间有异气，是宝物之精在豫章丰城。张华遂以孔章为丰城令，至县掘深二丈，得玉匣长八尺，开之，得二剑。其夕，斗牛气不复见。孔章乃留其一匣而进之。剑至，光耀炜晔，焕若电发。后张华遇害，此剑飞入襄城水中。孔章临亡，戒其子，恒以剑自随。后其子为建安从事，经浅濑，剑忽于腰间跃出，遂视，见二龙相随焉。"这里以匣里双龙比喻李、欧二公的诗有感会风云之神力。

② 孝廉：原是汉代选拔官吏的科目之一。明清两朝，转为对举人的称谓。

③ 谈天：战国时齐人邹衍喜谈论天地宇宙之事，人称"谈天衍"。后齐王招其人稷下学宫。稷下：地名，在今山东淄博。避地：《论语》载孔子有"贤者避世，其次避地"之语。江干：江边。

④ 雅调自君歌郢雪：宋玉《答楚王问》，楚国乐师歌唱《阳春》《白雪》，和者寥寥。

⑤ 敢：岂敢，怎敢。敢谓词名擅大巫：谦称自己文才平庸，文坛无人知晓。

⑥ 仲蔚：张仲蔚，西汉平陵人。博洽多闻，善属文。闭门养性，不治荣名，居处蓬蒿没人，时人莫知。潜夫：东汉学者王符，字节信，号潜夫。隐居著述，着《潜夫论》三十余篇。后以潜夫为隐士的代称。

⑦ 千金骨：用燕昭王求贤，以千金买骏马之骨的故事。按图：即按图索骥，意为访求人才。

雨中偕汪乐渔谢少连过松石庵偶成

草庵半亩石为扉，瓢笠因君访翠微。
一片春云孤岫白，相将裁作芰荷衣[①]。

题赵松雪画一绝[②]

溪边秋水落渔梁，老树凋残昨夜霜。
最是晚归清兴发，得鱼换酒唱沧浪。

过松石庵一首

寂历松门水自流，青山如带抱僧楼。
闲来曳杖寻支遁[③]，苔色云浮曲径幽。

仲夏介堂偶题

萧疏四壁只空堂，委巷垂萝丝更长。
过屐不来苔色古[④]，无风新暑亦生凉。

夏日亭亭楼居偶题八绝

藜榻自支常坐，荜门虽设犹关[⑤]。六时细烧香茗，经月懒著衣冠。

① 屈原《九歌·湘君》:“制芰荷以为衣兮,集芙蓉以为裳。”

② 赵松雪:元代书画家赵孟頫,字子昂,号松雪道人。

③ 支遁:字道林,世称支公,东晋高僧。精通玄佛二学,与谢安、王羲之等名士交情密切。

④ 南宋诗人叶绍翁《游园不值》:“应怜屐齿印苍苔,小扣柴扉久不开。”吴诗从此化出。

⑤ 陶渊明《归去来兮辞》:“园日涉以成趣,门虽设而常关。”

绿秧田成巨浸，黄梅雨涨南陂。柳梢竞集鹅鹳，树枝低栖凫鸥。
千树周遭旁绕，一楼突兀中间。贯来不浅绿酒，看去无限青山。
岁月不知盈缩，优游那问居诸[①]。壁上或翻药囊，案头时展农书。
山色似近犹远，烟光若有还无。田里人行披笠，门前客过提壶。
雨洒竹枝廓索，风吹梧叶飕飕。一壶据床跣足，千编插架科头[②]。
黑犬咆哮似豹，黄童剥啄呼篱[③]。忽枉故人折简[④]，来邀狂客题诗。
丈石经雨泼墨，方炉着火烧丹。农书佛偈医案，儒鞋僧服道冠[⑤]。

代廷羽侄题画[⑥]

玉树匝团玛瑙，犀棱红绽珊瑚。
峨冠小凤暗相呼，春光明绣闼，香梦醒流苏。

送伯举大侄游广陵兼简竹西社诸友[⑦]

雨涨广陵涛，探奇尔兴豪。
丝桐中散绝，词赋小山高[⑧]。
白雪酬花月，黄金慰绨袍。

---

① 居诸："日居月诸"的省语，即日月，代指时光、光阴。居、诸均为句中语气助词，无意义。《诗·邶风·日月》："日居月诸，照临下土。"

② 跣足：光着脚。科头：不戴冠帽，光着头。

③ 剥啄：敲门声。

④ 折简：来信。简：简札，书信。

⑤ 儒鞋僧服道冠：表明儒、道、佛三教均融汇于其思想中。

⑥ 吴羽，一名廷羽，字左干，为吴守淮的子侄辈。

⑦ 竹西社：隆庆三年（1569），广东人欧大任典教江都，发起竹西诗社，当时许多江南文士入社。

⑧ 丝桐：代指琴。中散：嵇康曾任中散大夫，人称嵇中散。小山：淮南小山，西汉淮南王刘安门客的总称。王逸《招隐士序》："《招隐士》者，淮南小山之所作也。昔淮南王安博雅好古，招怀天下俊伟之士，自八公之徒，咸慕其德而归其仁。各竭才智，著作篇章，分造辞赋，以类相从，故或称小山，或称大山，其义犹《诗》有《大雅》《小雅》也。"

八公如有约，汗漫待卢敖[①]。

寄伯举大侄一首

家难萧条老不堪，箾中龙剑吼空潭[②]。
寄来尺素珠千颗，展去长笺玉一函。
纵酒未能同小阮，逃禅真拟事瞿昙[③]。
广陵涛色今多少，枚叔千秋墨未干[④]。

仲实侄舟具邗沟赋得新月赠李二

今夕为何夕，新蟾望不禁[⑤]。
妒眉怜镜面，弹甲动琴心。
脉脉依琼树[⑥]，纤纤挂碧杯。
翻疑泛鄂渚，榜枻共君吟[⑦]。

---

① 八公：淮南王刘安门客左吴、伍被等八人的合称。他们奉刘安之命，撰有《淮南子》一书。卢敖：秦汉之际的儒生，曾为秦始皇寻求长生仙药。秦末避世隐遁。《淮南子》书中载卢敖"游乎北海，经乎太阴，入乎玄阙，至于蒙谷之上"，遇仙人若士，向他请教成仙之道。若士答以"吾与汗漫期于九垓之外"。

② 箾：同"鞘"，装刀剑的套子。

③ 小阮：阮籍的侄子阮咸，亦以纵酒任诞而参与竹林名士之游，时人称其为小阮。瞿昙：释迦牟尼的姓，后为佛的代称。

④ 枚叔：西汉辞赋家枚乘，字叔，淮阴人。著有《七发》赋，赋中对狩猎、广陵观涛、车马的描写，极尽铺陈之能事。

⑤ 今夕为何夕：语本《诗·唐风·绸缪》："绸缪束薪，三星在天。今夕何夕，见此良人。"新蟾：新月。

⑥ 琼树：《南史·张贵妃传》载陈后主所制乐曲《玉树后庭花》中句："璧月夜夜满，琼树朝朝新。"皆为形容张贵妃、孔贵嫔之容貌。

⑦ 泛鄂渚：《说苑·善说》载，楚鄂君子皙初至封地，泛舟江上，驾舟的越人用歌声表达了对鄂君的爱慕，歌曰："山有木兮木有枝，心悦君兮君不知。"子皙深为感动，便与他交好。榜枻：船桨，指代船。

酒家别仲实二侄

桑梓能无念？[1]因人事远游。
情亲回马首，恋别复垆头[2]。
骀荡余将发，斯须尔暂留。
故园林竹色，朱夏好夷犹[3]。

送嗣仙侄东归赴盂兰盆会

我向淮南游，送尔东归去。
离筵空设村边亭，赤日红尘卷绿树。
为思汝父酒不吞，归家急荐盂兰盆[4]。
可怜只有秋江水，寄我天涯泪一痕。

紫檀冠售嗣仙侄沽酒

冠制片云披，辉煌紫气颐。
岩前餐五粒，岳下采三芝[5]。
羽扇挥堪羡，荷衣著更宜。

---

① 桑梓：古代农民在住宅边栽种桑树和梓树，以供养蚕之用。后世即以桑梓指代家乡、故园。《诗·小雅·小弁》："维桑与梓，必恭敬止。"

② 垆：古代酒家用来放置酒坛的土台。这里垆头代指酒店。

③ 朱夏：夏季。《尔雅·释天》："夏为朱明。"夷犹：从容自得。

④ 盂兰盆：佛教徒于农历七月十五日，设盂兰盆法会，用盆子装满百味五果，供养佛和僧侣，拯救入地狱的苦难众生，及报答父母祖先恩德。盂兰盆节也称中元节。

⑤ 五粒：即松脂。道教养生理论认为常服松脂可以祛病延年。《抱朴子内篇》："仙人曰：此是松脂，彼中极多。汝可炼服之。长服身转轻，力百倍，登危涉险，终日不困。年百岁齿不堕，发不白，夜卧常见有光大如镜。"三芝：所指不一，泛指灵芝等菌类植物，道教视为仙药。

自怜今短发，一醉到皇羲[①]。

春日介堂简嗣仙侄

春寒犹泠泠，阒寂闭重门。
有梦真成幻，无营道自尊。
旗枪磁瓮沸，榾柮瓦炉温[②]。
念尔高楼上，新诗细讨论。

春晚简遇寄嗣仙侄

江皋春暮片花飞，垂老南村一布衣。
牛在皋中时自饭，鸥来池上共忘饥。
频年剑气干星斗，长夜歌声达曙晖。
却喜仲容才更逸[③]，篇诗朝夕不相违。

春日兀坐嗣仙侄楼居二绝

草阁透迤只十椽，据床无事但遽然。
飞来邻圃双蝴蝶，读到《南华》第几篇？[④]
不是逃禅不隐沦，门前五柳解藏春[⑤]。

---

① 皇羲：即羲皇上人，伏羲氏之前的上古人物。陶渊明《与子俨等疏》："常言五六月中，北窗下卧，遇凉风暂至，自谓是羲皇上人。"

② 旗枪：茶芽刚展开成叶称旗，茶芽称枪。代指新茶。榾柮：树根疙瘩，用来烧火煮茶。

③ 仲容：阮咸字仲容，为阮籍之侄。此代吴嗣仙。

④《南华》：唐玄宗开元年间诏改《庄子》为《南华真经》。

⑤ 逃禅：耽溺禅修。五柳：陶渊明著有《五柳先生传》，后世即以五柳代指陶渊明或隐士。

有时佐锻还箕踞，兴挂先生漉酒巾[①]。

五日寄季询侄[②]

旧侠田文宅，新香大士家[③]。
诗从题贝锦，赋每诵《怀沙》[④]。
泪并高天雨，心明映日霞。
不平论意气，精铁吐莲花。

谢于夔侄孙酒赀[⑤]

何来驾剥啄[⑥]，小阮此追寻。
瓶罄贤人酒，囊分烈士金。
山川开日色，松桂挺秋阴。
樗朽惭无报[⑦]，空怀一别心。

春雨酬于夔见过介堂

荜门过屐少，小阮独衔泥。
浊酒衰翁事，新诗幼妇题。

---

① 佐锻：用嵇康、向秀在大树下锻铁，钟会来访，不与之交一言的故事。见《世说新语·简傲》。漉酒巾：《宋书·陶潜传》："郡将候潜，值其酒熟，取头上葛巾漉酒。毕，还复着之。"漉酒：过滤掉酒糟，陶渊明用头巾漉酒，显示其不拘礼法、自然真率的作风。

② 五日：农历五月五日，端午节。

③ 田文：齐国公子孟尝君，名田文，出生于五月五日。以豪侠好客著称，为"战国四公子"之一。大士：菩萨的通称。

④《怀沙》：屈原《楚辞·九章》中篇名，为屈原投江前的绝笔。

⑤ 于夔：吴来凤，字于夔，吴希周之子。

⑥ 剥啄：敲门声。

⑦ 樗朽：樗，落叶乔木，木质松软，有臭味。樗朽，腐朽的樗木，比喻无用之人，谦词。

座邻耽白业，楼自照青藜[①]。
惟尔知吾意，柴荆尽日栖。

① 白业：佛教术语，即善业，善行。青藜：据《三辅黄图》，刘向于汉成帝时校书天禄阁，专精覃思，夜有老人着黄衣，植青藜杖，入阁向暗中独坐诵书，吹杖端烟燃以照明。后遂以“青藜”为灯烛之代称。

汪道昆

汪道昆（1525—1593），字伯玉，一字玉卿，号南溟、南明、太函，署名有天游子、天都外臣等，歙县松明山人，嘉靖二十六年（1547）进士。历任义乌知县、南京工部主事、襄阳知府、福建按察使、右佥都御史等职。与戚继光募义兵屡破倭寇，擢武选司郎中，累官至兵部右侍郎。诗文与当时的文坛领袖王世贞齐名，时人称为“南北两司马”。著有《太函集》《大雅堂杂剧四种》等。

曲水园同诸君子看月

步檐[①]倚杖俯清流，明月依依百尺楼。
大地山河疑白雪，高天云物似清秋。
年华荏苒留三径，夜色凭陵到十洲。
回首濠梁怜异代，逍遥结袂此同游。

速陈使君邀宰公赴曲水园之约[②]

客散仍留白云声，朝来瓮牖乱飞琼[③]。

① 步檐：屋檐下的走廊。

② 速：邀请。陈使君：陈万言，字道襄，号海山，广东南海人。使君：汉代对太守的称呼，明清时亦称知府为使君。宰公：龙膺，湖广武陵人，万历八年进士，授徽州府推官，在徽州凡八年。

③ 瓮牖：牖，窗户。以破瓮为窗，比喻居处俭陋。飞琼：雪花。

探奇好在山阴道，乘兴还寻曲水盟[①]。
明日一尊开八蜡[②]，何时并辔出孤城。
剡溪咫尺丰干上，未许扁舟避物情。

杨柳干[③]

水边万杨柳，袅袅垂青丝。
去去紫骝马，勿攀杨柳枝。

法界庵

水月经行处，诸天出世间。
居然方丈室，瞥见须弥山[④]。

洗马桥

客子武陵豪，脱装坐林下。
石濑风泠泠，桥西看洗马。

竹　径

入户竹千个，中间一径分。

---

① 山阴：绍兴古称山阴，以风景秀美著称。《世说新语·言语》载王献之语："从山阴道上行，山川自相映发，使人应接不暇。若秋冬之际，尤难为怀。"

② 八蜡：古代祭祀的八种农业神，在每年的十二月举行。

③《太函集》卷一一九此诗题下有注："以下曲水园杂咏。"

④ 方丈：古代寺院主持僧住的房间只有一丈见方，后世遂以方丈称呼主持寺院的僧人。须弥山：佛经所描写的极高大的山峰。

南风入林响，仿佛弹鸣琴。

万始亭

凌旦觅春华，褰衣侵草露。
何来三足乌[1]，飞上万年树。

孤　屿

野桥乘涧道，孤屿水中央。
粲粲彼姝子，殷勤解佩纕[2]。

曲　桥

长虹垂千尺，蜿蜒天河边。
牵牛渺何许，怅望以终年。

步　檐

仰观大鹏搏，俯视儵鱼驶[3]。
其中有真人，无乃蒙庄子。

① 三足乌：神话中载着太阳运行的神鸟。《山海经·大荒东经》郭璞注："阳成于三，故日中有三足乌。乌者，阳精。"

② 粲粲：美丽。姝子：年轻美貌的女子。《诗·唐风·绸缪》："今夕何夕，见此粲者。子兮子兮，如此粲者何。"殷勤解佩纕：用《列仙传》郑交甫向江妃二女乞环佩、江妃遂解佩与之的故事。

③ 儵鱼：游动迅速的鱼。

钓　矶

盘石出水上，可以当浮槎[①]。
赖有双鱼美，招摇过酒家。

中分榭

流水周庭下，庭西望翠微。
凭轩一回首，鱼鸟相因依。

御风台

我欲乘天风，振衣朝太乙[②]。
如逢王子乔，一鼓云门瑟[③]。

馌　舍

处处起田歌，逢逢挝社鼓[④]。
当杯且莫辞，东作亦已苦。

---

① 浮槎:木筏。

② 太乙:即终南山,在西安南五十里,又称秦岭。

③ 云门:乐曲名。《周礼》:“大司乐舞《云门》以祀天神。”

④ 逢逢:拟声词,形容击鼓声。挝:敲击。

灌木庄

明诏下宽租，有年今露积[①]。
但使毕公家[②]，其馀佐宾客。

江干十二楼

主人好楼居，志在探鸿宝[③]。
倘然下列仙，愿觅金光草[④]。

青莲阁

传经从白马[⑤]，结宇依青莲。
下有阿耨水[⑥]，上有蔚蓝天。

清凉室

已悟无生法，都忘最上乘。
化身犹自幻，底作玉壶冰。

---

① 有年：年成好，粮食丰收。露积：露天堆积。《史记·平准书》载汉武帝时，“太仓之粟陈陈相因，充溢露积于外，至腐败不可食。”

② 毕公家：交纳完公家的赋税。毕：完成。

③ 鸿宝：原义为道教炼丹之书，这里泛指珍贵秘籍。

④ 金光草：传说中的仙草，食之可以长寿。

⑤ 白马：指洛阳白马寺。东汉明帝永平中，西域僧人摄摩腾、竺法兰以白马驮经至洛阳，明帝于东都城外立精舍以处之，即白马寺，为佛教入华的最早记录。

⑥ 阿耨水：指清冷的池水。

迎风坐

天风四面至，咫尺近蓬瀛[①]。
披襟且安坐，试听步虚声[②]。

三秀亭

商山采芝客，持此赠夫君。
白日孤亭上，英英出彩云。

高阳馆

草堂临曲水，大似习家池[③]。
独把青荷叶，相招白接篱[④]。

石　林

落日石林西，林中出烟雾。
樵歌何处郎？犹记来时路。

---

① 蓬瀛:神话传说中的蓬莱、瀛洲、方壶等海上仙山。

② 步虚声:一种道教音乐。

③ 习家池:据《襄阳记》:“汉侍中习郁于(襄阳)岘山南,依范蠡养鱼法作鱼池。池边有高堤,种竹及长楸,芙蓉菱芡覆水,是游燕名处也。山简每临此池,未尝不大醉而还。曰:此是我高阳池也!”故自号“高阳酒徒”,名池为高阳池。

④ 白接篱:白帽。山简出行常著白色帽子。李白《襄阳歌》:“山公醉酒时,酩酊高阳下。头上白接篱,倒著还骑马。”

玉兰亭

窈窕幽人宅，时闻王者香。
愿言荐瑶席[①]，午夜下东皇。

止止室[②]

一室谢人徒，十年穷《老》《易》。
笑杀扬子云，至今《玄》尚白[③]。

金竺山迟虎臣时以疾不至

准拟扶摇并羽翰[④]，何因萧瑟卧江干。
陶家好事邀高会，楚客悲秋中薄寒[⑤]。
强自凭陵遥对酒，仗谁问讯更加餐[⑥]。
白云满地三山出，绝胜银涛海上看。

问虎臣新居四首

莫问千金产，犹堪四壁居[⑦]。

---

① 瑶席：指贵族豪华的筵宴。姜夔《暗香》："但怪得竹外疏花，香冷入瑶席。"

② 止止室：命名之义源于《庄子·人间世》："瞻彼阕者，虚室生白，吉祥止止。"

③ 扬雄，字子云，曾模仿《易经》作《太玄经》，对当时社会政治表示不满。

④ 扶摇：又名飙，由地面盘旋急上的暴风，即龙卷风。《庄子·逍遥游》："鹏之徙于南冥也，水击三千里，抟扶摇而上者九万里。"准拟扶摇：是说本来准备像仙人一样登高，遨游云霄之上。

⑤ 楚客悲秋：战国末楚国辞人宋玉作《九辩》，开首就写道："悲哉秋之为气也！萧瑟兮草木摇落而变衰。"

⑥ 汉末古诗《行行重行行》："弃捐勿复道，努力加餐饭。"

⑦ 四壁居：《史记·司马相如列传》："文君夜亡奔相如，相如乃与驰归成都。家居徒四壁立。"形容生活极其清贫。

祇应逃市井，幸不废琴书。
褊性愚公谷[①]，穷交长者车。
移来五杨柳，青蔓近何如？

其　二

未就桃源隐，还从桂树招。
民风依《蟋蟀》，吾计得鷦鹩[②]。
断石萦村径，回堂度野桥。
浮生无住著，得地即逍遥。

其　三

卜居芳杜曲[③]，不爱郁金堂。
涧道浮秋水，江皋散夕阳。
闭门《玄》作草[④]，结客醉为乡。
莫漫来车马，行歌一楚狂[⑤]。

其　四

小筑何迁次，移居似稚川[⑥]。

---

① 褊：原义指衣服窄狭。褊性：意为性格偏执、执拗。

②《蟋蟀》，《诗·唐风》之篇名。其中有“今我不乐，日月其除。无已大康，职思其居”之句。朱熹以为此诗称赞“唐俗勤俭，故其民间劳苦，不敢少休。”鷦鹩：一种小鸟。《庄子·逍遥游》：“鷦鹩巢林，不过一枝。”比喻隐者的生活欲望极为有限。

③ 杜曲：地名，在今陕西省长安县东少陵原东南，唐时为京兆杜氏的聚居处。这里借杜曲指代吴守淮卜居的丰溪。杜甫《曲江》：“自断此生休问天，杜曲幸有桑麻田。”

④ 闭门《玄》作草：指扬雄闭门著《太玄经》。

⑤ 行歌一楚狂：楚狂接舆，春秋时楚国一位佯狂避世的隐者。《论语·微子》：“楚狂接舆歌而过孔子曰：凤兮凤兮！何德之衰？”

⑥ 稚川：东晋道士葛洪字稚川。《晋书》本传载他闻交趾出产丹砂，因求为勾漏县令，以便炼丹。元代黄公望画有《葛稚川移居图》，记述此事。

家人驱鹤驾，山鬼负龙渊[①]。
井上烧丹灶，墙头种玉田。
秋来明月好，占尽白云天。

雪夜有怀沈嘉则吴虎臣胤上人及二仲

地偏疏客礼，岁晚得吾曹。
赋岂梁园重，名应郢曲高[②]。
千秋悬彩笔，五夜忆绨袍[③]。
咫尺山阴道，相过肯惮劳[④]。

其　二

一室初迁次，何人独往还。
柴荆留上客，风雪满前山。
夜醉仍呼酒，天寒且闭关。
平生惟侠骨，明发去人间。

其　三

雪暗曹溪路，花明祇树林[⑤]。

---

① 鹤驾:《列仙传》载太子晋乘白鹤仙去,后遂称太子的车驾为鹤驾。龙渊:宝剑名。

② 梁园:又名兔园,故址在今河南商丘县东。西汉梁孝王所筑的一座名苑,梁孝王曾在此广延文士宾客。《西京杂记》称"其诸宫观相连,延亘数十里。"郢曲高:化用《对楚王问》中曲高和寡之意。

③ 彩笔:《南史·江淹传》,江淹早年文采出众,后梦中被郭璞索去五色彩笔,而文思大衰,再也写不出好文章。绨袍:厚棉布袍。《史记·范雎蔡泽列传》:"须贾哀之,留与坐饮食。曰:范叔一寒如此哉!乃取其一绨袍以赐之。"后以绨袍喻故人的深情厚意。

④ 山阴:今浙江绍兴。《世说新语·言语》引王子敬曰:"从山阴道上行,山川自相映发,使人应接不暇。若秋冬之际,尤难为怀。"过:拜访,造访。

⑤ 曹溪:为禅宗教派之一。祇树林:为释迦成佛后的第一所传法寺院,亦称"祇园精舍",这里指寺院。

四天空法眼，十地净禅心。
何处来飞锡，居人拟布金[1]。
瞿昙应不远，高坐白云深。

其　四

今夕江村雪，无如野寺寒。
只怜吾弟在，莫遣客衣单。
白社年俱盛，青灯夜欲阑。
谢家多赋客，何日献长安。

答虎臣

至后连山雪[2]，行边万里装。
只应浮大白，何处醉高阳[3]。
坐上题鹦鹉，垆头解鹔鹴[4]。
江天蓬户闭，独夜竹书光。

独酌忆虎臣

山简仍官守，荆轲自客居[5]。

---

① 飞锡：僧人游方的暂止之处。布金：佛经载释迦成佛后，舍卫国富商须达多，乐善好施，得号"给孤独长者"。他以"布金满地"的代价买下了太子祇陀的花园，为释尊建了一座"祇园精舍"，作为传法的寺院，亦称"祇树给孤独园"。后称信士给寺院或僧人的施舍为"布金"。

② 至后：冬至以后。

③ 大白：酒杯。高阳：西汉郦食其自称"高阳酒徒"，以谒刘邦。

④ 垆头：古代酒家置放酒坛的土台。

⑤ 山简：晋"竹林七贤"之一的山涛之子，曾镇守襄阳，常去郡中习家池宴饮，每饮必醉。荆轲：战国末刺客，以豪侠著称，奉燕太子丹之命行刺秦始皇，事败被杀。这里汪道昆以山简自比，以荆轲比吴虎臣。

世情几失汝，侠气尚怜予。
独酌停杯酒，相思寄尺书。
纷纷徒短褐，作意莫长裾。

寄丰干社诸君子

吾家丰水上，秋色绣林皋。
衰病从王事，穷交忆尔曹。
青云仍偃蹇，白社未萧骚[①]。
篱下留丛菊，犹堪傍浊醪。

曲水园吴汝承携酒至同诸君子

仙郎别业在江干，四坐风流聚鹖冠。
岂谓招寻烦客礼，且从箕踞尽君欢。
尊前白日褰闱静，雪后青山入座寒。
倒载不妨归路晚，高阳今作酒人看。

草阁望西山见雪虎臣同赋

江南冬暖日昏昏，忽漫青山过雨痕。
槛外风光开草阁，峰头雪色照松门。
感时莫作阳春曲，玩世惟应浊酒尊。
但得西畴饶岁事[②]，不妨东郭老孤村。

---

① 青云偃蹇：指仕途坎坷，不得志。白社：白榆社。萧骚：萧条。
② 饶岁事：指农业收成好，粮食丰收。

至日嘉则虎臣见过得虚字

冬至江关岁欲除，朝来云物望仍舒。
孤村白屋残生事，双毂青门长者车[①]。
对酒山河堪故里，论文天地有吾庐。
遥闻汉主夸胡猎，谁似相如赋《子虚》?

夏口别吴虎臣

布衣十日故人情，长铗翩翩侠少行。
但使阳春高楚调，不妨江夏忌时名。
到来云梦三秋色，何处天风一雁声。
它日采兰湘水曲，殷勤结佩赠卿卿[②]。

寄丰干社诸子

吾道惟应老鹖冠，临歧犹自劝加餐。
虚疑帝座星辰急[③]，信道君门雨露宽。
城阙清笳悲断柳，江皋杂佩忆褰兰。
中人秋气寒如此，莫漫登高直北看。

其　二

更作燕歌逐酒人，怀中匕首未生尘[④]。

---

① 毂:车轮中心的圆木,代指车驾。

② 采兰湘水曲:语本《九歌·湘君》:“捐余玦兮江中,遗余佩兮醴浦。采芳洲兮杜若,将以遗乎下女。”

③ 帝座星辰急:《后汉书·逸民·严光传》:“因共偃卧。光以足加帝腹上。明日,太史奏客星犯御坐甚急。帝笑曰:朕故人严子陵共卧耳!”汪道昆用此典,暗寓皇帝对自己的恩眷是幻想。

④ 燕歌逐酒、怀中匕首:用《史记·刺客列传》荆轲刺秦王的故事。

狂来易侧当时目，老去难容报主身。
海日即看回大地，宫云何意傍长春。
少年为问残生事，白社清斋肯厌贫[①]。

象安下第谒行因讯丰干社诸子

十年京洛老潘郎，回首风尘望故乡。
荐达谩辞当路毂[②]，飘零犹忆少年场。
喜无经术推高第，怕有山灵勒大鄣[③]。
里社相逢如宿昔，只应同醉酒垆傍。

舍弟至得虎臣诗却寄一首

逢掖翩翩到惠连[④]，故人诗句五陵传。
醉乡宇宙当浮白，穷巷轩车避草玄。
把酒相望燕市月，披襟独坐浙江天。
只今落雁秋风里，好在东篱丛菊边。

再寄虎臣

闻尔科头坐据梧，有时犊鼻倚当垆[⑤]。
三秋也自双蓬鬓，四海那看一酒徒。

---

① 肯：岂肯，岂能。

② 当路毂：朝中当权者的车驾。

③ 山灵勒大障：大障指大障山，为徽州的镇山。在大障山上勒石纪功，意在安慰象安会有金榜题名之日。

④ 逢掖：古代儒生所穿的大袖子衣服，这里指代其舍弟。惠连：谢惠连，为谢灵运的堂弟，也是晋宋之际的文学家，著有《雪赋》，文辞优美。

⑤ 犊鼻当酒垆：用司马相如身著犊鼻裤、当垆卖酒的故事，见《史记·司马相如列传》。

但对青山知己在，何妨《白雪》和人孤。
踏歌依旧缘江路，乘月唯应过狗屠[①]。

秋日同弟仲嘉过虎臣

蒹葭秋水带江村，客有羊裘过荜门。
三径荒芜重把臂，十年契阔几销魂。
新诗早已增华发，故态旋应减绿樽。
归路最宜乘落照，野桥相送又黄昏。

重阳前二日同诸弟登金竺山

竟日攀跻鸟道赊，高天寥廓雁行斜。
河沙下见三千界[②]，木叶平分十万家。
叠嶂芙蓉晴欲滴，疏林橘柚远从遮。
年来莫问登高赋[③]，原上相看鬓独华。

九日问虎臣疾兼简公临

九日柴桑旧草堂[④]，故人风雨隔河梁。
眼边俗物应同病，坐上嘉宾况异乡。
犊鼻不禁沽酒肆，科头好在读书床。
但辞梦泽归彭泽，便觉韩康避杜康[⑤]。

---

① 狗屠：屠狗贩肉之人，泛指一般的市井商贩。

② 三千界：佛教把世界分为小千世界、中千世界、大千世界，简称三千界。

③ 登高赋：元好问词："重阳欲作登高赋，一片伤心画不成。"

④ 柴桑：东晋诗人陶渊明为浔阳柴桑（今江西九江）人，这句把吴虎臣比作隐逸诗人陶渊明。

⑤ 梦泽：云梦泽，跨越湖南、湖北两省的大湖泊。彭泽：陶渊明曾短期出任彭泽县令。韩康：东晋学者韩康伯，曾注《周易·系辞传》。杜康：传说是造酒的祖师。

虎臣兄子仲实期余溪上水戏余携家弟仲嘉而徐孝廉俞山人咸在即事三首

咫尺南溪接辋川，恰逢地主竹林贤[①]。
尊前木叶千章下，棹外莼丝百丈牵。
形胜天回丰乐水，风流人比孝廉船。
桃花潭上歌声起，有客停杯独扣舷。

其　二

卷幔青天倒接离，由来山简兴多奇。
高阳宾从疑襄水，落日儿童胜习池。
疏凿更从斤竹涧，迟回长傍木兰陂。
扁舟纵落鸱夷子[②]，争似浮槎事事宜。

其　三

群峰倒影玉崔嵬，锦缆沿洄叠鼓催。
岸帻九皋尊蚁尽[③]，篝灯五夜灯龙回。
蓬壶已判乘桴去，兰桨犹烦载酒来[④]。
客散竹枝歌更好[⑤]，依依侧耳立苍苔。

---

① 辋川：水名，在今天陕西省蓝田县终南山下。山麓有盛唐诗人王维的别墅，王维在此亦官亦隐居住了三十多年。这里借辋川指代汪道昆家的肇林精舍。地主竹林贤：称赞吴虎臣是“竹林七贤”一类的高士。

② 鸱夷子：春秋时范蠡助勾践灭吴后，泛舟归隐五湖，自号鸱夷子。

③ 尊蚁：尊中之酒。蚁：酒面的浮沫。《历代诗话》引《古隽考略》：“浮蚁，杯面浮花也。”

④ 蓬壶：神话中的海上仙山蓬莱和方壶。乘桴：乘坐木筏。《论语·公冶长》载孔子语：“道不行，乘桴浮于海。”兰桨：木兰制作的船桨，代指船。苏轼《前赤壁赋》：“桂棹兮兰桨，击空明兮溯流光。”

⑤ 竹枝：即《竹枝词》。原是流传于巴蜀一带的民歌，以七言绝句为主。后泛称描写当地风土人情的民歌。

吴虎臣玄览楼

高枕唯应事卧游，清斋况复谢糟丘[①]。
慈云佛坐三千界，明月仙家十二楼[②]。
无数烟霞飞麈尾[③]，有时风雨吼床头。
弥天槛外王孙草，一径还为杖屦留。

归舍闻虎臣举子

家在阳林玉树旁，忽看花发郁金堂。
梁间玄鸟先春乳，堂上骊龙照夜光[④]。
投璧平生惟季重，御车它日有元方[⑤]。
由来新语堪传业，莫问当年客里装。

江伯禹期予兄弟及虎臣舟游阻雨移席紫阳楼

江天风雨妒春游，睥睨居然胜拍浮[⑥]。
断酒客疑元亮社，抽毫兴比仲宣楼[⑦]。
河山带郭清如洗，烟树当窗翠欲流。

① 卧游：古人称欣赏图画为卧游山水。糟丘：酒池。谢糟丘：意为戒酒。

② 明月仙家十二楼：温庭筠《瑶瑟怨》："雁声远过潇湘去，十二楼中月自明。"

③ 麈尾：魏晋名士清谈时手中所持的一种器物，用鹿尾上的毛制成。

④ 玄鸟：燕子。乳：生育，繁殖。夜光：传说骊龙颌下的明珠，夜里能发光。

⑤ 季重：吴质字季重，三国曹魏文学家，与曹氏父子情密。御车它日有元方：据《世说新语·德行》，东汉时陈寔去拜访荀淑，家贫无仆隶，便命自己的长子陈纪（字元方）驾车，次子持杖跟从，幼子陈长文坐在车上一同前往，时人都羡慕他有贤良子弟。

⑥ 拍浮：《世说·任诞》载晋代毕卓语："一手持蟹螯，一手持酒杯，拍浮酒池中，便足了一生。"

⑦ 元亮：陶渊明一字元亮。社：指慧远等人在庐山东林寺结白莲社。仲宣楼：王粲字仲宣，汉末流寓荆州依附刘表，曾登荆州城门楼眺望中原，作《登楼赋》。

南浦片云飞不度，倚栏谁唱古梁州[①]？

春杪虎臣谒行则从秣陵之广陵中夏还郡

江南春尽雨萧骚，有客东行耐薄劳。
匹马黄梅犀浦道，扁舟白雪广陵涛[②]。
千秋旧食抛鸡肋，五采新雏恋凤毛[③]。
计日青门瓜正好，归来一摘足吾曹。

再赠虎臣兼呈思善

白下纷纷侠少场，风尘谁复识行藏[④]。
曾从江汉题鹦鹉，更渡秦淮咏凤凰[⑤]。
何处停车邀上客，有时倒屣出中郎。
年来酒态应销尽，不是新亭旧楚狂[⑥]。

赠虎臣时虎臣春秋四十矣

少年犹忆结交场，晚计俄惊四十强。

---

① 南浦：浦，水边。《九歌·河伯》："子交手兮东行，送美人兮南浦。"古梁州：即《凉州词》，为古代送别名曲，曲调凄婉哀怨。

② 犀浦：今马鞍山采石矶，离南京不远。这两句概括了吴虎臣的行程：初夏黄梅时节匹马来到南京，到了仲夏又匆匆离开扬州回到徽州。

③ 凤毛：《南史·谢超宗传》，谢超宗是谢凤之子、谢灵运之孙，好学有文辞，宋武帝称赞他说："超宗殊有凤毛，灵运复出。"此联意为吴虎臣返乡是因眷恋家中新生的儿子。

④ 行藏：《论语·述而》："子谓颜渊曰：用之则行，舍之则藏，惟我与尔有是夫。"

⑤ 江汉题鹦鹉：崔颢《黄鹤楼》："晴川历历汉阳树，芳草萋萋鹦鹉洲。"秦淮咏凤凰：李白有七律《登金陵凤凰台》。

⑥ 新亭旧楚狂：化用新亭对泣的故事，见《世说新语·言语》。

穷路傍谁宽痛哭，浮名知尔托佯狂①。
坐中客礼容徐稚②，病后生涯付杜康。
莫向秋风吟泽畔，他时握手鬓俱苍。

溪南秋望

秋色蒹葭入望赊，隔溪红树斗青华。
江村落日留三舍，砧杵回风急万家③。
野外平分银汉水，林端忽起赤城霞。
美人咫尺潇湘远，目断长天到暮鸦。

草阁雨坐招吴虎臣

江上相期明月夜，雨中空对玉壶冰④。
未须把臂酣燕市，正好骑驴过灞陵。

送吴虎臣八绝句

浙江东下接沧洲，石濑粼粼万里流。一片雪山横海出，晚潮何处泊孤舟。
广陵冰雪系浮槎，日暮歌钟尔旧家。明到高斋分苜蓿，渐看春色着梅花。
鄂华东风江可怜，汉阳春柳落帆前。天涯忆尔留葭菼，地主何人乞酒钱。
章华台北岘山西，池上风流忆旧蹊。过客停车冠盖里，歌人犹唱白铜鞮。

① 穷路痛哭、佯狂，均指西晋阮籍。《晋书·阮籍传》："时率意独驾，不由径路，车迹所穷，辄恸哭而反。"

② 客礼容徐稚：《世说新语·德行》载，东汉时陈蕃为豫章太守，刚到任便先去看望徐稚（字孺子）。他还在府中专为徐稚独设一榻，"去则悬之，见礼如此。"王勃《滕王阁序》："人杰地灵，徐孺下陈蕃之榻。"

③ 砧杵：砧是捣衣石，杵为舂粮的木柱。此处指风中传来捣衣声和舂粮声，听去非常急促。

④ 玉壶：月亮。

先朝帝畤筑黄金，大岳岧峣出汉阴。倚杖直凌千嶂尽，藏书好在五云深。
孤城落日过夷门，腰下吴钩未报恩。莫道风尘轻侠客，只今车马盛王孙。
岩岩万仞出丹梯，回首烟霞五岳低。夜半苍茫生海日，空中仿佛报天鸡。
白雪楼东独倚庐，闭门寂寞子云居。春深宰树啼鸟遍，莫漫相过问著书。

沙门道隆阅藏[①]仁义寺，遍谒溪南诸长者为之聚粮，余故习吴长公，因以诗请

一钵依檀越，三车聚苾刍[②]。
高门季子裔，精舍远公庐[③]。
饭应供香积，园应借给孤[④]。
他时双树下，听法许潜夫[⑤]。

---

① 阅藏：阅读寺院所藏的佛经。

② 檀越：佛教对施主的尊称。三车：佛教以羊车、鹿车、牛车比喻佛法的三乘，此代寺院。苾刍：佛门弟子。

③ 季子：春秋时吴国公子季札。远公庐：东晋高僧慧远在庐山所建的东林寺。

④ 香积：香积寺，故址在陕西长安南。给孤：祇树给孤独园的简称，又称祇园精舍、给孤独园，是释迦牟尼最早传经说法之处。

⑤ 双树：释迦牟尼圆寂于双树之下。潜夫：东汉王符号潜夫，后为隐士的代称，这里借指吴长公。

吴　薪

哭叔父虎臣先生十六韵

少微嗟已没，下寿尚云无。神逐飞仙鹤[①]，身同过隙驹。群公深叹息，二竖惬须臾[②]。井里虚诗社，邻家自酒垆。白头伤老母，黄口痛遗孤。鼠啮《三坟》字，虫残《五岳图》[③]。山云昏草阁，野日冷松枢。忆昔携长剑，豪游至上都。冠裳多折节，花月几吹竽。意气陈惊座，佯狂阮泣途[④]。论交偏感激，涉世遘艰虞。八魏思公子，浮湘吊左徒[⑤]。远行亡仆从，未老变头颅。龙性应难屈[⑥]，鸡群耻共趋。还乡甘偃蹇，旧业转荒芜[⑦]。今日林中竹，含凄半欲枯。

① 神逐飞仙鹤：即驾鹤西游之意，死亡的委婉说法。

② 二竖：代病魔。典出《左传·成公十年》："公梦二竖子曰：彼良医也，惧伤我，焉逃之？其一曰：居肓之上，膏之下，若我何？医至，曰：疾不可为也，在肓之上，膏之下。攻之不可，达之不及，药不至焉，不可为也。"

③《三坟》《五典》《八索》《九丘》为传说中的上古典籍。道藏中有《五岳真形图》。

④ 陈惊座：《汉书·陈遵传》载陈遵字孟公，以豪侠名闻天下。每至人门，曰"陈孟公"，坐中莫不震动，人送绰号"陈惊座"。阮泣途：《晋书·阮籍传》："时率意独驾，不由径路，车迹所穷，辄恸哭而反。"

⑤ 公子：战国时魏昭王少子，字无忌，封信陵君，有食客三千。左徒：屈原曾官左徒，此代屈原。

⑥ 龙性应难屈：龙性，指特立独行、桀骜不羁的个性。颜延之《五君咏·嵇中散》："鸾翮有时铩，龙性谁能驯。"

⑦ 偃蹇：落魄，潦倒。旧业：旧居。

吴 兆

吴兆字非熊，休宁县鉴潭人，明末诗人。钱谦益采其诗入《列朝诗集》丁集，推许吴兆与程嘉燧为一代布衣诗人之冠。称其好穷山林花鸟之致，竟日讽咏，不知有人。其诗早年秾华婉约，中岁清真潇洒，大要沉酣于六朝、唐人，工力并深，兴象兼会。

过吴太常山居[1]

只在花深处，恒来亦废寻。
书声闲竹色，鹤梦冷松阴。
时过邻僧饭，仍多野客吟。
泠然暮空碧，清磬出春林。

过汪隐君道会二首

适渡丰溪水，隐隐松明山。
松色自幽映，溪声复潺湲。
主人尚高卧，童子启柴关。
眺听且延伫，落日半林间。
一见情自深，何用叙契阔[2]。
荒村人事外，放言多疏脱。

① 吴太常：吴士奇，历官太常寺卿。

② 契阔：见面寒暄。

名迹混众人，风期迈前达[①]。
托宿夜窗清，山月照松栝。

夜宿肇林寺

晚向空门且息劳，前村灯火隔寒皋。
深林夜半丰溪雨，梦枕滩声几尺高。

① 前达：前贤。

吴 羽

吴羽，一名廷羽，字左干，明万历年间西溪南版画家，擅画山水花鸟。曾与丁云鹏合作，为方于鲁画墨谱，极尽工妙。

墨谱题诗①

山中积雨日偏长，春草池塘句渺茫。
坐对青山无伴侣，松花吹落水痕香 。

① 此诗见《十百斋书画录》辛卷著录其《山水画》。款署“丙辰春日遇林云书院，无事山间独坐，以成小景。吴羽”。丙辰为万历四十四年(1616)。

吴士奇

吴士奇，字无奇，万历二十年（1592）进士。历官湖广右布政使、太常寺卿。天启年间魏忠贤阉党篡政，遂致仕归。著有《三祀志》《史裁》《考信编》《征信编》《绿滋馆稿》等。

滟　滪

孤根夹浪拥江间，百二层峦片石关[①]。
急峡倒流天上水，高滩下指榜头山。
形同牛马心愈怖，舟近鱼龙胆讵豩[②]。
听说风波前更恶，来朝百丈费牵攀。

山　居

世网倏然脱，门罗长自闲[③]。
残花飘壮志，芳树寄颓颜。
家近草玄阁，时从问字还[④]。
穷愁欲有述，汗漫未能删。

① 百二：形容地势险固，二人守险，足挡百人。

② 豩：原义为群猪追逐嬉戏。讵：谁。

③ 门罗：即门可罗雀，意为罕有人登门。

④ 这两句用西汉末年扬雄淡泊自守、潜心著述的故事，表明自己远离政治、甘于著述终老。《汉书·扬雄传》载扬雄博学，多识古文奇字，著有《太玄》《方言》。

楼 居

闭关堪逃俗，二毛暗欲侵[①]。
千山时寓目，一榻独知心。
开简半忘义，信歌自好音。
归来学种柳，窗外已成阴。

清明过三溪

雨歇山交翠，回溪转曙光。
鸟过鱼乱影，花醉草分香。
谷吐惊岚变[②]，川鸣讶峡长。
故园柳正拂，依依感道傍。

自 述

结发请缨渐白头[③]，一官十载愧宜休。
据梧忽入牛衣梦[④]，笑向东风整故裘。

山 居

累心余独遣，随境自悠悠。
修竹清阴昼，疏桐明月秋。

---

① 二毛：白发。

② 岚：山间云气。

③ 请缨：《汉书·终军传》："军自请，愿受长缨，必羁南越王而致之阙下。"缨：绳子。

④ 牛衣：用稻草编织的草帘子，供牛马御寒用。《汉书·王章传》："初，章为诸生，学长安，独与妻居。章疾病，无被，卧牛衣中，与妻决，涕泣。"

抗情嘐慕古[①]，卑论且同流。
坐得一丘趣，无须五岳游。

春日同兄叔夏、弟素臣饮济美叔南庄，信甫兄夜至

青原虽在目，不厌日攀临。
桃李自呈色，风涛谁辩音。
樽空犹迟客[②]，花暗欲留禽。
野旷春灯上，烟光合射林。

夜同去疾、季常、子建、仲蔚、越石赏梅值风雨

一曲关山漏暗催[③]，飞花急雨促行杯。
风飘素影萦窗入，水动寒香拂席来。
冷艳欲随残腊尽，馀芬留傍众芳开。
无端忽忆仙郎梦，空向江东叹落梅。

奉和直指[④]苏公同二司明远楼对月

高楼天耸碧嵯峨，帘卷晴空受月多。
瑞应编珠开石室[⑤]，辉连合璧动银河。
氛消万里澄清影，漏肃重门散夜歌。

① 抗情：坚持高尚的情操。嘐：自满的样子。

② 樽空：汉末名士孔融有言："坐上客常满，樽中酒不空，吾复何求。"这里反用其意。

③ 漏：铜壶滴漏，古代用来计时的仪器。

④ 直指：原为汉代所设专管巡视的官员，由朝廷直接派往地方处理政事，亦称直指使者。明人习惯把永乐以后所设的巡抚一职，称作直指。

⑤ 石室：朝廷藏书之处。

遥忆武昌秋兴远，隔墙云度欲相过[①]。

汉冲馆

客舍洵如传[②]，重游喜有依。
林空山入牖，汀转水周扉。
题柱怀司马，赠袍睠布衣[③]。
五陵多侠少，花萼自相辉[④]。

月下同子建、百昌听泉

和风初拂野，山月照泉明。
只觉一根净，徐听万籁清。
细流无急响，虚谷有馀声。
袅袅随波去，回看一片明。

崇文书院

翠微开讲幄，高阁耸层嵚。
地辟兼天迥，堂空入室深。
卜居宜远市，习静欲潜林[⑤]。
世泽俨如在[⑥]，羹墙肃所钦。

---

① 过：拜访，访问。

② 洵：确实。传：传舍，驿站。

③ 睠：同“眷”，眷顾、青睐之义。

④ 五陵：汉代长安有五处帝王陵墓：长陵、安陵、阳陵、茂陵、平陵。朝廷徙富豪之家于诸陵，故五陵多为豪侠所聚。

⑤ 习静：独居养性，静思默想。

⑥ 世泽：前人留下的德惠恩泽。

有邻天下士，不朽此人心。
霜落榛芜扫，春晴桃李森。
诗书敦宿好，钟磬袅馀音[①]。
大道贯终古，斯文未丧今[②]。
浮生虚半百，投老惜分阴。
驽马已甘伏，应龙谁作霖[③]？
白眉欣掘起，紫气卜来临[④]。
缅想归欤叹[⑤]，还于乐处寻。

---

① 这两句化用陶渊明《辛丑岁七月赴假还江陵夜行途中》“诗书敦宿好，林园无俗情”及常建《题破山寺》“万籁此俱寂，唯馀钟磬音”而来。

② 斯文：《论语·子罕》载孔子语：“文王既没，文不在兹乎？天之将丧斯文也，后死者不得与于斯文也；天之未丧斯文也，匡人其如予何？”

③ 应龙：古代神话传说中有翼能飞的龙。《楚辞·天问》：“应龙何画？河海何历？”

④ 白眉：蜀汉马良眉有白毛，乡里为之谚曰：“马氏五常，白眉最良。”后以“白眉”指代出类拔萃的人。

⑤ 归欤：即归哉。《论语·公冶长》：“子在陈曰：归欤，归欤！吾党之小子狂简，斐然成章，不知所以裁之。”李颀《望秦川》：“客有归欤叹，凄其霜露浓。”诗人用此表明自己厌倦仕宦、归隐田园的心志。

李流芳

李流芳，字茂宰，又字长蘅，号沧庵、檀园、古怀堂、香梅、六浮道人，晚称慎娱居士。西溪南人，后侨居嘉定。明万历乙亥年生，崇祯已巳年（1627）卒。李流芳在侨居嘉定期间与唐时升、娄坚、程嘉燧友善，被称为嘉定四君子。李流芳的诗歌清新自然，激情洋溢，造诣精深，独具风格。

题画绝句

欲挂衣冠神武门，先寻水竹渭南村。
却将旧斩楼兰剑[①]，买得黄牛教子孙。

送程孟阳游楚中

我欲劝君为楚游，喜君翻然即掉头。
今日置酒与君别，见君行色我始然。
平生心知两莫逆，人言君痴我亦痴。
村扉城郭嫌疏索，那能别此长为客。
去年送我扬子湄，焦山落日江逶迤。
岂意今年复送君，楚云湘水劳相思。

① 楼兰：汉代西域的鄯善国，在今新疆维吾尔自治区鄯善县东南。据《汉书·傅介子传》，西汉时，楼兰国王与匈奴交好，屡次遮杀汉朝派往西域的使臣。傅介子奉命前往，用计刺杀楼兰王，"遂持王首还诣阙，公卿，将军议者，咸嘉其功。"

君家书阁秋山中，千山万山松入风。
我亦买山梅花里，诛茅卜邻期子同。
惜哉此意不得遂，连年飘泊徒西东。
人生万事常相左，饥来驱人欲谁那。
君今新得贤主人，相将且拽寒江柁。
江月山花远趁君，诗囊画本留贻我。

西泠桥题画

多宝峰头石欲摧，西泠桥边树不开。
轻烟薄雾斜阳下，曾泛扁舟小筑来。

自题《水墨山水画》

每爱疏林平远山，倪迂笔墨落人间[①]。
幽人近卜城南住，写出春风水一湾。

① 倪迂：元代画家倪瓒，性情孤僻执拗，人称倪迂。

渐 江

渐江（1610—1664），俗姓江，名韬，字六奇；又名舫，字鸥盟；明亡后出家，法名弘仁，字无智，号渐江。歙县人，明诸生。渐江以画著名，是新安画派的奠基人。中晚年曾长期居住在西溪南村。并在该村创作了许多绘画精品。如《晓江风便图》《江山无尽图》《丰溪山水册》等，并赋有诗句。

为闲止作山水轴

雨余连雨觞声急，能不于斯感暮春？
花事既零吟兴倦，松风还可慰宵晨。

云根丹室图轴

黄海归筇，暂息丰溪，适孙子进日邮至，属图为宜生居士寿。画竟，率成小诗，借作南山之颂。

翼然丹室倚云根，鹤纛香幢邃古存。
一艇静操如有待，短鑱犹自隔灵源。

江山无尽图

几年未遂居山策，瓶笠还如水上萍，

独是丰溪可瞻恋，呵冰貌影墨零星。
辛丑十一月写并题，似莲士先生[①]正。弘仁。

为伯炎画山水轴

旧村一屋树同存，流水裁令过后门。
书卷不留琴不挂，秋斋危坐度黄昏。

为与进画山水轴

老年意绪成孤涩，乍见停云有会心。
笔墨于斯需一转，纵横无碍可传神。

茅屋禁寒图

茅屋禁寒昼不开，梅花消息早先回。
幽人记得溪桥路，双屐还能踏雪来。

① 莲士先生：吴慈，字莲士，号香来，西溪南人。能诗，与渐江、汤燕生为友。

石 涛

石涛（1642—1707），号大涤子，俗名朱若极，明朝皇室后裔。清代四画僧之一。

清湘书画稿①

天都直耸四千仞，中藏三十六芙蓉。练江二十四溪水，争流倒泻兮朝宗。岑山砥柱中流溶，烟晴二溪声淙淙。松风堂在篼丛中，至今开合散天下。出人往往矫如龙，我生之友交其半，溪南潜口汪吴贯②。君家得药好容颜，美髯鹤发双眸灿。慷慨挥金结四方，风流文采分低昂。默而不语神溟溟，琅然发歌声苍苍。儿孙满座皆英才，雄谈气宇生风雷。狂澜兴发中堂开，焚香洒墨真幽哉。

题画赠老友吴兼山③

春自吹芦秋自葭，老年魂梦尽天涯。
昔时蹴鞠看儿戏，此日涂冠可学鸦。
旧里逢君心易画，新诗如我目难花。

---

① 此诗选自故宫博物院收藏的石涛《清湘书画稿》。

② 西溪南、潜口旧属歙县管辖。西溪南村以吴姓为主，潜口村以汪姓为主。石涛在西溪南、潜口两村交往了许多朋友。

③ 此诗选自汪世清编著的《石涛诗录》。原诗抄自北京市文物管理处藏《清原济山水行书诗卷》。吴震伯，字惊远，号兼山，西溪南人。侨居宣城，与石涛是朋友。

黄山不落人间字（小注：余曾题石，至今有在），
卸脱清风袖里霞。

溪南老友吴兼山先生须眉照世，宛然丘壑风流，追叙当年，又觉襟期如昨。笔砚间不替少小戋戋也。一笑。清湘弟大涤子若极拜手耕心草堂。

乔 寅

乔寅，字东湖，与石涛同时代，是扬州当地的文人，能诗。著有《理咏堂集》。

石桥访吴次卣[①]

金竺枕高卧，丰溪静掩关。[②]
披帷惊我至，把卷羡君闲。
灌木阴相接，啼莺去复还。
萧然尘念尽，何必远人间。

① 此诗选自《理咏堂集》卷三。

② 原歙县石桥村在金竺山的脚下，距离西溪南村三华里。村中吴姓为大族。乔寅在康熙乙丑年(1685年)游览徽州，特地前来石桥村拜访吴次卣。

吴　龙

吴龙字在田，号云友、研友、砚友。生卒年待考。善画。

草亭听泉图题画诗

榕柏森森一草亭，闲来趺坐听泉声。
青峰秀拔云根静，仿佛蓬莱岭上情。

一坞斜阳图

绿树阴森好鸟鸣，雨余高涧杂风声。
空山尽日无车马，一坞斜阳曳杖行。

吴可封

吴可封，字唐叔，吴守淮从子。与罗逸、程嘉燧交情甚密，善诗文，吴孔嘉称其为“丰干社后劲”。

松石庵同华长人读《雪山遗草》

倚席招提蓼水汀[1]，夜窗寒色正冥冥。
联床鸥鹭应同梦，酾酒鱼龙不独醒。
月满楼台三乘寂[2]，霜清竹石一灯荧。
空梁旧墨人何在？溪上遥山数点清。

过松石庵怀古

山庵连竹径，野色淡嚣心。
啼鸟行阶久，闲云锁榻深。
松涛僧共听，石影客同寻。
遥感悲今昔，风流绝赏音。

---

① 招提：佛寺。

② 三乘：乘即佛乘，为载运之义。佛为使众生出离生死苦海，将修行次序分为三个等级，称三乘。

九日同诸友松石庵登高

连袂寻幽致，登高兴欲狂。
疏风下木末，微日引岚光。
沙濑流鸿响，山椒散菊芳[①]。
班荆随意坐[②]，清滴恋僧房。

过松石庵赠瑞公

披云乘磴入，绀荔护禅幽。
忽听松鸣呗，时看石点头[③]。
龛经除法相，掷钵拟虚舟[④]。
霜月烟钟寂，蒲团定理求。

悼　内

舌在无人问，荷衣谁为裁[⑤]？

---

① 山椒：山脚。

② 班荆：席地坐在草上。《后汉书·陈留老父传》："陈留张升去官归乡里，道逢友人，共班草而言。"李贤注："班，布也。"

③ 呗：梵呗，用梵语诵读佛经。石点头：《莲社高贤传》："竺道生入虎丘山，聚石为徒，讲《涅槃经》，群石皆点头。"

④ 法相：佛的端庄美好形象。

⑤ 舌在：《史记·张仪传》载，张仪游说诸侯，曾被楚王笞掠数百，归而谓其妻曰："视吾舌尚在不？其妻笑曰，舌在也。仪曰：足矣。"荷衣：裁荷叶为衣，比喻生活清贫。《九歌·少司命》："荷衣兮蕙带，倏而来兮忽而逝。"

拂弦悲雉失，开镜叹鸾摧[①]。
月暗种花阁，芜深识锦台。
最怜风雨夕，肠断百千回。

家庐亭亭楼荼蘼花放

寂寞玄亭花漫空，瑶华高簇碧玲珑。
参差蕾彩冰翎颤，蜿蜒英姿落艳通。
舞倦珠霄微倚月，笑闻粉面足临风。
宵分最胜红灯照，檀晕柔香袭翠中。

避暑仁义寺同孝廉赵无声、葛万悦小集

幻劫趋尘相[②]，琐烦到讲台。
大龙双树隐[③]，昙钵一花开。
翠竹招游雀，黄鹂坐落梅。
西山多爽气，暝色入尊罍。

百昌侄招集畸庄

东阁幽栖地，南山夕景晞。
芙蓉醉双沼，石竹暗孤扉。

---

① 开镜叹鸾摧：《太平御览》卷九一六引范泰《鸾鸟诗序》，古代罽宾国国王获得一只鸾鸟，三年不鸣。王后曰："闻鸟见其类而后鸣，何不悬镜以映之。王从其言。鸾睹影感契，慨焉悲鸣，哀响中霄，一奋而绝。"后遂以鸾镜代指妻子或妆镜。骆宾王《代女道士王灵妃赠道士李荣》："龙飙去去无消息，鸾镜朝朝减颜色。"

② 幻劫：佛教认为世界的本质是虚幻不真实的，每过若干年毁灭一次，称为一劫。尘相：与实相相对，尘俗的表相。

③ 双树：佛经记载佛于阿利罗跋提河边的双树间涅槃，后世遂以"双树"指代佛或高僧的涅槃。

巾棹秋能至，云林意不违[①]。
移觞待明月，还向水亭依。

同象升侄辛桥看桃花

联袂课春事，绮罗骄碧漘[②]。
步来锦作障，看去玉为人[③]。
燕尾云鬟小，莺喉月扇新。
莫言无楫渡，解语是花神。

过交芦馆对桐阴忆大年[④]

十年未过交芦馆，百尺青桐覆四邻。
影浸葭潭梅室砚，瑟瑟圭阴夕照沦。
抚树徒伤当日事，次且不见种桐人[⑤]。

于廷侄为画观音大士赋谢

古推画史吴程善，摹神大士青莲睍。贯休南羽粉本传，法相圆通多巧变。余家小阮绘手奇，自出心眼笔愈健。含毫观想入阒思，旋为大士

① 巾棹：陶渊明《归去来兮辞》："或命巾车，或棹孤舟。"云林：元代画家倪瓒，自号云林子。

② 碧漘：碧水边。

③ 步障：用以遮蔽尘土或遮挡内外的屏幕。《世说新语·汰侈》："君夫（王恺）作紫丝布步障，碧绫裹四十里。石崇作锦步障五十里以敌之。"玉为人：《世说新语·容止》："裴令公（楷）有俊容仪，脱冠冕，粗服乱头皆好，时人以为玉人。"

④ 大年：吴迈，字大年，溪南人。

⑤ 次且：同"趑趄"，流连徘徊之义。

开生面[①]。慈悲蠕蠕指下生，淡扫行云无色绚。七宝衣冠宛庄严，陡而消我慢疑见。墨池灵异迈群伦，满眼交光飞片片。茅堂顶礼供人天，法相真身都莫辨。（于廷，谱名懋修，字于庭。画名修。）

修能馆小集

秋花倚醉石，芳树近楼低。
好客时开径，思君因款扉[②]。
染云题片月，飞羽□残晖。
乐剧衔杯久，都忘木叶飞。

为德常弟悼亡

片片玄云堕作鬟，月华疑雪雪疑颜。
自从鸾镜分飞后[③]，怕上南楼望远山。

天石弟南宫及第拜翰林院编修志喜

锡第空群甲冀方，承恩视草入鹓行[④]。
趋朝花映宫袍色，宿直藜分太乙光。

① 开生面：杜甫《丹青引》："凌烟功臣少颜色，将军下笔开生面。"此处指吴懋修所画的观音像面目如生。

② 款扉：敲门、扣门。

③ 鸾镜分飞：鸾镜指妇女的妆镜，鸾镜分飞，指妻子病故。这里反用陈末徐德言与其妻乐昌公主破镜重圆的故事，见孟棨《本事诗·情感》。

④ 锡第：锡同"赐"，赐给宅第。空群甲冀方：韩愈《送温处士赴河阳军序》："伯乐一过冀北之野而马群遂空。解之者曰：吾所谓空，非无马也，无良马也。伯乐知马，遇其良，辄取之，群无留良焉。"比喻国家选拔人才，贤良网罗殆尽。鹓行：比喻官员上朝的行列。

启事共推金刀客，泥金曾识探花郎[①]。
明时得□弹冠庆[②]，注目擎天作栋梁。

诏起太史天石弟赋诗

诏起仙郎典石渠，东山清望炙巾车[③]。
行同鹓鹭趋麟阁[④]，不共樵渔醉酒垆。
南盼湘湖诗克吊，北瞻燕赵事难书。
新亭风物谈犹昔，张李当年岂为鱼[⑤]？

江上怀天石弟

江阁日多雨，飞花正暮春。
滩声惊倦狖，峰影掠游鳞。
湖山赏野客，图史狎逋臣。
痛饮师彭泽，清晖几柳新。

题天石弟清晖馆

清晖燃藜处，太史草玄堂。甲第先朝赐，琴书奕世藏。渥洼龙友企，

① 探花郎：吴孔嘉中天启五年(1626)一甲第三名进士，为探花。

② 弹冠庆：《汉书·王吉传》："吉与贡禹为友，世称：王阳在位，贡公弹冠。""弹冠"为准备入仕之典。

③ 石渠：西汉皇宫有石渠阁，为皇家藏书及编纂典籍之处。此指吴孔嘉入国史馆参与纂修《神宗实录》。东山清望：谢安早年曾隐居东山，当时已名满天下，人们都急切盼望他出山为国效力。见《晋书·谢安传》。炙：亲奉，承接。巾车：有帘帷的车。

④ 麟阁：麒麟阁，汉代皇宫阁名，在未央宫内。汉宣帝时曾画霍光等十一功臣像于阁上，以表彰其功。

⑤ 新亭：在南京城西。永嘉南渡后，东晋大臣常在此宴饮，有"新亭对泣"的故事。见《世说新语·言语》。

丹穴凤雏将[1]。室回延朝爽，池漪纳晚凉。曲桥通药径，虚阁枕凫塘。劈玉梅英紫，舒金桂粟黄。乳莺分萼影，孙竹映文光。槐叶飘修带，藕华逞艳裳。栖飞松峤邑，牑挹荇田香。兴至诗□雪，宾来酒过墙。醉花携宝扇，啸吟据胡床。痞痳怀周孔，襟期向帝皇。少登仙吏籍，老逸白云乡。即此桃源是，居然好徜徉。

读书绿滋馆

水田成小隐[2]，楼观阅古今。迢凉蹑台曲，畏影息池阴。开轩眺绿野，扫磴倚青林。萼峙色浮几，荷疏香袭襟。草间乱轻翅，枝上流好音。剪径延苍舄[3]，陈书横素琴。达生足为悦，寡欲鲜所侵。疑义苟已析[4]，浮名何用钦？

绿滋馆木香花

百尺藤英倚树枝，摇空谩道六铢随[5]。
亭亭弱艳飘阿阁，冉冉幽馨袭曲漪。
玉晕鹭藏栖弗见，绡痕蝶戏逐方知。
昼长风暖晴条合，独步中庭花乱垂。
桃靥飘残花竞开，独怜柔质自徘徊。
迎烟微倚千枝碧，映日斜分四照皑。
轻摘云中珠讶堕，远观天际雪惊颓。
纵然绰约销归去，仍似飞蛾纷踏来。

---

① 渥洼：水名，在今甘肃省安西县境内，传说产神马之处。丹穴：《山海经》载丹穴之山产凤凰。凤雏：《晋书·陆云传》载陆云幼时，闵鸿奇其才，叹曰："此儿若非龙驹，当是凤雏。"

② 小隐：《文选》卷二十二王康琚《反招隐》："小隐隐陵薮，大隐隐朝市。"

③ 苍舄：草鞋。

④ 疑义苟已析：陶渊明《移居》："奇文共欣赏，疑义相与析。"

⑤ 六铢：六铢衣。佛经称忉利天衣重六铢，谓其轻而薄。这里指妇女所穿的轻薄纱衣。

仲春积雨集绿滋馆分赋得东字

舫亭雅集雨声中，烟柳丝丝尽向东。
石洞云来芳树碧，草塘风起落花红。
灯明禅榻茶香韵，酒熟幽窗词赋工。
自哂鹖冠萍梗甚，愿依莲社问支公[①]。
（同集独濯、曷休二开士，吴香林、船子、曹无咎、祚文侄）

恒初督学兄起补赋送

三诏儒臣接建章[②]，汉家天子重贤良。
九春花鸟随行幰，二月车骑入帝乡。
海内文章增气色，江南礼乐自辉光。
已知揽辔关当世[③]，何用东山恋草堂。

瑞生治具恒初兄坐雨古佛堂

奉尽遥瞻刹外峰，檐光剧雨间疏钟。
满庭古树阴初合，隔院禽声啼欲慵。
砚雪墨开林气润，茶香烟湿草光浓。
浮生此日晴多胜，秉烛倾心喜过从。

① 鹖冠：隐士所戴之冠。支公：东晋高僧支遁支道林。

② 建章：汉代长安有建章宫，这里指朝廷下诏起用吴恒初。

③ 揽辔：拉起马缰绳。《世说·德行》："陈仲举（蕃）言为世则，行为士范，登车揽辔，有澄清天下之志。"

仲春陪恒初兄新桥观鱼

临流深羡与濠同[①]，物我忘机乐此中。
高荚影摇惊避绿，小桃花泛正吞红。
晴开队逐如游镜，烟护分行似御空。
不寄相思题尺素，万头千百戏津红。

三月里中新桥灯盛陈赋得花字

寒食方过灯再华，紫槽檀板落溪沙。
霞城乍合惊飞鹊，火树初开起宿鸦。
百尺星虹人斗月，一天丝竹水生花。
盈盈香步归残晓，烟锁长堤数万家。

挽恒初兄

明月中峰堕，悲来泪不休。
葑桥思漱石，草阁想盟鸥[②]。
直行野皆哭，遗书朝欲求。
萧然一廉吏，东海梦长游。

① 临流深羡与濠同:《庄子·秋水》载庄子与惠子在濠梁之上观鱼，辩论庄子是否知鱼乐。

② 漱石:《世说新语·排调》:"孙子荆(楚)年少时欲隐，语王武子(济):当枕石漱流。误曰漱石枕流。王曰:流可枕，石可漱乎? 孙曰:所以枕流，欲洗其耳;所以漱石，欲砺其齿。"后以"枕流漱石"指代隐居生活。

丰溪上

沙明晴过雨，伫立思悠悠。
自即林中鹿，人惭海上鸥[①]。
松潭红叶寺，柳月白萍洲。
会属疏松动，河倾兴未休。

---

① 海上鸥:《列子·黄帝篇》载,有人住在海边,与鸥鸟相亲近,两无猜疑。他的父亲知道了,要他去把鸥鸟捉来。第二天他来到海边,鸥鸟见他便飞走。

陈维崧

陈维崧（1625—1682），字其年，号迦陵，江苏宜兴人，明末名士陈贞慧之子。少负气节，豪迈不羁。康熙十八年（1679）召试博学鸿词科，由诸生授翰林院检讨，参与纂修《明史》。能诗，工骈文，尤以词著称，有《湖海楼诗集》《迦陵词》传世。

潘芝馥招同吴天石、弟鲁生平园观剧二首

病后心情那自宽，怕听丝竹倚阑干。
好携越簟冰三尺①，细拣楝花落处摊。

倦客颠狂载酒游，凤城明日又经秋②。
感君意气为君醉③，今日他乡缓自歌。

① 越簟：越地出产的竹簟。

② 凤城：秦穆公女弄玉吹箫引凤，凤凰飞降咸阳城。后遂以“凤城”指称京师。

③ 此句化用王维《少年行》“相逢意气为君饮，系马高楼垂杨边”而来。

吴孔嘉

吴孔嘉，字元会，号天石，西溪南人。天启乙丑（1626）进士。崇祯初（1628）以母老归，不复出。康熙六年（1667）丁未卒，年七十九。著有《玉堂际草》《臣鉴汇编》《知非录》《后乐堂集》等。

咏　竹

几竿清影映窗纱，筛月梳风带雨斜。
相对此君殊不俗，幽斋松径伴梅花。

木芙蓉

半临秋水照新妆，淡静丰神冷艳裳。
堪与菊英称晚节，爱他含雨拒清霜。

西湖与友泛不系园

潋滟湖光十里堤，携将书画订鸥盟。
清风明月消闲趣，茗椀香炉寄野情。
小棹六桥看系马，孤蓬三竺听流莺。
荷香处处催诗兴，一片涵空麦浪生。

五律三首[①]

萧然三径曲[②]，客至喜非遥。
河洛声名著，纵横彩笔摇。
霜花残入幕，雨气晴通桥。
莫讶东篱下，陶然伴老荛。

久矣逃禅寂，观空杳不闻。
佛留无尽愿，天惜在兹文。
世态尘中影，交情陇上云。
我应持此赠，未许狎鸡群。

旷怀今古事，任运待如何？
春发长青草，秋归不谢柯。
课儿聊遣日，读史可当歌。
取醉西窗夜，能无感慨多。

① 此诗及以下二首均选自《萧然吟、良友赠言》。

② 三径：庭院内小路。陶渊明《归去来兮辞》："三径就荒，松菊犹存。"李善注引《三辅决录》："蒋诩字元卿，舍中竹下开三径，唯求仲、羊仲从之，皆挫廉逃名不出。"后以三径指代隐居之地。

施闰章

施闰章（1618—1683），字尚白，号愚山，安徽宣城人。顺治六年进士，官至侍读、江西布政司参议，清初著名诗人、文学家，与山东宋琬并称为“南施北宋”。有《学余堂文集》《学余堂诗集》。

吴母苦节诗

歙人胡氏早寡，抚遗腹延支终其身。

君遗妾有身，妾思君同穴[①]。夙昔嫁君衣，拭泪尽成血。别鹄一何早[②]，哺雏一何好。莱彩曜中庭，妾身自綦缟[③]。喔喔霜鸡啼，札札鸣机丝[④]。机丝有断续，素心无改移。

寄挽吴节母胡氏

当年陶母识吾曹[⑤]，旧忆登堂醉浊醪。

① 同穴：典出《诗·王风·大车》：“谷则异室，死则同穴。谓予不信，有如皎日。”谷：生。后多用“同穴”表明坚贞不渝的爱情。

② 别鹄：琴曲有《别鹄操》，为哀叹丧偶而作。

③ 莱彩：用老莱子彩衣娱亲的故事，为古代孝亲之典。綦缟：缟衣綦巾，古代平民女子所穿的白绢上衣与浅绿色围裙。

④ 札札：拟声词，织布机摇动的声音。古诗《迢迢牵牛星》：“纤纤擢素手，札札弄机杼。”

⑤ 陶母：东晋名将陶侃的母亲，以明理干练、善于教育子女而著称。这里指代吴母。

早岁柏舟成永痛，千秋彤管待谁操[①]？
鸡声夜织余蚕绩，熊胆亲分长凤毛[②]。
仙佩归魂招不得，泪痕空逐广陵涛。

过交芦馆（是吴肇一、大年两君从先王父读书处）

二妙书堂尚可寻，芦洲竹屿共阴森。
下帷不为窥园计，隐几时闻流水音[③]。
人去荒亭松桂合，春来虚阁薜萝侵。
当年讲席留诗处，满壁苔痕自古今。

集吴天行钓雪堂

主人别业开溪烟，一树雪球巧当筵。
急筦繁弦催骤雨，丹亭曲榭引流泉。
野云风细来袅袅，竹舸滩滑去娟娟。
醽酒留春春过眼，落花满地黄金钱。

① 柏舟：即《诗·邶风·柏舟》。其中诗句："泛泛柏舟，亦泛其流。耿耿不寐，如有隐忧。"彤管：《诗·邶风·静女》："静女其娈，贻我彤管。彤管有炜，说怿女美。"朱熹注："彤管，未详何物。盖相赠以结殷勤之意耳。"

② 熊胆：《新唐书·柳仲郢传》："母韩，即皋女也，善训子，故仲郢幼嗜学。尝和熊胆丸，使夜咀咽以助勤。"后遂以"熊胆"为慈母教子之典。

③ 下帷不为窥园计：放下帷幕，以便专精于读书或治学。《史记·董仲舒传》载董"孝景时为博士，下帷讲诵，弟子传以久次相受业，或莫见其面。盖三年董仲舒不观于园舍，其精如此。"隐几：凭几而坐。

闻新安被兵寄吴惊远[①]

重岭差同蜀道难，山城多垒太无端。
练江亲友烽烟里，那得平安一字看。

銮江集吴粲如客园（时为余言黄山之游）

锦石园林古，高斋桂柏秋。
坐访黄海胜，重击广陵舟。
城月衔杯落，江云卷幔流。
计归应不远，何事起乡愁？

黄山连雨，信宿桃花源，怀吴粲如、昭素（地为吴别业）

天留看瀑布，客喜住仙源。
云片一楼白，泉声万岭喧。
捡薪炊涧石，寻果倩山猿。
季仲多年别，含情不共言。

吴骈公孝廉过访，即取道吴门北上

叶落北楼出，能诗上客来。
还看吴苑月，远踏昭王台[②]。
旅酒雪中尽，梅花马首开。
时危重献赋，应见长卿才。

---

① 新安被兵：指康熙十三年（1674）九月，“三藩之乱”爆发，耿精忠遣其部将罗其熊攻陷徽州之事。

② 昭王台：战国时燕昭王筑黄金台于易水边，以招揽天下贤士。

怀吴园次舍人

旧知君故里，此日不同游。
却踏竹西路，还寻池上楼。
烟花寒渐减，鼓角暮偏愁。
梦逐邗沟水，茫茫向北流。

赠吴园次湖州

官就沧洲好，名高画省间[①]。
多才宾从盛，剧郡啸歌闲。
夜访苕溪月，春茶顾渚山[②]。
相过思泛宅，醉卧不知还。

同园次道场山晚集归云庵用韵

尽日看山遍，招提恋夕游[③]。
苍岩阴带雨，碧树老禁秋。
池忆仙人酌，亭因处士留。
回舟仍载酒，吟向白苹洲。

同吴湖州饮孙太初墓侧

客子有山癖，主人借游具。道峰踏尽日将暮，行厨置酒云归处。（山

① 沧洲：滨海地区。画省：即尚书省。《汉官仪》："尚书省中，皆以胡粉涂壁，青紫界之，画古贤人烈女。"

② 苕溪：水名，在湖州附近流入太湖。顾渚山：在无锡太湖边，以产顾渚茶出名。

③ 招提：佛教寺庙。

有归云洞）云深古木号悲风，松阴酹酒山人墓。作亭表墓始阿谁，延陵望古心相慕。乌乎！山人何如人，挂瓢词翰今犹存。空同作传少谷序[①]，后来凭吊皆销魂。寒烟薜荔哭山鬼，老僧苹藻如儿孙。世间万事东流水[②]，眼前且尽酒一尊。残碑风雨犹磨灭，人心何似南山石。

万玉庵古梅追和吴园次太守

独树传何代，支离复此时。
斧斤馀铁干，冰雪自花枝。
僻傍空山老，闲从野客知。
使君劳物色，谁惜岁寒姿？

吴湖州园次留宴爱山堂[③]

故人惜别自长安，官舍开尊共客欢。
秋晓云霞天目见，夜深风雨太湖寒。
近阶双鹤随清啸，卧阁千峰耐独看。
我欲南游问岭海，扁舟临发一凭阑。

寄寿吴园次六十

何必身如老鹤形[④]，苍颜相对眼俱清。

---

① 空同：李梦阳（1473—1530），字献吉，号空同子，甘肃庆阳人，明中叶复古派文学思潮“前七子”领袖。少谷：王恒，字伯贞，号少谷，浙江奉化人，晚明戏曲家。

② 世间万事东流水：李白《梦游天姥吟留别》：“世间行乐亦如此，古来万事东流水。”

③ 原注：“同阮怀。”《同治湖州府志》卷二十五《古迹》：“爱山台在府治后西北隅，国朝康熙初，知府吴绮重修。”

④ 身如老鹤形：唐李翱《赠药山高僧惟俨》：“炼得身形似鹤形，千株松下两函经。我来问道无馀说，云在青天水在瓶。”

政成柳恽高吟地，客占沧浪旧日亭[①]。
北阙文词传画省，东山丝竹笑丹经[②]。
吴门闲里看云气，不是寻常处士星。

千人石上兴悠然[③]，清绝追欢夜有天。
家破尚赊留客酒，身闲频上钓鱼船。
藏书林屋纷残帙，判袂风烟又四年[④]。
衰齿惭予真伯仲，题诗那得共樽前。

苏州高使君苍岩郡斋夜宴[⑤]

良宴坐清光，官斋一草堂。
地宽容树绿，人静爱宵长。
皎月入尊酒，凉风吹客裳。
殷勤此时望，谁是独思乡？

吴苑风光好，曾闻销夏湾。
今宵五湖月，偏照几人闲。
微露下高树，清歌欢别颜。
何当缓征棹，一问洞庭山。

① 柳恽(465—517)，字文畅，河东解州人，南朝齐梁年间文学家，梁初曾任吴兴(今湖州)太守。沧浪亭，在苏州。北宋苏舜钦晚年曾任湖州长史，罢职后退居苏州，筑沧浪亭自娱。康熙八年(1669)吴绮被罢官后，亦客居苏州。

② 北阙：朝廷，皇宫。因宫殿坐北朝南，故名。东山丝竹：谢安早年隐居东山，常携妓出游。丝竹代指音乐。丹经：道教经典。

③ 千人石：在苏州虎丘山。

④ 判袂：即分袂，别离。

⑤ 原注："同余淡心、吴园次、钱宫声、刘震修、姜尚在限韵。"高使君苍岩，即高晫，康熙七年任徽州府同知，后迁苏州知府。余淡心：余怀字淡心，又字无怀，号广霞，福建莆田人，明遗民，长期流寓金陵。

吴瑶如[①]同年夜宴虎丘(同园次、飞涛、叔夜、雪怀)

画船落日席重移，精舍凉风倒接篱[②]。
林壑鸟归烟尽夜，管弦人醉月明时。
清言独占生公石，旧迹长怜短簿祠[③]。
何幸乱离能此会，平秋斗酒更相期。

① 吴瑶如：吴道煌字瑶如，宛平人。顺治六年(1649)进士，康熙二年官苏州知府。

② 接篱：帽子。

③ 生公石：在苏州虎丘山下，东晋高僧竺道生曾在石上讲经。短簿：指东晋丞相王导之孙王珣。《晋书·郗鉴传》："时王珣为(桓)温主簿，亦为温所重。府中语曰：髯参军，短主簿，能令公喜，能令公怒。(郗)超髯，珣短故也。"短簿祠即王珣的祠庙。

吴 绮

吴绮字园次，溪南吴氏二十四世孙，侨居江都，庠生。顺治甲午拔贡，荐授中书舍人，迁兵部职方司郎中，出守湖州知府。在任多有惠政，湖人称其为“三风太守”，谓风力、风节、风雅也。后因失上司意罢归，家贫无以自存。康熙二十二年（1683）游广东，寄寓两广总督吴兴祚幕府，颇得吴氏器重。晚年双目失明，自号听翁。吴绮文彩富艳，善诗词，性好客，与诸名宿结春江花月社。著有《林蕙堂集》《宋金元诗永》《岭南风物记》。

祝从老亲家寿

五云瑶草地仙家，夹道翩翩白鹿车[①]。
角里方瞳扶玉杖，山公黄发饫胡麻[②]。
行吟洛社亭中句，笑指蓬莱洞口霞。
更喜庭前双凤羽，紫泥香翰重京华[③]。

---

① 瑶草：仙草。白鹿车：传说仙人乘坐白鹿驾的车子。

② 角里：即角里先生，秦末汉初隐士。与东园公、绮里季、夏黄公于秦末避乱隐居商山，人称“商山四皓”。方瞳：方形的瞳孔，古人以为长寿之相。山公：西晋山简，山涛之子。性嗜酒，常酩酊大醉。黄发：老年。旧说人老了头发由白变黄。胡麻：一种中药，道教认为服之能强身长寿。《神仙传》：“鲁女生服胡麻饵术，绝谷八十余年，甚少壮，一日行三百里，走及麞鹿。”

③ 紫泥：古人封书函，用泥封于书简绳端打结处，上盖印章，称泥封。普通书简用青泥，皇帝诏书用紫泥。

归湖诗

老爱幽栖出郭行，无多水涉与山程。
人留别饭非无意，天与沧洲若有情[①]。
黄鸟莫辞经日啭，白鸥闲订旧时盟[②]。
青鞋布袜从今始，欲共寒云过此生。

黄花种得向东篱，较取渊明我觉迟。
苦有虚名缘识字，未忘结习尚贪诗。
戴公携榼花深日，王子停船雪满时[③]。
不是伤怀远亲旧，从来猿鹤是相知。

水云深处未嫌孤，欲写鸱夷泛宅图[④]。
一曲柳塘栽菡萏，数间茅屋隐菰蒲。
且教女子歌《秋水》，不向君王乞鉴湖[⑤]。
一叶轻舟驴两耳，风光真称白髭须。

牢落平生懒是真，春来二十七闲身[⑥]。
鸡鱼未敢忘前事，牛马何堪逐后尘。
乞得寒梅能作伴，借将修竹可为邻。
莫嗟冷寂非吾意，眼底从前怕热人[⑦]。

---

① 沧洲:代指归隐处。

② 经日:整日。白鸥闲订旧时盟:黄庭坚《登快阁》:“万里归船弄长笛,此心吾与白鸥盟。”

③ 戴公:东晋画家戴逵,字安道,与当代名士多有交往。王子停船雪满时,指王徽之雪夜访戴之事。

④ 鸱夷:范蠡佐越王勾践破吴后,辞官归隐五湖,后适齐,自号鸱夷子皮。

⑤ 乞鉴湖:盛唐诗人贺知章,于天宝初年致仕还乡,唐玄宗特赐山阴镜湖剡川一曲。

⑥ 牢落:孤寂,寂寞。二十七闲身,指吴绮于康熙八年(1669)被罢官,至其卒年康熙三十三年(1694),首尾共二十六年,二十七是举其成数。

⑦ 热人:热衷于功名利禄之人。

绝似牵船傍岸居，槿篱竹屋计全疏[①]。
闺中莫虑探空箧，梁上何曾爱破书[②]。
一剑谁言近陆贾，千金几见瘦相如。
从数蓑篱无人识，独向黄陂号老渔。

鹦鹉曲[③]

鹦鹉曲，送黄祖，邺中才子多辛苦。头愈檄，只偶然，黄绢题成终见忤。谁言老瞒能爱才？横槊耽耽气如虎。狂生不容早自知，快心且弄渔阳鼓。呜呼！王粲凄凉公干囚，鼓声至今疑未休。

前民扶晨山尊湘九过集锦树亭分韵[④]

半日不相见，叩门呼老庞。
懒云秋入屋，寒雨夜连江。
酒国全无事，诗城未肯降。
莫将离别恨，容易到西窗。

湖上遇林蟾即饮寓楼[⑤]

不减狂奴态，相逢老益亲。
青樽间过夜，红袖晚留春。

---

① 牵船傍岸居：《南齐书·张融传》："融假东出，世祖问融住在何处？融答曰：臣陆处无屋，舟居非水。后日，上以问融从兄(张)绪。绪曰：融近东出，未有居止，权牵小船，于岸上住。上大笑。"槿篱：栽木槿为篱笆。

② 箧：衣箱子。梁上：即梁上君子，小偷。

③ 此诗选自《国朝诗选》卷之七。

④ 此诗选自《诗最》卷一。

⑤ 此诗选自《清初集》卷之六。

欲叹翻成笑，无惭幸有贫。
两峰霜叶在，烂漫属闲人。

集听鹂酒炉喜遇穆倩孝威①

良夜谁能更独醒？鹔鹴消得付银瓶。
枯髯未肯因愁白，老眼谁堪向酒青。
名士浮踪多旅馆，诗人好句在旗亭。
不烦邓禹还相笑，遥指归鸿同紫冥。

雨中曾锡侯携尊过访同屺公穆倩孟新介兹小饮时独公在座②

好雨翻能破旅愁，情深蛮榼益绸缪。
但今岁稔宁无月，不道寒新始觉秋。
客有支公常独坐，人非范叔并添裘。
吾侪落落谁青眼，子固应为第一流。

哭友沂③

秋老空悬贯斗槎，岂知埋玉向黄沙。
徒令才子多无命，始信浮生尽有涯。
旧世不忘丹青树，虚名实误紫薇花。
高堂白发犹漂泊，何计为君慰暮鸦。

---

① 此诗选自《林蕙堂全集》卷十八。穆倩，程邃字，号垢区，歙之岩镇人，以诗文书画篆刻名。孝威，邓汉仪字，江南兴化人，工诗词。辑刻《诗观》一、二、三集行世。

② 此诗选自《林蕙堂全集》卷十八。曾锡侯：名明新，江南江宁人。屺公：周斯盛字，浙江鄞县人。孟新：白梦鼎字；介兹：吴晋字，均江宁人。

③ 此二首选自《国朝诗的》江南卷之二。

南冠累累泣孤臣[①]，那更惊传远讣真。
半万里中双眼泪，十三年内一家人。
嵇康被忌多因酒，任昉疏财转致贫。
从此山阳横笛处，暮云春树自沾巾。

① 南冠:《左传·成公九年》:"晋侯观于军府,见钟仪,问之曰:南冠而絷者,谁也?有司对曰:郑人所献楚囚也。"后以南冠指代俘虏。

吴从龙

吴从龙，清初人，字仲云，号梅谷，西溪南人，吴孔嘉仲子。少读书黄山之云谷。从熊开元游。与兄孟龙俱负盛名。著有《清晖馆诗》《梅谷诗抄》。

题炯然公室汪氏未婚守节

石似贞心铁比肠，未偕无侣守夫亡。
至今咸颂共姜节，自古谁知戚氏光？
身到白头共里闬，穴留青冢谒姑嫜[①]。
輶轩倘沐题旌日[②]，贤媛千秋史册扬。

晚坐家晴岚东园[③]

一舟横岸曲，秋水自沦漪。
兴为看云起，情因采菊移。
夕阳红树满，归路碧烟迟。
此境惟孤啸，清幽俗未知。

---

① 青冢：昭君墓，在今呼和浩特市南二十里。《太平寰宇记》："其上草色常青，故曰青冢。"

② 輶轩：古代天子使臣外出所乘的小车，这里指代使臣。题旌：朝廷下诏旌表。

③ 此诗及以下六首均选自《国朝诗正》。晴岚，吴炤吉号，字尚中，于辈分为吴从龙之侄孙，家有东园，亦能诗。有《春幽草堂集》，久佚。吴蔼辑《名家诗选》载其诗十五首。

秋夜同程慕倩露坐①

屋梁看月落，露湿满庭花。
草暗虫声细，林疏雀影斜。
井梧风一院，村杵漏千家。
忽忽当秋候，心惊鬓欲华。

送汪宁士返里觐省②

浦帆十幅向江开，腊尽逢春送棹回。
客意已随鸿雁去，羁情况是雪霜催。
难辞爱日心千里，且进看云酒一杯，
检点琴书归未得，烦君驿路寄寒梅。

汪半亭游黄山归历数诸胜因简寄雪庄上人③

踏遍莲花顶上云，身摩石室访遗文。
山深六月披裘坐，瀑落三更面壁闻，
不为寻仙逢帝子，应从濯魄悟元君。
归来芒屦青溪上，翘首仙凡一径分。

汪圣昭过访不值简以讯之④

偶为寻春出郭门，忽传高士叩柴门。

① 程邃字穆倩，亦作慕倩，号垢区，歙之郑村人，明末画家。工诗文，精绘事，兼善篆刻。
② 汪宁士：名熙桢，歙人。时客扬州。能诗。《国朝诗正》选载其诗。
③ 汪半亭：名允让，字礼常，歙之西山人。
④ 汪圣昭：名修武，歙之潜口人。

空庭宿雨千花落，野径新泥百草生。
屐印齿痕人去杳，壁留题字客来惊。
心知隔岁翻成阔，觌面何时倒屣迎？

将发真州得家伯兄公车赴北来讯

寒怯冬风拥敝裘，雪花点点逐行舟。
流连江上思鸿雁，盼望雪中宿斗牛。
豪气一时赠康爽，孤怀千里暂淹留。
廿年作客侵霜鬓，老困衡门志未休。

坐晚香亭观德长画蕉册子

晴日花边晒药丸，兴来沽酒爱凭栏。
秋容满院人归去，醉写蕉林上笔端。

吴之騄

吴之騄（1644—1715），字达庵，号耳公，西溪南人。康熙壬子举人，镇江府教授。著《芝瑞堂诗》，今已不传；《桂留堂诗集》八卷，《诗二集》四卷，有康熙刊本。吴蔼《名家诗选》卷四选其诗。

谒明主簿阳复公墓[①]

群山抱幽奇，诸水汇其东。盘纡俯中岭，曲折如虬龙。径微势欲断，回首一青葱。旷然天地辟，万象森神宫。呵护耸怪石，巨人立当空。攀援眄悬崖，下有百尺松。仁厚传主簿，祖德思穹窿。太平既有象，何事贪天功？征召辞高位，小臣亦匪躬。岂惟樗里智[②]，故是延陵风。佳城三百载，双柏峙蒙茏。水木怆我心，霜露凄以浓。射杀狐与兔，灵爽凭遗弓。

寿非止叔（讳汝渐）

我从庐山游，招寻放仙侣。七贤峰突兀，其下为五乳。青松响天风，紫云散花雨。君子植祇树，名山欣有主。结客倾天下，君心独千古。时开北海樽，时驾东山墅[③]。慷慨复卓荦，挽颓称砥柱。曰予过豫章，高阁

① 原注："公仕洪武，吏隐守道，有善政，吾门发祥始祖。葬歙西之颍源，山回水绕，怪降突出，其后如巨灵斧劈，拔石空际。时有形家窥伺，騄偕宗人立碑表之。"

② 樗里：即樗里疾，战国时秦惠王的异母弟，自号樗里子。善言词，多智慧，秦人称其为"智囊"。

③ 北海：汉末孔融，曾任北海国相。东山：东晋谢安，早年曾隐居东山。

临江渚。言欢连昼夜，春和生逆旅。一别江南北，云树看几许。只今甲子周，称觞走淮楚。然诺重寰区，噢咻培桑土。至情笃雁行，大业起凤羽。会须经国才，庀石将天补。蒲轮出九霄[①]，冠盖劳丝阻。遥睇五老峰，翩翩竞霞举。

贺木林叔新任民部[②]

经年燕市马群空，上国初乘万里风。
转饷已权天下命[③]，筹边匪立一方功。
东南漕粟民将竭，西北原田岁几丰？
圣主焦劳方侧席，看君指日遂乘骢[④]。

挽叔祖母隆吉孺人洪氏节烈[⑤]

三年忍死泣遗孤，一旦重围叹止乌。马上无家皆去妇，井中有路独从夫。山河破碎贞心在，城郭萧条烈骨殊。不道寒泉多寂寞，殉亡诸娣尽吾徒。

（孺人居维扬，守节抚孤。乙酉城陷，度不得脱，自纫其衣带，令通体皆无缝，赴井死。从死者女瑞芳、仆妇阿三妻等凡数人。）

---

① 蒲轮：古代天子为礼敬长者，用蒲草包裹车轮，以防颠簸。《汉书·枚乘传》："武帝自为太子，闻乘名。及即位，乘年老，乃以安车蒲轮征乘，道死。"

② 木林：吴允森，字木林，西溪南人，江都府学贡生，诰授大夫，历任河南清司吏郎中，钦差督理京仓。民部：即户部。

③ 转饷：转运粮饷，即漕运，由户部主持。

④ 侧席：烦燥不安的样子。骢：青白色的马。

⑤ 洪氏：为吴隆吉妻。顺治二年（1645）春，清军南下攻陷扬州。城将陷，洪氏自度不免，因拿出金银首饰交给仆人，嘱托他保护三个幼子，自己则投井自尽。城陷后两子遇害，唯一子逃归，遭遇极为悲惨。

挽粲如叔

西江有客素车归[1]，叶落秋山泪满衣。
压地海棠愁冷砌[2]，参天桂树对寒扉。
茂陵孰问遗书在，季子空传挂剑稀[3]。
更向乡关寻臭味[4]，老成凋谢古风微。

哭伯兄赤生（之骅公）

经年愁病各西东，木落秋江雁影空。
堂上老人悲故剑，阶前稚子抱遗弓。
请缨未遂终军志，击楫谁成祖逖功[5]。
兄弟孔怀原隰在，一天红泪点霜风[6]。

喜六弟登贤书[7]

荆楚雄风在，科名吐手夸。
东篱余采菊，南国尔簪花。
只觉君恩厚，无忘祖德遐。

---

① 素车：素车白马，为古代运送灵柩的仪仗。

② 砌：台阶。

③ 茂陵：汉武帝刘彻的陵墓。季子挂剑：据《史记·吴太伯世家》，吴国公子季札聘晋，途经徐国。徐君爱其宝剑而口不敢言，季札决定回国时赠送给他。及归，徐君已死，便解剑挂于徐君冢树上而去。

④ 臭味：即嗅味，志趣相投的朋友。

⑤ 此联前句用《汉书·终军传》终军请缨的故事，后句用《晋书·祖逖传》祖逖中流击楫的故事。

⑥ 红泪：据《拾遗记》，魏文帝所宠爱的美人薛灵芸，泣别父母，“升车就路之时，以玉唾壶承泪，壶则红色……及至京师，壶中泪凝如血。”比喻泣血伤神之泪。

⑦ 登贤书：考中举人。

薪传今有托，潦倒醉流霞[①]。

答别病妇

汝病无生理[②]，我行真黯然。
眼枯空有骨，发落复垂肩。
半世糟糠苦，千年金石缘。
牵衣同一恸，委命与苍天。

挽姜如农[③]

姜公天下士，銮江私其德。昔从萧寺中，邂逅公颜色。一邑推遗爱，天下推遗直。抗疏论权奸，远戍遭鼎革。悠悠三十年，孤忠常恻恻。东海不可归，西山是臣职。埋骨敬亭下，身没名不息。何时道宣州，挂剑公墓侧？踟蹰泪沾衣，愿寄双飞翼。

题楝亭夜话图[④]

我闻楝亭下，嘉树影婆娑。书卷拥百城，尚友自吟哦。一朝德星聚，光焰耀庭柯。宝剑蛟龙合，精气腾泉阿。开尊聚三益，乐事此时多。彩笔千霄，才思若奔河。相逢共倾倒，语笑兼切磨。卜昼还卜夜，同心发浩歌。微云垂露，淡月笼金波。丹青图胜事，古谊孰能过。努力圣明代，鼎峙功不磨。

---

① 薪传：即火尽薪传，指读书家风的传递。流霞：代指美酒。李商隐《花下醉》："寻芳不觉醉流霞，倚树沉眠日已斜。"

② 生理：康复的希望。

③ 此诗选自《姜贞毅先生挽章》。

④ 此诗选自陶梁《红豆树书画记》卷四《国朝张见阳楝亭夜话图》所录各家题跋。

汤　泉[1]

鼎湖上仙去，空谷留琼浆。万绿环青溪，一水别温凉。地涌丹砂浪，泉烹石髓汤。故知神仙窟，大龙发其祥。浴身兼浴德，涤秽除膏肓。洗耳临清风，晞发望朝阳。山头有茬鹤，吾意与翱翔。

文殊院

绝壁虬龙卧，缘梯石罅开。耳目忽超旷，松际天风来。巍巍紫玉屏，前有文殊院。俯视万山伏，苍茫混沌回。天都倚空立，莲花根未栽。顾盼当左右，形势俱欲摧。把臂呼山灵，赏心复疑猜。

登莲花峰顶

悬崖一万仞，天际芙蓉开。猿鸟不敢上，仙人时往来。呼吸众山响，丘壑藏云雷。逝将乘风去，不复留形骸。日月双丸在，乾坤飞劫灰。茫茫大块中，独立空徘徊。

炼丹台

翠巘环相对，丹台敞山麓。身若无仙骨，安得此追逐。何必烧炼术，乃见龙虎伏。紫石盘苍松，壁立俯幽谷。奇峰插天半，下如绝地轴。佳处太无情，形象尽骇目。探奇不欲返，神动气俱肃。芝术已在手，渊抱彩云宿。轩辕招欲出，授我神仙箓。

① 此诗及以下《文殊院》《登莲花峰顶》《炼丹台》《宿松庵缘接引松登始信峰》《观九龙潭瀑布》《舟泊燕子矶》《舟行练江》《渡黄河》《苏堤》九首，均选自《诗观》二集。

宿松庵缘接引松登始信峰

空山烟火绝，日暮钻柴桑。钻柴取火作食也。桔槔僧已去，掘地得余粮。云岚无定姿，变幻当斜阳。凿石巨灵手，取像非荒唐。峰断不可续，接引松在傍。纵观造化理，开辟归穹苍。

观九龙潭瀑布

名山无钝水，高下恣奇探。九级飞泉落，群龙挟巨浪。迅激当晴岚。漫空掩霜雪，上与孤云参。珠玉凌空堕，岛屿此中涵。夙昔梦姑射，既觏神愈酣。悠然结遐想，归卧南山南。

舟泊燕子矶

万里长江千古流，旧家燕子识矶头。
三吴明胜烟霞老，六代兴亡夕照收。
何处闲云飞断岸，最怜征鸟下沧洲。
渔翁晚钓蒹葭里，笑问客舟何处求？

舟行练江

夜雨满孤听，朝云集客衣。
山山悬瀑布，数尽玉龙飞。

渡黄河

巨浪挟风来，东南天地坼。

辛苦大司农，岁币输河伯。

苏 堤

西子湖边苏子堤，六桥风景不应迷，
只今才色都销尽，杨柳枝头听鸟啼。

登北固山[①]

峭壁凌空上，波光万里生。
云闲天不定，风静水犹鸣。
把臂金山寺，回眸铁瓮城。
将军跃马处，钲鼓似闻声。

依韵答李涵生寄怀诗

积雨经旬久，荒途冷不支。
转添寥落意，若在别离时。
柳逐东风弱，花开北地迟。
徘徊千里道，渺渺寄相思。

姚襄周诒西墅寄怀

大雅久寥落，高风今在兹。
我惭非季重，君实倍曹丕。

① 此诗及以下《依韵答李涵生寄怀诗》《姚襄周诒西墅寄怀》《銮江留别四弟》《九日重过松石庵登高即事》四首，均选自《昭代诗存》卷十。

一卷贻冰雪，三秋咏水湄。
何时樽酒里，共话十年思。

銮江留别四弟

明朝当有别，举酒未成欢。
久客归心促，离家去路难。
江波愁晚宿，雨雪畏晨餐。
应得同闻雁，相思天际看。

九日重过松石庵登高即事

篱菊花开到处黄，新从故国见重阳。
登高犹选当年石，送酒宁辞竟日觞。
鬓插茱萸悲聚散，眼看鸿雁念翱翔。
江山寂寞秋穹冷，望尽天涯路正长。

汪 是

汪是，字贞庵，吴之骎妻。著有《余香草》。

病中送郎北上

戒途亦已久，登车亦已迟。愿君勉行迈，莫为儿女羁。慨念堂上人，努力恐后时。血泪点君袖，大义断情私。霜雪委关河，梦魂尚追随。但指青云路，知无白首期[①]。牵衣忽痛绝，死生争别离。君当复来归，我当长相思。

别后有寄

归期如可待，悔别已凄然。
好赴风云会，常贻《冰雪篇》[②]。
无年亏妇职，有梦到君边。
相见知何日，三春早着鞭。

① 青云路：仕宦腾达之路。白首期：老年。这两句意思是希望丈夫能飞黄腾达，但恐怕我等不到那一天了。

② 风云会：古人称君臣相遇为风云际会。

梦启儿

形影相为命，蜉蝣生事忙[①]。
五更时入梦，百种意难忘。
啼笑犹盈耳，悲思已断肠。
黄泉应待我，病骨好扶将。

郎　归

颜回不敢死，卒以见仲尼[②]。岂我无夭相，绝粒强自支。冉冉三春暮，人在形已非。托命与君子，既觏心愈悲。松桂犹青青，归来理亦宜。安得蒲柳质，常比金石姿[③]。

① 蜉蝣:一种朝生夕死的小虫,常用来比喻人生短暂。

②《论语·先进》:“子畏于匡,颜渊后。子曰:吾以女为死矣。曰:子在,回何敢死?”

③ 蒲柳:《世说新语·言语》顾悦之答简文帝语:“蒲柳之姿,望秋而落;松柏之质,经霜弥茂。”金石:古诗《驱车上东门》:“人生忽如寄,寿无金石固。”

吴之驎

吴之驎，字鸣夏，号逸园，溪南吴氏二十九世。歙县附贡生，诰赠奉政大夫，晋赠资政大夫。

登金山塔

踏尽层梯到半空，洪流一柱镇蛟宫。
羲娥近走檐楹际[①]，江海平分指顾中。
帝子凤笙吹缥缈，仙人桂馆启鸿蒙。
三山采药堪长往，我欲归乘万里风[②]。

（沈归愚先生评云：赋此题者过于求奇，每流荒幻，若此气足神完，无一闲笔浪墨，洵为高唱。）

出宁羌马上漫成

乱鸦散尽晓烟浓，马首青横剑外峰。
斥堠东连秦锁钥，雍梁西界汉提封[③]。
天边鸟道秋无际，云里猿声树万重。
极目黎城何处是，西风寂寞下高舂。

① 羲娥：羲和、嫦娥，神话中的仙人。

② 三山采药：《史记·封禅书》载渤海有蓬莱、方丈、瀛州三座神山，上产不死仙药。

③ 斥堠：古代边境的守望哨所，每五里、十里置一个。

吴文堃

吴文堃，字栗崖，号山褐老人。溪南吴氏二十八世，敬思祠人，侨居仪征。父照吉，祖允森，曾祖汝渐。贡生，考授州同知，例授中宪大夫，候选府同知，加二级，恩加顶戴一级。工诗，钱塘厉鹗称其“善造语”。著有《寒绿斋诗集》。

自题寒绿斋三首

窠石玲珑幽草风，枝枝梅叶凋秋红。
斋傍冷艳聚雅玩[①]，粉焦绿卷纱帷中。

香丝欲沉月一角，情染密云如竹合。
半声寒雀解醒多，几盏嫩阴茶色活。

侥成句读肠已枯，发秃指趼诗人孤[②]。
埋头十载不出户，满斋书味来相呼。

① 雅玩：文房清玩，如笔墨纸砚之类。

② 趼：通“茧”，老茧。

吴　麐

吴麐，字尧圃，号栗园。谱名吴麟，字仁趾。生平有古君子风，客居扬州汪贻士家。山水学黄子久，以疏散简淡为宗。用墨干湿相参，不露痕迹，尤长于小幅山水。善诗文，沈德潜《清诗别裁集》收其诗作九首。评云："仁趾与宾贤（吴嘉纪字）有二吴之目，而宾贤以性灵见，此以情韵见，几于莫能相尚。"

元　夕

贫家无令节，胜地有柴门。
不信兵戈后，依然鼓吹繁。
盘餐从妇俭，灯火任邻喧。
转觉春阴好，霏霏雪满轩。

阿　玉

阿玉殊堪忆，春来见面稀。
去年方解语，临别一牵衣。
卤井黄沙路，潮滩白板扉。
昨逢邻曲道，日日望余归。

酬朱穆公天台见怀[①]

远愧遗荣客，深居桐柏山。
有时驾鸾鹤，游戏九峰间。
见我题名处，岩花几度斑。
因风发高唱，千载慰离颜。

和宋秀才咏折花[②]

今朝蝴蝶多，南园花发遍。
佳人竞攀折，新妆何婉娈。
叶低防罥钗[③]，枝高羞露钏。
宁辞纤指劳，但恐墙东见。

和芋生兄《樵父词》三十首（选八）

穿林莫趁日朦朦，珍重前途有伏戎。荆棘□□□□地，斧柯何必万山中。
榾柮煮茶供夜话，松毛炊饭饱朝饔。狂来莫效苏门啸，惊起深潭有卧龙[④]。
寂寂柴门少吠哝，樵歌牧唱听双双。秋时只怕多风雨，剪把黄茅补破窗。
笑他名利日奔驰，何似山居友鹿麋。草榻酣眠无个事，短篱时被白云推。
不妨季女赋斯饥，薇蕨当春味正肥。砍罢生柴下山去，邀将明月送人归。
赤壁苍崖隐者居，山山红叶报秋初。门前小涧通流水，常看儿童学钓鱼。
裳集芙蓉胜绣襦，攀跻绝不惮劳劬。音传空谷无人应，一径斜阳数暮乌。

① 沈德潜《清诗别裁集》收录此诗，并评曰："八语一气，风格自高。"

② 沈德潜《清诗别裁集》收录此诗，并评曰："传出美人折花之神，六朝风韵犹在。"

③ 罥钗：钩住或挂住发钗。

④ 苏门啸：《世说新语·栖逸》载阮籍善啸，而苏门山中隐士孙登亦善啸，其啸声"如数部鼓吹，林谷传响"。卧龙：指诸葛亮。《三国志·蜀志·诸葛亮传》载徐庶对刘备说："诸葛孔明者，卧龙也。将军岂愿见之乎？"

采得枯藤作杖藜，任他烽火急征鼙。而今活计渔樵好，我亦相从歌凤兮①。

午日惊远贻鲥鱼肉赋谢

惊心节序递相催，羞见葵榴依旧开。
正苦贫厨无一物，何期兼味忽颁来②。

人前不敢赋无鱼，肉食安能得鄙余③？
今日被君齐破戒，恩多怨少待如何？

赠念武

醉写青山不卖钱，烟云尝绕墨池边。
一从黄海游归后，妙绘新诗两足传。

同念武、天成、家李过松石庵，赠主僧静云

斋厨淡薄性能安，守辟荆榛学种山。
昨日才收升斗粟，殷勤留客劝加餐。

同顾岩、鸣夏旌阳候试，冬日闻雷

孤囊负向梓山来，惭愧争名又一回。

① 凤兮：《论语·微子》："楚狂接舆歌而过孔子曰：凤兮凤兮，何德之衰？往者不可谏，来者犹可追。已而，已而！今之从政者殆而！"

② 兼味：两种以上的菜肴。

③ 前句化用《战国策·齐策》冯谖之典："居有顷，倚柱弹其剑，歌曰：长铗归来乎！食无鱼。"后句化用《左传·庄公十年》曹刿语："肉食者鄙，未能远谋。"指享有厚禄的高官。

料得壮心犹可起，故教夜半借风雷。

赤苑斋头植菊甚伙，客中比如对故人，敢冀分香，愿言割爱

乞得南阳菊数枝，置将研北慰相思。
莫愁折去伤孤寂，一瓮云前一卷诗。

喜苍二邗上来候试

短床连去夜谈天，共数相思已两年。
不信扬州骑鹤客[①]，归来只剩买浆钱。

寄怀达庵侄

为官不得合循资，到我三人天意私[②]。
遥想白头眉目古，用潜匪独在初宜[③]

久卜先生自此升，又移铁瓮振金声。
桃花三月春涛壮，何处波澜不老成。

柬仁趾叔

不将歌吹入胸中，依旧居停曲巷东。

---

① 扬州骑鹤客：在扬州经商的商人。当时社会上流传有“腰缠十万贯，骑鹤下扬州”的谚语。

② 原注：“介臣（吴筠字）应选馆，达庵（吴之騄）应补县，予以品赐休。”循资：按资历升迁。

③ 用潜：《易·乾卦》初九爻辞：“潜龙勿用。”这里反其意而用之。

为问谢家群从好[①]，至今犹有几人同。

（谓士雅、执如、祇若诸子）

题仁趾叔小影册子

十年蓟北溷风尘，在世原同出世人。
一个蒲团随处坐，何须石上认前因。

① 谢家群从好：《世说新语·贤媛》载，谢安侄女谢道韫嫁给王凝之为妻，非常看不起丈夫。曾说："一门叔父，则有阿大（谢尚）、中郎（谢据）；群从兄弟，则有封（谢韶）、胡（谢朗）、遏（谢玄）、末（谢川），不意天壤之中，乃有王郎！"

吴 光

吴光，一名重光，溪南人，江都籍诸生。

尔世、弟天襄游平山堂一律[1]

台榭千秋日，江山异代心。
吾徒长啸傲，四海一登临。
树拥涛声断，云连野色沉。
更寻□氏苑，慷慨寄高吟。

① 平山堂：在扬州甘泉蜀岗上，北宋欧阳修任太守时所建。

程襄龙

程襄龙，字夔侣，歙县临河人。康熙六十一年（1722）拔贡，与其兄程御龙相师友，好学不倦，晚为文益精醇。有《雪崖文稿》。

寄酬吴翼堂太史惠书二首

谁怜落拓老岩栖，夏日阴阴听鸟鸣。
别去朝天依北阙，忆从看竹过南溪。
（翼堂家溪南，所居号竹薖。）
茅斋抱影悬孤月，藜阁怀人达尺蹄[①]。
风谊似君惟古有，不教车笠隔云泥。

桥门听讲昔同趋，十六年间显晦殊。
晚达未酬知己愿，长屯每发故人吁[②]。
一枝风露蝉抛蜕，半壁蒿蓬燕养雏。
何幸玉堂挥翰手[③]，题诗拂拭到桑弧。
（辱和生子诗）

① 尺蹄：书信。

② 屯：《易·屯卦·彖辞》："屯，刚柔始交而难生。动乎险中，大亨，贞。"孔颖达《疏》："屯，难也。刚柔始交而难生，初相逢遇，故云屯难也。"长屯：即长期命运乖蹇。

③ 玉堂：明清时称翰林院为玉堂。

喜吴二豹昭见过兼送之湖南

十里丰南路，如何见面难？
迹疏容我懒，别久接君欢。
秋影园林净，蝉心风露寒。
不逢平昔好，谁与话愁端？

经时才握手，计日又离家。
木落湖波渺，洞庭天一涯[①]。
孤帆悬极浦，新雁下平沙[②]。
勿讽《秋怀》句，湘灵幽怨赊[③]。
（余以《秋怀》诗属订，故云。）

---

① 此联化用《九歌·湘夫人》："帝子降兮北渚，目眇眇兮愁予。袅袅兮秋风，洞庭波兮木叶下。"

② 极浦：远浦。据沈括《梦溪笔谈》，宋迪工山水画，其得意者有"平沙落雁""远浦归帆"等八幅，谓之八景。

③ 湘灵：湘水之神，如《楚辞》中的湘君、湘夫人等。赊：长。

吴之彦

吴之彦，字号及生卒年月不详，溪南二十九世。有《赐绮堂集》二卷。

金陵春游

柳色垂金莺语娇，春晴更喜近花朝。
山腰小刹深藏树，水面危亭半倚桥。
桃叶渡头公子楫，凤凰台上美人箫[①]。
月明醉后游行处，南逐香尘路不遥。

登严先生钓台[②]

芙蓉秋水净无尘，突兀山台峙富春[③]。
千载高风钦胜迹，一江明月旧垂纶。
赤符已许膺之子，丹诏何必累故人[④]。
惆怅封疆皆易主，空馀钓石尚嶙峋。

① 桃叶渡：在南京秦淮河畔，相传东晋王献之在此送其爱妾桃叶而得名。凤凰台：在南京市凤凰山。《六朝事迹类编》："宋元嘉中凤凰集于是山，乃筑台于山陬。在府城西南二里。"

② 即严子陵钓台，在桐庐县富春江畔。

③ 梁顾野王《舆地志》："桐庐县南有严子陵渔钓处。今山边有石，上平，可坐十人，临水，名为严陵钓坛也。"见《后汉书·逸民传》。

④ 赤符：《后汉书·光武帝纪》："行至鄗，光武先在长安时同舍生彊华自关中奉《赤伏符》曰：刘秀发兵捕不道，四夷云集龙斗野，四七之际火为主。……六月己未，即皇帝位。"丹诏累故人，指光武帝即位后多次下诏征聘严光入朝为官。

游五云山即事

云岩极目势岧峣，百折千回磴道遥。
石塔倒看三竺月，松楸静合九江湖。
丹林碎剪山中雨，青霭寒笼涧底桥。
不向五云深处去，安能帝女不神霄？

吴之贤

吴之贤，一名吴廉，字景维，溪南二十九世，有《清潆书屋集》。

旧养盆初花

疏影幽光有夙因，风期依约寄□身。
相看无语偏多韵，此外论真总不真。
结伴自惭垂老鬓，催诗何减索租人[①]。
樵青忽报檐前雪，两与寒花两开新。

春　雪

今年二月竟寒厉，快雪忽来欣解颜。
老去花期何碍缓，天于麦陇不能悭。
篱根壅久萱藏甲，石面消除藓露斑。
试上小楼看山色，白头都向此翁顽。

江上半亭

萧萧疏树倚秋真，水净沙明两岸同。
料得打鱼人去后，夕阳无赖半亭红。

① 催诗何减索租人：宋葛立方《韵语阳秋》载，北宋潘邠老重阳节前在家作诗，刚写下“满城风雨近重阳”一句，忽听催租人前来敲门，顿时诗兴全无，再也写不下去。

吴之粹

吴之粹，字号及生卒年月不详，溪南二十九世。有《秋逸轩遗稿》。

雨后同人小集书圃

一霎收新雨，欣然客并来。
泉刚依槛沸，花正隔帘开。
缓步寻幽径，褰衣上露台。
为叹吾辈事，风雅况多才。

小筑成都老，卑楼讵敢同？
聊将泉石意，托兴桂兰丛。
静爱吟三叠，闲容酒一盅[①]。
他时凭寄取，觅句正临风。

① 三叠：指王维的《阳关三叠》，一作《送元二使安西》或《渭城曲》。此诗在唐代被谱入乐府，当作送别曲，末句的“西出阳关无故人”反复吟唱，故称《阳关三叠》。

吴涵斋[1]

吴以镇，字瑾含，号涵斋，西溪南人。乾隆十七年进士，授翰林院编修。诗有渔洋风韵，有《涵斋诗集》。

闲 居

闭门择地可闲居，坐看湖山乐有余。
睡起小堂无一事，半竿晴日映窗虚。

蓼 花

荒湾浅水几枝红，清镜常开对落红。
无力强随杨柳舞，萧疏两月岸月明。

题乾一叔《西江望云图小照》四首

秋原九月严霜弭，千林澹霭千峰紫。
登临渺渺游子怀，坐叹流光疾如驰。

杖策行吟三十年，朝朝南浦西山前[2]。
天涯何处无归路，迢递乡关客梦悬。

① 此诗选自《疑庵集》。吴涵斋，西溪南人，乾隆十七年翰林。

② 南浦西山：王勃《滕王阁诗》："画栋朝飞南浦云，朱帘暮卷西山雨。"

慈竹忽凋心独苦，于邑《南陔》痛乌哺[①]。
和熊犹记昔时尝[②]，衣衫谁看今日舞。

为写寒云一片心，披图不觉泪沾襟。
西江瀚漫波千顷，此恨绵绵相与深。

秋暮送程读山归新安

漫说腰缠是胜游，骊歌凄绝广陵秋[③]。
江空云影连归鸟，日落霜钟到客舟。
不信文章憎命达[④]，还从诗酒擅风流。
故乡尽有登临处，况复柴门烟树稠。
荒斋讲席罥寒烟，洛诵清词忆昔年[⑤]。
碧海鲸鱼翻叠浪，清秋鹰隼出高天[⑥]。
边翁鼓腹嘲经笥，郑老衔杯乞酒钱[⑦]。

---

① 慈竹：慈母。于邑：悲痛，忧郁。《南陔》：本为《诗·小雅》中诗篇，文辞久已亡佚。其《序》曰："《南陔》，孝子相戒以养也。"后作为孝亲之典。《文选》卷二二晋束晳《补亡诗·南陔》："循彼南陔，言采其兰。眷恋庭闱，心不遑安。"

② 和熊：《新唐书·柳仲郢传》："母韩，即皋女也，善训子，故仲郢幼嗜学。尝和熊胆丸，使夜咀咽以助勤。"后遂以"和熊"为母亲教子之典。

③ 扬州古称广陵，自唐宋以来便是繁华的商业城市，是达官贵人及富商寻欢作乐之地，流传有"腰缠十万贯，骑鹤下扬州"的俗语。

④ 杜甫《天末怀李白》有"文章憎命达，魑魅喜人过"之语。

⑤ 洛诵：亦称洛生咏，魏晋时代用洛阳一带语音诵读诗歌。《世说新语·轻诋》："人问顾长康，何以不作洛生咏？答曰：何至作老婢声？"刘孝标注："洛下书生咏，音重浊，故云老婢声。"

⑥ 杜甫《戏为六绝句》："或看翡翠兰苕上，未掣鲸鱼碧海中。"李商隐《重有感》："岂有蛟龙愁失水，更无鹰隼与高秋。"此联称赞程读山笔力雄健，气凌霄汉。

⑦ 边翁：指东汉学者边韶。《后汉书·文苑传》："（边韶）以文章知名，教授数百人。韶口辩，曾昼日假卧，弟子私嘲之曰：边孝先，腹便便。懒读书，但欲眠。韶潜闻之，应时对曰：边为姓，孝为字。腹便便，《五经》笥。但欲眠，思经事。寐与周公通梦，静与孔子同意。师而可嘲，出何典记？"

分韵何时重扣钵，属儿留取旧青毡[①]。

鱼龙寂寞大江寒，话到更深噶泪干。
识曲谁能听古调，驻颜聊欲觅金丹[②]。
疏疏老柳黄云乱，冉冉秋花晚景残。
霜鬓只今增感慨，临歧且复说加餐。

不须分手共欷嘘，瞥眼浮云过太虚。
入梦何如庄叟蝶[③]，忘机真羡惠生鱼。
放怀今古成吾道，回首风尘甘敝庐。
此去秋江正潇洒，一窗明月半船书。

秋 江

水国蒹葭咏，空明望渚洲。
芦开两岸雪，雁映一天秋。
枫叶萧萧冷，莼丝脉脉愁[④]。
不知霜镜里，谁在木兰舟[⑤]。

①《晋书·王献之传》："夜卧斋中，而有偷人入其室，盗物都尽。献之徐曰：偷儿，青毡我家旧物，可特置之。群偷惊走。"

② 驻颜聊欲觅金丹：语本杜甫《将赴成都草堂途中有作》："生理只凭黄阁老，衰颜欲付紫金丹。"意思是只有神仙丹药才能延缓我的衰老。

③ 庄叟蝶：《庄子·齐物论》："昔者庄周梦为蝴蝶，栩栩然蝴蝶也，自喻适其志与！不知周也。俄而觉，则蘧蘧然周也。不知周之梦为蝴蝶与？蝴蝶之梦为周与？周与蝴蝶，则必有分矣，此之谓物化。"

④ 莼丝：莼菜，亦称茭白，生长在江南水乡，秋天成熟。这里暗用《世说新语·识鉴》"张翰在洛见秋风起，因思吴中菰菜羹、鲈鱼脍"的故事，寄寓自己的思乡之情。

⑤ 木兰舟：任昉《述异记》："七里洲中有鲁班刻木兰为舟，舟至今在洲中，诗家用木兰舟出于此。"

雪夜怀韫亭三弟江上

炉烧榾柮敌寒深，疗我愁怀酒入唇。
谁念桐江江上客，孤舟还有未归人。

过小孤山

江汉滔滔尽向东，小姑山峙乱流中。
征帆万点闲来往，羡煞沙头一钓翁。

津吏沿江惯送迎，悲笳几叠动离情。
昨宵归梦如何短，听罢涛声又鼓声。

过道士袱

千尺嶙峋插碧天，江流至此一洄漩。
水乡别有萧疏致，沽酒先尝缩颈鳊。

程 埙

程埙，字赓篪，槐塘人。乾隆十九年进士，官凤阳府学教授。精研《易》，著有《易经读本》《续世论新语》《琅环秘录》《獭祭随记》《读书随笔》《诗文集》。

野径园

水多似石涟沦翠，竹密如松箨笋香[①]。
一径窈然通缭绕，只疑九曲武夷长。

果 园

两贤位置好亭台，桂屿香连水映梅。
添个志和船五尺，嫩凉棹入藕花限[②]。

雨窗绝句

山水清音说练川，风流名士配松圆[③]。
那知竹马鸠车处，却在筼筜绿漱边。

---

① 箨:竹皮,即笋壳。

② 志和:唐代诗人张志和,辞官归隐江湖,自号烟波钓徒。限:水曲处。

③ 松圆:程嘉燧,字孟阳,号松圆,休宁人,侨寓嘉定,与唐时升、娄坚、李流芳合称"嘉定四先生"。

（李流芳长蘅，故邑人。旧家在丰溪上，苦竹数顷，清溪一曲，父老犹能指其处。）

庑下幽光十哲潜，发挥不愧字三缣。
月泉吟社夸何益，只斗唐人句子尖。

（金正希先生《德行颜渊一节》，文乃丰南会课所作。时名士与会者百馀人，艾东乡独评此文为第一[①]。主人置酒数日，赠金币甚厚。）

送吴梅溪之广陵

延陵君子驾鸣驺，扬镳分道少勾留[②]。先生又跨广陵鹤，遨游意气吞全牛。忆昔公车思献赋，囊书橐笔李膺舟[③]。练江峭帆适淮水，拂空雪片豁双眸。我无季子黄金箧，热肠辗转借前筹。吴头楚尾遍征逐，啧啧齿芬俨触喉。惜哉南宫文战北，阮生青眼愧莫酬[④]。雾夕霞朝迅如驰，长安返辔累春秋。君自邗江买归棹，参诗读画喜盟鸥。卜筑溪园才九仞，唱骊又见骋骅骝。丈夫慨慷桑弧志，碎月滩边笑石尤[⑤]。红桥禊事应虚左，竹西如瞻太华旒[⑥]。我坐愁城忧判袂，三十六鳞空置邮。不如昔年拍肩

① 金正希：金声，字正希，休宁人。崇祯元年进士，曾任御史。顺治二年与江天一在徽州组织乡兵抗清，兵败殉国。艾东乡：艾南英，字千子，号天佣子，抚州东乡人，明末文学家。

② 延陵：今江苏常州晋陵县。春秋时吴王封其子季札于此，后来江南吴氏多以延陵为郡望。这里指吴梅溪。

③ 李膺：字符礼，东汉颍川襄城人。《后汉书·党锢传》称其“抗志清妙，有文武儁才……后进之士，有升其堂者，皆以为登龙门。”

④ 南宫文战北：指参加乡试败北。阮生青眼：《晋书·阮籍传》：“阮籍能为青白眼，见礼俗之士，以白眼对之。”白眼表示轻蔑，青眼表示青睐。

⑤ 石尤：石尤风，行船所遇到的顶头风，逆风。

⑥ 红桥：在扬州小秦淮河边。吴绮《扬州鼓吹词序》：“红桥在城西北二里……朱栏数丈，远通两岸，而荷香柳色，雕栏曲槛，绵亘十馀里。春夏之交，繁弦急管，金勒画船，掩映出没于其间，诚一郡之丽观也。”竹西：地名，在扬州城北五里禅智寺侧。杜牧《题扬州禅智寺》：“谁知竹西处，歌吹是扬州。”

去，挑灯夜坐罄绸缪[①]。

辛桥遇吴澹泉

细草溪边路，门敲曲水隈。
我缘寻友至，谁谓访僧来。
风透衣嫌薄，花深酒漫催。
灯前无热客，戴月约重来。

① 拍肩：郭璞《游仙诗》："左挹浮丘袖，右拍洪崖肩。"浮丘与洪崖均是神话中的仙人，后遂以"拍肩"为归隐求仙之典。李商隐《碧城》："不逢萧史休回首，莫见洪崖又拍肩。"

叶临洙

叶临洙，字印川，一字芗沙、磬川，丰南人。乾隆十七年举人，与曹学诗、程埙、吴定为友，著有《霜桥行卷》。

偕黄瑶山夜饮果园

叔度来何事[①]，名园酒思融。
闻蝉疏雨后，得月乱荷中。
话久频移榻，凉生渐御风。
长安云路近，此夕莫书空[②]。

① 叔度：黄宪字叔度，东汉末汝南慎阳人，时人称其为“颜子复生”。名士郭泰称赞道：“叔度汪汪如万顷之陂，澄之不清，扰之不浊，其器深广，难测量也。”见《世说新语·德行》。

② 书空：《世说新语·黜免》：“殷中军（浩）被废，在信安，终日恒书空作字。扬州吏民寻义逐之，窃视，唯作咄咄怪事四字而已。”

绍汉公

绍汉公字秋浦，号寿人。乾隆贡生，著《秋浦诗抄》。

秋夜怀及门吴翼暄客淮安

手展鱼书别意长，枚皋宅畔忆吴郎[1]。
十年师弟兰为嗅，千里江淮月再霜。
子去兔园应矫翼[2]，我居毡席几回肠。
灯残更有添愁处，客岁维舟在一方。

① 鱼书：书信。枚皋：西汉辞赋家枚乘之子。《汉书》本传称他文思敏捷，常随汉武帝出游，“上有所感，辄使赋之。”皋则“曲随其事，皆得其意”。

② 兔园：一名梁园，西汉梁孝王的园囿，故址在河南商丘县东，史载其范围延亘数十里。谢庄《月赋》：“梁王不悦，游于兔园。”园内曾集中了很多文士吟诗作赋，切磋学术。矫翼：展翅高飞。

吴锡祺

吴锡祺，清代西溪南人，生卒年月待考。

题家苏桥《丰乐溪图》八首

丰　溪

溪上几人家，沿流水如黛。
年年蟹稻肥，不用田歌赛。

南　山

岧峣望翠微，长养松千尺。
时见老鹤栖，如留太古雪。

钓雪台

钓雪人不见，钓雪台可寻。
梅花吹冻浦，寒透老鱼心。

绿绕廊

鱼戏各殊方，中央簇锦妆。
荷花亦招手，风露此间凉。

迟云山馆

黄海四千仞，苍龙十万群。
接天环佩响，来谒云中君。

过溪亭

客去屡回头，客来还息足。
屈曲印文流，篆此溪几许？①

十二楼

仙人十二楼，缥缈望云头。
丹梯浑可上，直达莲花游。

北　闬

为索梅花笑，思寻白酒沽。
忍寒临站立，饱看北风图。

① 屈曲印文流，篆此溪几曲：治印多用小篆，篆文笔画圆转曲折，恰似弯曲的溪流。

吴　定

吴定（1744—1809）字殿麟，号澹泉，岩寺人，诸生，嘉靖元年举孝廉。少与姚鼐同为刘大櫆弟子。晚年专力经学，锐意研求义理。有《周易集注》《紫石泉山房诗文集》。

客扬州寄蕙川暨其弟箕浦

客久仍高卧，艰难耻众怜。
朴诚时世贱，兄弟汝家贤。
共喻琴音古，何妨木榻穿[①]。
扬州春正好，日断杏花前。

① 木榻穿：皇甫谧《高士传》："管宁常坐一木榻，积五十余年，未尝箕踞，其榻上当膝处皆穿。"

程 琼

程琼，字飞仙，号转华，又号无涯居士，休宁率溪人，丰溪吴震生妻。工诗，幼见董其昌《书画眼》一编，遂能捷悟。及长，诗文书画算奕无不精敏，识理超悟。生子馥，亲授以书史。子死，不胜其痛，寻亦病卒。

题彭祖张苍像

苦惜年光恋幻身，白头私擅梦边春。
儿家酬酒凄然问，可有齐眉偶齿人[1]？

古今宫闱德容兼备者

艳淑如斯例作尘，相逢可即昔时人。
愿将彼骨吹成土，特葬儿今屡转身[2]。

释《牡丹亭》诗

何自有情因色有，何缘造色为情生。
如环情色成千古，艳艳萤萤画不成。

① 齐眉：用东汉梁鸿与妻子孟光举案齐眉的故事，见《后汉书·逸民传》。

② 屡转身：佛教认为众生随生前所造之业而处于无穷的生命轮回之中。

有疾预别玉勾词客

风流家庆古难均，共命并心异别亲。
应恨块泥将打破，谁教再塑管夫人[1]。

① 管夫人：元代书画家赵孟𫖯的妻子管道升，字仲姬，夫妻两人伉俪情深。她曾作《我侬词》："你侬我侬，忒煞情多。情多处，热似火。把一块泥，捏一个你，塑一个我。将咱两个一齐打破，用水调和。再捏一个你，再塑一个我。我泥中有你，你泥中有我。我与你生同一个衾，死同一个椁。"

赵 翼

赵翼（1727—1814），字云崧，号瓯北，江苏阳湖（今常州）人。乾隆中期进士，官至贵西兵备道，晚年辞官，专心著述。有《瓯北诗抄》《廿二史札记》等。

公燕三元钱湘舲于未堂司寇第，自司寇以下西岩、松坪、涵斋、杜村及余皆词馆也①。此会颇不易，得司寇出歌姬侑酒以张之，属余赋纪胜，即席一首

绿酒红灯绀袖花，江城此会最高华。
科名一代尊沂国，丝竹千年属谢家②。
拇阵频催拳似雨③，头衔恰称脸如霞。
（女郎顾四娘乞名于湘舲，湘舲赠以“霞娱”二字）
无双才子无双女，并作人间盛事夸。

① 公：指谢溶生，字未堂，由进士官至刑部侍郎。钱湘舲：即钱棨，字振威，号湘舲，长洲人。乾隆四十四年乡试解元，四十六年会试会元、殿试状元。官至内阁学士兼礼部侍郎。西岩：秦黉，字序堂，号西岩，江都人。乾隆十七年进士，授翰林院编修。松坪：刘墉，字象山，号松坪，山东诸城人。乾隆二十五年进士，后官江宁布政使。涵斋：吴以镇号涵斋。杜村：吴绍浣号杜村。

② 科名一代属沂国：刘墉为诸城人，与刘统勋、刘墉同族。诸城在古代属琅琊临沂县，亦称沂国。谢家：东晋谢安家族，为当时第一流的文化世家，这里称赞谢溶生。

③ 拇阵：喝酒时猜拳。

游焦山至扬途中杂诗之一

鹤铭堤上赞公房，曾与吴均共对床[①]。
回首雪鸿成故迹，濒行为拂旧题墙。（昔与吴澄野、李啬生同游焦山，宿巨超禅室。今澄野先殁矣。）

扬州哭澄野编修

绝是春筵累治庖，忽传噩耗到江郊。
十年混迹繁华地，一个知心冷淡交。
论事胸犹森五岳，著书梦久玩三爻。
侧闻去路分明甚，浴罢更衣便打包。

藜火精勤校石渠[②]，蓬山仙籍拜新除。（君成进士后，以总校。《四库全书》特赐翰林）
得偿天上难成愿，遍览人间未见书。
已徙新居三径外（前岁迁居），渐残先业二毛初。
我来剩有披帷哭，谁更论文一起予[③]。

---

① 鹤铭：指《瘗鹤铭》，为三国时著名的摩崖石刻，刻在焦山江边石壁上，今已没入江中。吴均(469—520)：字叔庠，吴兴故鄣(今浙江安吉)人，南朝梁文学家。《南史·吴均传》称："均文体清拔有古气，好事者或学之，谓为吴均体。"这里以吴均指代吴绍澯。

② 石渠：石渠阁，在汉代未央宫北，为皇家藏书之所。这里指吴绍澯中进士后入翰林院纂修《四库全书》。

③ 起予：启发、发明。《论语·八佾》："子夏问曰：巧笑倩兮，美目盼兮，素以为绚兮，何谓也？子曰：绘事后素。曰：礼后乎？子曰：起予者商也，始可与言《诗》已矣。"

吴　苑

吴苑（1638—1700），字楞香，号鹿园，西溪南村莘墟人。与弟蔚、荃、菘均能诗。有《北黟山人诗》，为其子所刻，今尚有康熙原刻本。子瞻泰，字东岩；瞻淇，字漪堂，均能诗。

送汪栗亭归里[①]

年年共行役，此日独参差。清霜十里月，晓发沾须眉。雁声背淮水，浮云西南驰。游子思故乡，胡为在天涯？天涯一尊酒，各言别离难。凉风怀夙昔，春恋衣裳单。人情爱远游，岂暇伤饥寒？子行我且止，我歌子独叹。不如更斟酌，共此今夕欢。揽衣瞻霄汉，东方众星残。星残有时明，人别何日聚？慷慨送君行，行行且复住。踟蹰立须臾，千里门前路。抚琴写中怀，悲丝亮难诉[②]。哀声厉清响，缭绕空庭树。一望盈盈水[③]，征帆从此渡。征帆已如斯，残菊又溥露[④]。

溥露弥蔓草，不能耐朝光。结交自总角[⑤]，不复知久长。胶漆非一

① 汪栗亭，原名汪沐日，字扶九。歙西罗田石岗人，明末举人。早年与金声、江天一交游。明亡后曾参加抗清斗争，兵败后改字扶晨，一名士鋐。后从武夷山古航禅师出家，法名弘济。

② 丝，通“思”。亮，通“谅”，确实，实在。

③ 盈盈：原义指女子姿态美好，这里形容送别友人时隔河相望、依依不舍的样子。古诗《迢迢牵牛星》：“盈盈一水间，脉脉不得语。”

④ 溥露：露水很浓。

⑤ 总角：古代称八九至十三四岁的少年。古代未成年的儿童头发分左右两半，在头顶各扎成一个结，形如羊角，故称总角。《诗·卫风·氓》：“总角之宴，言笑晏晏。”

端[1]，中情讵可忘？有道世罕见，凤凰鸣高冈[2]。尝欲卜南村，就子恣徜徉。如何不暂缓，先我戒严装。恨无双羽翼，凌空飞尔旁。

水晶庵[3]

一岭通游屐，庵从曲磴寻。
残僧难应客，古瓦易生阴。
顾盼馀乔木，徘徊对碧山。
先臣精爽在[4]，展拜若为心。

过汪右湘太学故园

忆过水香园，梅花媚春昼。疏枝亚方塘，倒影参列岫。微风入座来，香雪松间透。清境悦心脾，名流嘉辐辏。主人兴潇洒，韵事复奔凑。联吟最工敏，飞雨下檐溜。挥毫若云烟，春蚓秋蛇走。叵罗陈酒浆，拇阵竞攻斗。为乐殊无方，中怀永镌镂。重来游潜溪，溪水尚波皱。笺残蚀四壁，墙头窜鼪鼬。淹留问斯人，哲兄两不寿。（谓岸舫）。犹疑玉树姿，岂合土中覆。颇恨东风早，绿萼恰邂逅。攀条独涕洟，嘤嘤鸣鸟侯。篴声何处吹？凄怆山阳旧。

---

① 胶漆：如胶似漆，比喻恩情深厚。古诗《客从远方来》："以胶投漆中，谁能别离此？"

② 凤凰鸣高岗：《诗·大雅·卷阿》："凤凰鸣矣，于彼高岗。梧桐生兮，于彼朝阳。"

③ 此诗选自《国朝诗的》卷九。先侍郎，吴苑之远祖吴宁，字永清，歙西莘墟人。明正统、景泰年间官至兵部侍郎，曾参加正统十年于谦领导的北京保卫战。水晶庵在黄山，去甜珠岭三里许，明天顺年间吴宁建，自为记。

④ 精爽：精灵，魂魄。《左传·宣公十五年》杜预注："心之精爽是谓魂魄。"

吴树诚

吴树诚，生卒年不详，字芋生，号难三，西溪南人。侄吴尔世，居扬州，有子承勋，字铭卣；承励，字懋叔，亦能诗。

读　书

寂坐念不动，沉默对古人。上下百千载，贤圣非一兴。山河犹改观，言论垂至今。日夕恣探讨，贵达作者心。小儒死章句，终身同醉醒。开卷若了了[①]，释卷即懵懵。岂无好师友，胶园敝清明。居今能见古，匪尚篇章寻。悲来或以泣，意得或以欣[②]。读书诚有获，何暇南面城？拙者或尔巧，痴者或尔灵。努力爱壮年，慎勿役浮名[③]。

挽姜如农[④]

载笔黄扉始半年，奏章早已万人传。
天王明圣能容直，国事艰难尚赖贤。
恸哭沧桑怀浩荡，漫友天地答生全。
悬知草野留公论，私谥应同金石坚。

① 了了：清晰，明白。

② 意得或以欣：语本陶渊明《五柳先生传》："好读书，不求甚解；每有会意，便欣然忘食。"

③ 役浮名：为浮名所役，指追逐虚伪的名声。

④ 姜如农：姜埰字如农，号敬亭山人、宣州老兵，山东莱阳人。崇祯四年进士，授密云知县，后迁礼部主事、礼科给事中，因弹劾权贵，被谪戍宣城卫。明亡后移家江南，以遗民终。卒，门人私谥"贞毅先生"。

送孙豹人之淮阴[1]

一艇琴书淮水边，霜天芦荻白于绵。
倘逢漂母毋劳念，孙八从来不受怜[2]。

挽汪右湘

哲父平生行，千秋世道扶。凄酸思老骥，汗血瞩名驹。逝矣风流尽，嗟哉日月徂。过门恒腹痛[3]，所慰凤多雏。钟情缘我辈，况复素心人。标格元超俗，文章最有神。琴声惊促断，天道渺难询。堕泪非无自，交亲奕世真。

留别广陵诸同学

相见即相别，愁因此际侵。
旅贫知世薄，交淡结情深。
酌酒月生座，离歌风入琴。
江天秋自好，无处不伤心。

次真州寄示弟侄

带郭千帆去，相思兹地真。

---

① 孙豹人：名枝蔚，陕西三原人，入清后流寓扬州。工诗文，与吴树诚侄吴尔世交谊甚深。

② 漂母：《史记·淮阴侯列传》载，韩信早年落魄时，曾垂钓于淮阴城下。有一个漂洗的老妇看见韩信饥饿，以饭食救济他。后来韩信封侯，厚报此漂母。孙八：古代密友间惯以排行相称呼，孙枝蔚排行第八。

③ 腹痛：《后汉书·桥玄传》："初，曹操微时，人莫知者。尝往候玄，玄见而异焉。……又承从容约誓之言：徂没之后，路有经由，不以斗酒只鸡过相沃酹，车过三步，腹痛勿怨。"后以"过门腹痛""车过腹痛"比喻悼念亡友。

那堪寒雨日，独作远行人。
江水流难尽，秋风吹更频。
送穷知我拙①，归守故园贫。

程穆倩过访兼示新诗

褊性幽栖与俗违，终年人访筚门稀。
寂寥兀坐长蹲膝，清暇闲吟漫掩扉。
有客携琴苔藓破，呼儿煮雪茗香肥。
新诗句句饶深致，高唱应知和者稀。

将归新安留别

浪迹经年意已阑，江干寒早怯衣单。
千层远岫归怀壮，一片闲云客思残。
丰水澄清秋更好，芜城变幻岁多艰。
故园松竹青长在，历尽繁华独耐看。

秋雨宿祥符寺

独宿空堂上，一灯忽明灭。阶前雨如倾，乱风乱桐叶。钟磬静不闻，寒气直侵骨。天地何寥寥，万物此俱歇。愁思纵横生，起坐竟终夕。老僧归叩门，开户已微白。

① 送穷：唐代文学家韩愈作有《送穷文》，借主人与穷鬼的对话，表明了自己“君子固穷”的品性，讽刺了逐富嫌贫的世态人情。风格诙谐幽默。

吕士鵔

吕士鵔，清初顺、康间人，字邻秩，号任庵，西溪南乡吕村人，查士标之婿。与弟子鹤从业于王炜。能诗善画，曾灿《过日集》选其兄弟诗多首。

淮阴钓台

昔贤知重义，一饭已千秋。
落日钓台上，西风淮水流。
酬金非母意，王楚讵身谋。
遗迹荒烟里，凄凉空暮鸥。

秋夜对月有感兼怀不庵夫子二弟御青[①]

燕市酒徒尽，当杯只自吁。月偏今夜白，人比去年孤。归梦先鸿雁，离心转辘轳。凤城无限树，啼煞后栖乌。灭烛人孤坐，银床小院幽。独怜吴地月，并作蓟门秋。丛桂思招隐，看花待紫骝。竹西风景好，莫自惜淹留。

① 此诗为作者客居北京时所作。不庵夫子：王炜。御青：吕士鵔弟吕士鹤字。兄弟二人俱师事王炜。

平原道中即事[①]

处日半林红，征衫怯晓风。
人家黄叶里，乡梦白云中。
傍水孤城闭，荒榛石戍空。
过河山色近，岚气著衣浓。

升仙台[②]

何日去函关，遗风在此间。
紫烟犹隐现，明月与俱闲。
道德千山重，清虚一水艰。
我来瞻柱下，无计学跻攀[③]。

访友夜归

村墅人家烟火稀，高天月色送人归。
满林叶落平樵路，断岸溪流没钓矶。
曳杖数声花犬吠，刺船一点雪鸥飞。
严城寂历闻宵柝，霜积空庭冷扣扉。

① 此诗选自《过日集》卷十。

② 此诗选自康熙《鹿邑县志》卷十一。时吕士鵔任鹿邑县令。升仙台：在鹿邑境内，传说老子由此西出函谷关，得道仙去，台即为纪念老子而建。

③ 柱下：周朝官职，掌管皇室藏书及朝廷著述之事，相当于后世的太史。相传老子曾任周朝柱下史。

雄县晓发[①]

梦破渔人促去装，孤城落月戍楼荒。
一声晓角雁行起[②]，十里水风菱叶香。
喜听残鸡投野店，愁驱羸马渡寒塘。
遥看直北浮云际，烟树微茫是帝乡。

晓行口号[③]

欲落未落山月横，欲断不断戍鼓鸣。
佶佶屈屈淖泥路，磔磔格格轮啼声。

卢沟桥

卢沟桥畔柳丝垂，卢沟桥上多别离。
河流混混长如此，送尽行人总不知。

---

① 此诗选自《过日集》卷十四。雄县：即今河北雄县。系作者赴京途中而作。

② 晓角：清晨的鼓角声，用于报时。

③ 此诗及下一首《卢沟桥》均选自《过日集》卷二十。

吕士鹤

吕士鹤，清初人，字御青，吕士鵔弟。与兄同师事王炜，复与曾灿游。

仲冬游虞山[①]

名山蹲海隅，骋望杳无际。翠色流虚襟，危峰耸高势。寂寂古木阴，飒飒岩风厉。清泉涧底流，远水日光蔽。众壑响乱松，苍苔叠悬砌。谷口不闻声，山居高薜荔。鸟语噪空林，寒光落吾袂。忆昔采药人，啸歌深独契。遐哉薄世荣，孤情本无滞。东西苍海阔，西睇澄湖丽。云中逢老僧，萧然不知岁。

且读斋对月有怀黄山寄大兄[②]

阶前抱膝枫叶槭，繁星自照天涯客。满耳哀蛩不断鸣，一帘寒影疎灯隔。此时故园秋色多，千山锦树当如何？黄海无波乱云净，老松怪立高嵯峨。吾兄暇豫应长往，谷口宵猿发清响。白龙潭上雨初晴，紫石峰头月尤朗。起行烟树满空庭，仰视明河夜气清。纵然痛饮难销尽，梦在

① 此诗选自《过日集》卷三。虞山：在江苏常熟县城西北，古称隅山，或海禺山。传西周虞仲居此，故名。

② 此诗选自《过日集》卷八。王炜《鸿逸堂稿》卷五《且读斋舆学序》："予旧有'思穷且读书'之句，后以'思穷'名谣，'且读'名斋。斋名为吕生士鹤请而作。"吕士鹤以之名其鄱阳客寓之室。康熙元年壬寅岁杪，江滔访王炜于鄱阳，欲相偕游庐山，以冰阻未能成行，乃在吕士鹤之且读斋中度岁。

山前第一亭。

送大兄北上

柳暗春将暮，鹃催未曙声[①]。
东风吹棹急，宿雨落江平。
路接愁心远，灯遥旅梦惊。
高堂悬念切，幸莫滞归程。

寿朱仇池七十

未遂名山志[②]，秋风起浩歌。
纷然西市里，一室自烟萝。
学与年俱老，诗因醉更多。
雁声红叶满，翘首兴如何？

毘陵郡与徐扶令夜话[③]

侵阶瀼露满秋城，近户星河入座明。
几处新鸿云外影，一天凉杵月中生。
遥遥归梦牵长夜，历历羁怀更短檠。
寂寞连床官舍冷，醉听梧落不胜情。

① 鹃：杜鹃鸟，一名子规，其鸣叫声听似“不如归去”。
② 名山志：指著述之志。司马迁《报任安书》：“仆诚已著此书，藏之名山，传之其人。”
③ 毘陵郡：即江苏常州府署。徐扶令：名远，福建漳州人，流寓太仓。

署中喜晤曾青藜赋赠[1]

阖闾城下几秋风[2]，桂树萧疏借一丛。
金简赤文藜榻畔，绮窗红袖锦书中。
为恋漂泊犹依表，谁荐文章复似雄？[3]
赖有故人霄汉在，不教阮籍泣途穷。

送友还里

分手西城欲暮天，尊前杨柳暗浮烟。
孤帆独指桐江去[4]，一路看山夕照边。

题赵承祐溪云山雨图

万山云起一溪阴，风满高楼雨满林。
天际乱帆归不得，烟波且向画图寻。

① 此诗选自《过日集》卷十四，乃在苏州与曾灿相遇而作。
② 阖闾城：苏州城。因苏州为春秋时吴王阖闾所建，故名。
③ 表：刘表。雄：扬雄。
④ 桐江：富春江流经桐庐县境内一段，称桐江。

吕　清

吕清，生卒年不详，字秋崖，号蘽亭，又号一斋，西溪南乡吕村人。能诗，著有《咫尺诗草》。

篱　花[1]

我家万山中，野性同麋鹿。三载滞荒城，日夕苦羁束。故山不可忘，相思何以续。移得石间藤，不改山头绿。次第放疏篱，清风香满屋。一枕梦初回，犹疑卧幽谷。

送西方庵灵章和尚移锡马山

江干一片石，北向面孤城。（南通州有五山，四山具面江，独马山北向。）老衲忽飞锡，山禽时出迎。径荒馀鹿迹，禅定入涛声。薄暮邻钟接，松杉落月明。

同王鹿田先生吴夫一洪仿沂舍弟英白登狼山分韵[2]

不断雄风送海潮，狼山高踞俯青霄。秋来蜃气连三岛，夜半钟声隔六朝。石上鲸吞初月到，望中鹏举乱星摇。前峰一片悬军地，（江中有军

① 此诗及下一首《送西方庵灵章和尚移锡马山》均选自《国朝诗的》卷之十一。

② 此诗选自汪之珩辑《东皋诗存》卷之十六。狼山：在江苏南通市南，为一低丘，隔江与常熟之福山相对，有广教寺、骆宾王墓等古迹。吴夫一、洪仿沂、吕英白，均为吕清之友，名号里居待考。

山，相传始皇驻军处），知有沉戈铁未销。

鹿邑月夜偕查子二瞻洪子衷白吴子树屏管子念修家兄任庵西登老子台泛湖至白云庵分韵得城字[①]

城里平湖夜色清，湖光半壁漫孤城。
白云遥忆华山梦，紫气空留柱下名。[②]
芳树远笼渔市小，扁舟初泛波痕轻。
频年马首多惆怅，对此苍茫无限情。

谒精忠祠[③]

睢水东流日夜鸣，中丞祠畔哭精英。
江淮席卷千城重，雀鼠巢空骨肉轻[④]。
一死自甘为厉鬼，诸军徒羡立忠名。
松楸向晚生秋响，仿佛犹闻战伐声。

宿塔山

塔山留一宿，暂息亦安禅。

---

① 此诗选自《东皋诗存》卷十六。鹿邑：今河南鹿邑县，东邻安徽，在西淝河上游，有太清宫，传为老子诞生地。康熙三十年(1691)，吕士鵔出任鹿邑县令，其岳父查士标曾游其地。

② 柱下：司马贞《史记索隐》："周秦皆有下史，谓御史也。所掌及侍立恒在殿柱下。故老聃为周柱下史。"

③ 精忠祠：在鹿邑县，为纪念"安史之乱"时坚守睢阳的张巡、许远而建。

④ 江淮席卷句：唐肃宗至德二年(757)春，安庆绪率叛军进攻睢阳(今河南商丘)，企图切断唐王朝通往江淮的粮运通道。唐朝睢阳守将许远、张巡奋力抵抗，从年初血战至冬天。城内粮尽，守城将士捕捉鸟雀老鼠吃，甚至吃人肉，最后因外无援兵而城陷，许远、张巡与南霁云等三十六人壮烈牺牲。

枕上秋声满，窗中月色悬。
豁然忘世累，不复有人烟。
欲结曹溪侣，山灵许暮年。

秋日登文昌阁晚眺

杰阁嶙峋复道回，青鞋踏处磴云开。
低看落照斜封树，细认残碑暗剥苔。
帘卷波光涵雉堞[①]，杯衔山色到楼台。
孤城日暮行人绝，唯有寒雅带影来。

① 雉堞：城上的女墙，用于瞭望和射箭。

吴瞻泰

吴瞻泰（1657—1735），字东岩，吴苑之子，西溪南乡莘墟人。与其季父吴菘之诗合刻为《白华集四明集》，今有传本。

夜泊瓜渚①

劳劳谁得住？星火又瓜州。
一夜三山雨，孤帆万里秋。
烟深吴楚望，潮送古今愁。
自笑终何事，长征不肯留。

钱塘与家岱观伯话旧②

欣逢逸老今词伯③，逆旅情亲话自长。玉笛吹残旧馀雨，鹧鸪啼彻动斜阳。书成《越绝》人千载④，（时先生《余杭志》修成。）鬓点吴霜月一航。莫听采莲洲上曲，浙潮夜夜打钱塘。

---

① 此诗选自《国朝诗的》卷九。瓜渚，即瓜州，又称瓜埠洲，亦作瓜州，在今江苏邗江县南部、大运河入长江处，与镇江隔江相对。

② 吴岱观，名山涛，歙人，居杭州。据此知吴山涛晚年主修《余杭县志》，时已修成。

③ 词伯：诗人，文士。

④《越绝书》一称《越绝记》，东汉袁康撰。原书二十五卷，现存十五卷。记载春秋时吴越两国史地之书。多采传闻异说，与《吴越春秋》所记相出入。

送栗亭汪君归新安[①]

禹穴空蒙蒙，溟渤恣遐瞩[②]。携手蒲帆前，潇洒阅朓朒[③]。天风吹紫涛，扶桑朝一沐。人生辕下驹，局蹐二毛秃。此行既超越，所遇尽敦笃。故人气谊真，此道托空谷。石榴蕉花红，渚白菖蒲绿。客中看客归，胡以慰幽独。养亲三亩园，定省蔬半菽[④]。寄君双羽翰，中心若转毂。淼淼江云驰，片片归茅屋。

① 此诗选自吴菘、吴瞻泰合着《娑罗草堂诗》中之《四明集》。诗后附汪士鋐《赠别诗》五古一首，诗云："两月整游櫂，酬和无宵晨。清景发高唱，甚服佳句新。炉锤见匠心，煅炼成大醇。乘兴凌混茫，蛟岛眉峻嶒。白华思缥缈，落笔疑有神。高抬扪出日，潇洒逢壶春。归舟溯京口，江波碧粼粼。临岐展赠别，甚感语意真。丈夫志四方，况怀席上珍。逢迎见倾倒，得意要路津。竹西富新制，便面贻故人。"二诗为同时酬赠之作。吴瞻泰《白华集小序》曰："余以戊寅夏仲从汪君栗亭及家四叔父游四明后作泛海之想。大将军马公命舣舟以待。搜剔幽奥，各得诗如干。"据此知二诗皆康熙三十七年五月同游四明而作。

② 禹穴：在今绍兴之会稽山，相传为大禹的葬地。溟渤：大海。

③ 朓：农历每月三十日。朒：农历月初。

④ 定省：晨定昏省的省略。古代子女早晚向父母问候请安，称定省。

汪允让

汪允让，字礼常，号半亭，西溪南乡西山人。出游南北，遍交海内名士。好吟咏，所游必有诗作。所著《丰舫斋稿》已佚。

送家遂臣兄之粤西[1]

天涯悲客路，此别即经年。
况值三春暮，何堪万里船。
行囊惟典籍，道路尽山川。
瘴疠须珍重，相思云树边。

寄家膺繁侄杂诗[2]

夏雨积村居，孤窗客屐虚。苔深三径草，泪落满床书。蓑笠归田野，交游忆草庐。潜溪如可过，早晚但踌躕。不问休文病，连朝风雨深。极嫌泥路滑，可惮野云阴。意气思前喆，豪华涤素心。高吟无以报，肠断向江岑。

---

① 此诗及以下十四首均选自刘然辑《国朝诗乘初集》卷四。刘然，字简斋，江宁人，与汪允让为友。

② 汪祉，字膺繁，号退斋，歙西潜口人。好吟诗，与汪舟、汪沅、汪士鋐多唱和之作。康熙二十八年卒，年仅二十七岁。

家子文兄奥归会扶晨大兄斋头分得佳字

相从游奥海，三载事都乖。
僻处成幽致，孤吟见苦怀。
浮舟还故里，剪烛话高斋。
爱此竹林趣，非徒风日佳。

寄吴云逸妹倩二首[①]

回忆论交候，悠悠已十春。空闻淮海客，也惜采江人。赤叶入秋思，黄花过眼新。频年无限恨，泪落只沾巾。

一片采江月，随风到竹西。出关鱼雁少，人望水云低。桂蕊欲沾露，莲香不染泥。天涯同作客，物论可能齐。

看雪庄大师作画奉寄吴念武叔外父

怪汝凌空笔，裁成红树图。
一亭天地有，众壑古今无。
水落怀人远，山空怜鸟呼。
莫言浓淡异，风致是倪迂[②]。

就雪庄大师作画次韵

图画怜君好，丘林许我游。
水翻穿石急，山叠逼村幽。
草木尽含态，烟云几欲流。

① 吴云逸：名启鹏，歙之征溪人。

② 倪瓒(1301—1374)，字元镇，号云林，无锡人，元代画家。因性情孤僻爱清洁，人称倪迂。

浮生无可事，可得共相酬。

次松巢壁间戴务旃韵却赠[①]

但可容杯渡，无烦问浅深。
春云仍不染，秋月故相侵。
履向山头破[②]，身从画里吟。
孤高同慧远，淡泊是禅心。

访汤岩夫张躔楚两先生

风尘何处是桃源？梦日亭前访灌园[③]。客路穿云悲白昼，柴门对月想黄昏。炉边（赭山有赤铸炉，为前贤铸剑所）事业图书在，江上逍遥杖履存。几处交游都偃蹇，频年音问可谁论？

望孝陵[④]

可敢南冠谒孝陵，遥临北极望仪刑。
侧身天外烟犹白，极目山阳冢自青。
京阙旧消为隶圃，台城新废作官亭[⑤]。
归来不道秋风晚，日落城西水气腥。

---

① 戴务旃：名本孝，别号鹰阿山樵，休宁人，寄居和州，工诗。

② 履向山头破：履，即鞋子。禅诗有“芒鞋踏破岭头云”之句，此句化此而来。

③ 灌园：浇灌园圃，指躬耕田园的隐居生活。陶渊明《答庞参军》：“朝为灌园，夕偃蓬庐。”

④ 孝陵：即明孝陵，明太祖朱元璋之墓，在南京钟山。陵前石人、石马犹为明时旧物。神功圣德碑则为清康熙时所立，现为全国重点文物保护单位。

⑤ 台城：故址在今南京玄武湖附近。《舆地纪胜》：“台城一曰苑城，本吴后苑也。晋咸和中作新宫，遂为宫城，下及梁、陈，宫皆在此。晋、宋时谓朝廷禁省为台，故谓宫城为台城。”

姑溪夜宴次沈五盐元韵[①]

脂车乘兴访天门[②]，西望寒江日正昏。
白苎峰前还剪烛，丹阳市上且开樽。
鸡鸣寂寞漫漫夜，月影荒凉处处村。
莫惜明朝分袂去，天涯谁不重王孙？

沈五盐将游黄山以诗见寄依韵戏简

三径虚闻已就荒，陆生犹见治难装。
山城春入图书润，野馆花偷翰墨香。
黄海烟云穿客屐，紫霞风月斗词场。
休文好作惊人句，莫谓飞腾是酒狂。

寄和家右湘叔白门赋赠沈天士先生元韵[③]

江城秋雨动高吟，异地逢人倍赏心。
采石江前闻雁落，桃花潭上定知音。
词场风义本情亲，况复相思已廿春。
樽酒定交秋露白，枌榆社里好词人。

① 姑溪：即姑熟溪，在今安徽省当涂县境内。当涂秦为丹阳县，汉属丹阳郡，故称小丹阳。今当涂东北小丹阳镇是其旧治。

② 脂车：用油脂涂在车轴上，以便车轮运转。后以脂车借代驾车出行。

③ 汪沅《研村诗》卷四有《白门将归喜晤沈天士》七绝一首，诗云："秦淮帆挂复扬州，天宝遗民已白头。恨不巾车先一夕，曹公横槊水亭秋。中秋同曹司马宴集水阁。"与汪允让和诗二绝当同时所作。汪沅作或载《水香园遗诗》中。

汪天与

汪天与，字苍孚，号畏斋，西溪南乡松明山人。工诗，有《沐青楼诗》刻本传世。子淳修，字质存，亦能诗，有《雾隐山房集》，今有乾隆刻本。

丹　井[1]

药铫溪上行，白龙潭下注。
水石青泠泠，更寻丹井处。
白石煮无方，丹砂颜可驻。
尘缘悔不断，既来还复去。

肇林双松歌[2]

招提初筑开禅宗，阶前即种双虬龙[3]。虬龙历今百余载，鳞鬣欲起摩长空。月下清阴团翠盖，风生幽韵杂疏钟。我来扫石坐其下，缅怀伊昔逃禅者。司马功成投老时，翩翩二仲叶埙篪[4]。千秋慧业文章在，为问双松知不知？

① 此诗选自《国朝诗的》卷之十五。丹井：在黄山白龙潭下，传说为黄帝炼丹之井。

② 此诗选自《国朝诗正》。肇林：寺院名，在歙西松明山，今属黄山市徽州区，久已毁。寺院建于明嘉靖间，为汪道昆偕其二仲游息咏啸之所。

③ 虬龙：形容古松苍虬嶙峋之形，有如虬龙。《抱朴子内篇》："松树之三千岁者，其皮中有脂，状如龙形。"

④ 叶埙篪：叶通"协"，谐调之义。埙、篪，为两种吹奏乐器。

太函山房重台梅花歌[①]

先臣选胜构书屋，盘回荦确山之麓。室署函三草《太玄》，山头紫气潜洄洑。（先司马见兹山紫气独罩，因卜筑焉。）手种梅花三百株，檀香玉蝶根根殊。花开上下浑如雪，美人时曳月明裾。百年到此根柯老，屈曲横斜致偏好。著花满树忽重台，目所未睹真奇哉。花心挺起瓣逾大，一朵层分两朵开。前年山塘产瑞莲，台阁八九游群仙。泮池一花兆贤辅，丰碑自昔人争传。（昔泮池开台阁莲一朵，其年许文穆公登科[②]，人以为瑞应。碑尚存。）山川钟灵在人杰，草木往往开其先。莲生重台或并蒂，犹闻间见人间世。铁骨冰姿擅此奇，不知造物将奚为？

仲夏送芗泉归里[③]

炎蒸何处避，昨夜梦山家。
度岭看新瀑，沿溪见落花。
竹风三径满，松月七峰赊。
我有故巢在，因君生叹嗟。

于鼎文治两叔始信峰草堂

书屋何年筑？争传始信峰。
下方飞霹雳，当户插芙蓉。
兄弟烟霞侣，神仙鸾鹤踪。
予将绝羁绁[④]，来此可相容。

① 太函山房：万历中汪道昆在歙邑城所筑之别业。

② 许文穆公：许国，歙县人，嘉靖四十四年（1565）中进士，官至礼部尚书东阁大学士，卒谥文穆。

③ 此诗选自《名家诗集》卷一，亦载《国朝诗正》。洪钺，字孝仪，号芗泉，歙之洪源人。工诗。有《七峰草堂集》。

④ 羁绁：束缚，羁绊。指官宦生涯。

题石涛僧桐江图送吴酣渔归里门次作山韵[1]

良朋频作别，归去故山多。和句嗤余懒，冲淡奈尔何。片帆三浙远，千嶂一人过。更羡高僧意，为图当短歌。家在澄溪上，长松小阁环。推窗纳幽竹，扫榻对遥山。径辟尘嚣外，门当烟霭间。吾庐才数里，何日叩松关？

自题五世读书园图[2]

家在千秋里，书藏五世园。
廿年劳客梦，几夜到柴门。
竹翠迷三径，松高自一村。
依然图画里，相对欲无言。

乙酉仲秋陪紫沧东山两太史叔登香阜寺即送紫沧叔还朝时东山叔奉命校全唐诗开局淮扬[3]

广陵八月涛声壮，李郭仙舟喜及余。
初地登临宸翰重[4]，通津环绕寺门虚。
凤凰池上宣裁诏，文选楼头敕校书[5]。
恩命一时承异数，暂分南北莫踌躕。

---

① 桐江图：石涛为吴启鹏返歙而作。

② 五世读书园：在西溪南乡松明山，王士禛有诗题咏。

③ 此诗选自《国朝诗正》。汪灝，字紫沧，休宁人。汪绎，字东山，歙西唐贝人，居太仓。

④ 宸翰：皇帝亲笔所书的墨迹。

⑤ 文选楼：在扬州，相传是隋代曹宪的故居，曹宪曾在此以《文选》教授生徒。嘉庆年间，阮元在其地建楼五间，名为“隋文选楼”。

寄姜学在[①]

不见先生忽二年，虎丘烟月梦相牵。
灯明树里移舟饮，笛响楼头枕石眠。
别剖鱼书饶一纸，闲搜鸿宝得双篇[②]。
前朝白发今何在？较昔江山更惘然。

先生贻句有“江山未必仍如昔，为语前朝白发僧”，谓石涛也。

黄山帝松

未肯帝秦谁帝松？人心犹水尽朝宗。
早知千年不凭土，应笑五株还受封。
挟石苍根如屈铁，参天翠鬣似游龙。
不知丹鼎将成候，曾引轩皇几过从？

得新城先生书[③]寄唐人万首绝句选付梓

雪立高堂梦转时，忽闻鹊噪压窗枝。数行远寄千秋业，一卷亲裁万首诗。先世清真欣重许，名家兴复愧相期。（来书有“君家二仲先生，独向清真”，又“名家之后，必复其始”云云。）颓波雅意中流挽，鸿宝邮

---

① 姜学在：名实节，号仲子，学者称鹤涧先生，姜埰次子，寓居苏州。工诗，后人辑有《鹤涧先生遗诗》。

② 鸿宝：原指道教炼丹之书，后泛指珍贵书籍。《汉书·刘向传》：“上复兴神仙方术之事，而淮南有《枕中鸿宝苑秘书》。”

③ 此诗选自《国朝诗正》。新城先生：王士禛（1634—1711），字贻上，号阮亭、渔洋山人，山东新城（今桓台）人。辑有《万首唐人绝句》七卷。据王士禛康熙四十八年己丑六月十日与汪洪度书，谓“近撰洪容斋万首唐人绝句，止录什一，差为精审，今以底本寄文治，刻之邗上，昆玉当各作一跋”，则汪天与此诗当亦作于此年。

将付枣梨[①]。

披云岭图有怀苍霞上人[②]

出山时少住山多，披卷怀君在薜萝。
峰爱留云拖杖入，泉烹照雪带瓢过[③]。
听松阁外樵歌响，悦性廊前鸟语和。
羡尔幽栖风景好，何年相对影婆娑？

张竹中见示游黄山新刻[④]

手把新诗一卷开，恍同康乐兴悠哉！
半空忽觉峰峦响，回壁浑疑瀑水来。
携向花前如把臂，吟归月下当衔杯。
从今坐卧皆登眺，清梦无劳故国回。

秋日访陈沧洲不值[⑤]

杨子桥通丁卯桥[⑥]，相思每趁晚来潮。
如今京雒寻君处，转忆烟江小艇遥。
日日趋朝未暂休，西风帝里又惊秋。

① 付枣梨：指雕板刊刻。因古代刻书多用枣树和梨树木板，故名。

② 此诗选自《国朝诗正》。苍霞为云岭寺僧，能诗文。辑有《云岭志》。

③ 留云、照雪：分别为山峰和泉水名。

④ 张竹中：名筠，江宁人，有《黄山纪游诗》。

⑤ 陈沧洲：名鹏，年湖南长沙人，曾任江宁府知府，故称太守。

⑥ 丁卯桥：在杭州。

何因闲着经纶手，为注虫鱼上殿头[①]。

寄郎赵客[②]

共一春江君上游，双鱼春水下扬州。
开函忽睹诗人面，箬笠荷衣只看钩。
梦想丰仪二十年，杏花村酒古今传。
何时小杜行春处，杖挂青蚨访谪仙[③]。

题雪庄和尚小照[④]

雪庄开士居云舫，三十六年不下山。
何事尘缘消未尽，尚留面目在人间。

宿文殊院赠晓三上人

七年前宿文殊院，六十平头今又来。
始信峰颠鳌洞低，自怜筋力未全颓。

---

① 注虫鱼:注释古书中的典故及名物制度。韩愈《读皇甫湜公安园池诗书其后》:“《尔雅》注虫鱼，定非磊落人。”

② 郎赵客:名遂，安徽石埭人。

③ 小杜:晚唐诗人杜牧，曾游宦到石埭。青蚨:铜钱。

④ 此诗及下一首《宿文殊院赠晓三上人》均选自汪天与《沐青楼诗》。

汪洪度

汪洪度（1646—1722），字于鼎，号息庐，又号黄萝，西溪南乡松明山人。工诗文，兼绘事。著有《息庐诗》，有刻本行世。

与弟归始信峰草堂作[①]

龙门百尺桐，泰山孤生竹[②]。刈取岳渎才[③]，峰头结茅屋。虽未出人境，幸已远尘俗。长看一老僧，念我苦幽独。时把青莲花，松间来共宿。

古洞常阴森，中有仙猿居。身青须鬓白，矍铄千岁馀。每当春暮时，百花开山隅。滚滚花上露，采撷为醍醐[④]。我来同饮啜，美味天下无。

伊昔寒江子[⑤]，振衣登此峰。群峭高插天，顾盼抒心胸。逝将谢人寰，白首栖山中。天倾地崩塌，日月无光容。杀身殉国难，血洒衣裳红。名未垂青史，气已凌苍穹。

---

① 此诗选自《过日集》卷五。始信峰草堂筑于黄山始信峰下，为汪洪度、汪洋度读书处，九圮。

② 龙门百尺桐：龙门在山西河津与陕西韩城之间，黄河流经此段，两岸峭壁对峙，形如门阙，故名。相传此地所产的梧桐最适宜制琴。冉冉孤生竹：古诗《冉冉孤生竹》："冉冉孤生竹，结根泰山阿。"

③ 岳渎才：《古岳渎经》载："禹理淮水，三至桐柏，水功不能兴。禹怒，召集百灵，搜命九馗，乃获淮涡水神，名无支祁，善应对言语，辨淮之深浅，原湿之远近。"后以岳渎才比喻兴建土木工程的才能。

④ 醍醐：佛经中所载的一种美酒。

⑤ 寒江子：明末抗清义士江天一，歙县江村人，自号寒江子，曾登上黄山始信峰，在岩壁上刻石题字。

偶　述[①]

昭君天下艳，守身亦贞固。众人竞容媚，真色耻行赂。坐失画工意，不得君王顾。灼灼桃李姿，忍令岁月暮。自请出边关，马上新妆去。

宿竹鱼庄

庄居远尘嚣，为近黄山麓。
连夜春水生，鱼苗长成族。
箨解散清响，蒙密不见屋。
客到莫嫌贫，烹鲜看新绿。

登清凉台同吴野人赋[②]

登目向何处？狂歌登此台。
秋声随叶下，山色过江来。
宫阙馀残照，园陵尽草莱。
年年怀古意，今日倍生哀。

登扬州城楼

江天残夕照，花底正清歌。
暮不停车马，春常驻绮罗。

① 此诗选自魏宪辑《诗持三集》卷之七。此集刻于康熙九年庚戌。

② 此诗选自《诗词三集》卷七。《皇清诗选》亦载此诗。第一句《诗词》"极"作"渺"，第四句"过"作"隔"，第六句"尽"作"在"。吴嘉纪（1618—1684），字宾贤，号野人，江苏东台人，明末诸生，入清不仕，工诗，著有《陋轩诗》。

灯看千点乱，月照二分多[①]。
几度经烽火，繁华一倍过。

挽姜如农[②]

衮职生难补[③]，君恩死不忘。
良臣安可得？厉鬼许同行。
野戍空秋柳，孤坟坐夕阳。
赐环今已矣，泪尽宛溪旁[④]。

访屈翁山不值[⑤]

万里归来路渺漫，秣陵春草驻征鞍。
不缘朔漠风尘苦，为惜南朝故旧残。
梦去频烦通欵曲，朝来准拟罄交欢。
空馀挂壁弓刀在，犹带飞狐雪后寒。

题梅花图[⑥]

经年离别每思渠，吹笛挥弦读画余。
二九寒才交节候，两三花已放庭除[⑦]。

---

① 月照二分多：杜牧诗有“天下三分明月夜，二分无赖是扬州”句，形容扬州明月之美。

② 此诗选自《姜贞毅先生挽章》，题目系编者所加。姜如农：姜埰字如农。

③ 衮职：所任朝廷官职。《诗·大雅·烝民》：“衮职有阙，维仲山甫补之。”

④ 赐环：古代刑法，逼迫犯人上吊自杀，称赐环。宛溪：流经宣城的河流名。

⑤屈翁山：屈大均(1630—1696)，字翁山，一字介子，广东番禺人，清初遗民诗人。

⑥ 此诗录自汪虹度作梅花图真迹，诗後署款“乙酉腊月，见梅花，适迈园先生索画，因书请正。洪度。”

⑦ 庭除：庭院的台阶。

雪凝屡讶春如许，竹衬方知蕊尽疏。
记得清溪僧有句，开时似得故人书。

咏新城先生渔洋山图墨[1]

先生落笔如泻珠，快与星电争驰驱。练裙棐几无隙地[2]，更摘芭蕉新雨馀。兴酣淋漓墨屡呼，手腕磨脱愁僮奴。一月百丸苦不继[3]，命我速斫青松株。轻烟不使出山翠，覆碗一缕收空虚。和以麋角灵草汁，杵鸣午夜秋砧如[4]。制成形模戒纤巧，半面属绘渔洋图。渔洋山高耸具区[5]，雄秀势可吞三吴。一碧三万六千顷，呼吸湖光多老渔。公昔登眺契神赏，因用为号聊自娱。五岳久邀助挥洒，今复绘山为墨将焉需？我问此山近灵墟，天地大文閟不舒。料应写撰渔洋集，光怪欲压龙威书。

送修况游齐云岩[6]

灵境与云齐，星河渐觉低。
因松为向导，拂藓试攀跻。
到处笙歌沸，当前彩翠迷。
洞天春未晓，霜哺有乌啼。

---

① 此诗选自《名家诗选》卷四。新城先生，王士禛。

② 练裙棐几：《南史·羊欣传》："欣长隶书。年十二时，王献之为吴兴太守，甚知爱之。欣尝夏日著新绢裙昼寝，献之见之，书裙数幅而去。"棐几：几案。传说王献之在几案上习字，入木三分。

③ 一月百丸：写字一月，要用掉上百丸墨块，形容用功至勤。

④ 和以麋角灵草汁：造墨所用原料除松煤外，还辅以鹿茸、冰片、麝香等名贵中药，并置石臼中反复舂杵成细末，然后经对胶、描金而成，工艺程序极为精细复杂。

⑤ 具区：太湖古称具区。

⑥ 此诗选自《名家诗选》卷四。修况：汪梓琴字，沅次子，亦能诗。此送之游白岳也。

嘉连诗为汪右湘作

香在名园绿水浔，芳华并蒂影森森。
笑他木偶能连理，肯让兰言利断金[①]。
风起如知相对舞，秋深更惜欲分襟。
任教结子捐红粉，不改同生一寸心。

我昨扶藜访岳连，身穿莲蕊蹑苍烟[②]。
金茎并长黄海云，翠柱双撑碧落天。
玉女洗头分挽髻[③]，浮丘高揖竞齐肩。
谁知倒影池塘里，化作骈枝两朵鲜。

蘖庵大师（侍御熊公讳开元）

九尺老比丘，骨立石崖松。
楞伽把一卷，兀坐西南峰。
举头近帝座，低头睨寰中。
批鳞丹陛前[④]，驱鳄苍海东。
昔怀宁易平，托钵降毒龙[⑤]。
阳灵大地匿，雨雪春山空。
樵径白云迷，何处寻孤踪。

① 兰言利断金：《周易·系辞传上》："二人同心，其利断金。同心之言，其臭如兰。"

② 莲蕊：黄山莲花峰。

③ 玉女洗头：黄山上有玉女洗头盆。

④ 批鳞：指犯颜直谏。这里指熊开元中进士后因进谏而触怒崇祯帝。《韩非子·说难》载龙喉下有逆鳞，"若人有婴之者，必杀人。人主亦有逆鳞，说者能无婴人主之逆鳞，则几矣。"

⑤ 托钵降毒龙：指熊开元修禅信佛，能降伏自己心中的各种欲望和妄念。王维《过香积寺》："薄暮空潭曲，安禅制毒龙。"

芦中老人（礼部郎王公讳泰征）

芦中人易老，不复刺渔船。悲歌采薇蕨，归卧西山巅。山路幸险巇，足音少人传。气衰筑难击，不如弄云烟。骨瘦薪难卧，不如枕清泉。清泉涤尘襟，云烟幻眼前。哀思能伤人，谁禁迟暮年。

纪岁珠

（乡邻某娶妇甫一月，即行贾。妇刺绣易食，以其馀积，岁置一珠，用彩丝紧系焉，曰纪岁珠。夫归，妇没已三载。启箧得珠，已积二十馀颗矣。）

鸳鸯鸂鶒凫雁鹄，柔荑惯绣双双逐，几度抛针背人哭。一岁眼泪成一珠，莫爱珠多眼易枯。小时绣得合欢被，线断重缘结未解，累累天崖归未归。

怀黄扶孟

从来经易水，谁不念荆轲。
有容自驱马，秋风正渡河。
回头山色远，直北角声多。
日暮思乡井，踟躇发浩歌。

汪洋度

汪洋度（1647—?），字文治，号玉笥，西溪南乡松明山人，汪洪度弟。工诗，善书。有《馀事集》，今仅存抄本。

魏宪曰："玉笥为南溟先生文孙。家有春草阁，面三十六峰，与难兄于鼎读书其中，以千秋自命。予赠以诗，有'结阁俯黄岳，峰峰入阁棂。时或峰为海，观海峰泠泠。大地奇文章，为君洗性灵'之句。其人与诗亦约略可睹矣。"

偶 述

宝剑沈九渊，其光彻天衢。爝火失其名，魑魅成群趋。铅刀而宝饰[①]，吾耻与之俱。风期两相失，抑遏聊自居。显晦自有时，宁忧岁月徂。

白马黄金羁，卷毛色沃若。骄驼年少儿，春风追鸟雀。道旁杨柳花，纷纷马头落。所恋在栈豆[②]，不复问沙漠。悲哉骐与骥，伏枥思伯乐。

---

① 铅刀：钝刀，谦词，比喻才能驽劣低下。

② 栈豆：马厩里喂马的饲料。恋栈豆，比喻庸人贪恋禄位。《三国志》卷九注引干宝《晋纪》："（桓）范则智矣。驽马恋栈豆，（曹）爽必不能用也。"

送魏惟度之西泠和茶村韵[1]

钟阜题应遍[2]，新诗古锦装。
舟帆过苕浙，声调有伊凉。
一水随人碧，千山拂面苍。
回看歌啸处，宫柳暗含章。

九日冒雨登康山寄家舟次

树杪仍残雨，峰头已夕阳。
鄙人思故国，之子复他乡。
鸿鹄翻飞远，江湖道路长。
黄花不可寄，拼醉宿山堂。

次韵赠魏惟度先生

中原月旦倩谁评[3]？忍使前朝独擅名。
闽海有人掺矩矱，秦淮无句不澄清。
上陵日落牛羊返，下渚风轻鸥鹭盟。
何处美人劳怅望，山山啼尽杜鹃声。

---

① 此诗选自《诗持三集》卷之三。魏惟度，名宪，福建人。顺治康熙间，先后辑刻《诗持》四集。

② 钟阜：钟山，在南京。

③ 月旦评：东汉末年汝南许劭兄弟主持的对当代人物的品评活动，通常在每月初一举行，故称。《后汉书·许劭传》：“初，劭与（许）靖俱有高名，好共核论乡党人物，每月辄更其品题，故汝南有月旦评焉。”

题播玉任写真二首

一桂花下一桃花下[①]

几叶清门积厚馀，一编常自惜居诸。
闲来倚石临风坐，飘落桂花香满书。

笑颜偏爱对桃花，不是芳菲恋物华。
要得桃都似蟠木[②]，北堂将进酌流霞。

仲春水香园看梅[③]

花气人心合久要，尽拼蜡炬夜深烧。无端又看灯春灯去（时溪南友有看花之约），辜负芳尊惜此宵。

送玉依禹裁同苍上人九日登黄山

望里天都青入扉，每期探赏兴遄飞。今看兄弟登高处，愁把黄山对翠微。（时订重九共游属疾未果。）

山经持向僧窗续，短檠绳床时醉眠。（古诗“灯檠昏鱼目”，白诗“铁檠昔移青”，自注曰“檠去声读”。）欲共雁门僧验取，并掩筇杖入云烟。（玉依时读书云岭。）

---

① 此诗选自汪世清先生抄本《余事集》。原本今存北京大学图书馆。

② 桃都蟠木：神话中的仙树。《述异记》卷下：“东南有桃都山，上有大树，名曰桃都，枝相去三千里。”

③ 此诗附见《研村诗》卷一。汪沅诗题曰《仲春五日同于鼎、文治、天中饮梅下分韵》：“筑得书堂水石间，青青常对万峰闲。如何此际凭栏客，只看梅花不下山。”汪天中，名会雒，潜口人，其诗亦附见《研村诗》，并录于此：“一望乡园淑气催，梅梢红绽艳歌台。也知好事朝朝赏，故把疎枝缓缓开。”

芗岩眉洲两弟由江东至广陵

雁序起翩翩，丹枫小雪天。一时别岩岫，双翮入云烟。高视眇千里，遐心在八埏[①]。林间方敛翼，极望一欣然。几夕千觞酒，花前共醉哦。今朝三叠曲，野外听离歌。江月寒应好，官梅兴若何[②]。锦囊光照乘，知是唱酬多。

臂　痛

那能扛笔气如虹，自笑千钧一握中。乍可偏枯犹丰士，谁堪全折到三公。斜骞却似垂翎鹤，孑立还疑欲瘁桐。天意佚吾吾正懒，纸窗晏卧罢书空。

吴江舟夜

水驿迢遥望不分，愁心落叶共纷纷。
扁舟一夜摇江月，入梦吴歌断续闻。

① 埏：边际。八埏，八极，指天宇。

② 官梅：官府所种的梅花。梁朝何逊有《扬州法曹梅花盛开》诗，杜甫诗有“东阁官梅动诗兴，还如何逊在扬州”句。

黄朝美

黄朝美(1606—1683)，字荩臣，又字清持，西溪南乡竦塘人。居金陵，与杜浚为友。工诗，有集，今已不传。子时，字禹历；对，字书思，亦能诗。

芙蓉庄秋集同丁汉公仙裳弟及诸子侄①

秋发南园兴，扶携慰我心。远山自浮翠，水气动林阴。汀兰与岸芷，物外惬幽寻。觞咏仿兰亭，琴酒拟竹林。道同理无隔，境闲情自深。翘首寥泬天，哀鸿鸣远音。百年须臾事，为乐宜及今。

杜于皇过轫云堂同仙裳弟及诸子

客路逢知己，频来即故人。
清言原自远，交道贵能真。
噪树鸦催暮，垂檐柳报春。
得从文酒会，何处有风尘？

雪晴喜杜茶村枉顾

雪霁开蓬户，高人访旧情。

① 此诗选自《过日集卷五》。丁汉公，名日干，江南泰州人。黄云，字仙裳，江南泰州人。均有诗名。

去乡添老病，就人爱冬晴。
雁阵冲寒浦，梅花发故城。
赓酬存古谊[1]，当不惜逢迎。

秦淮秋泛

秦淮旧事已纷纭，画舫重游集水云。
红袖尚从高歌见，清歌偏使白头闻。
青溪小路闲秋草，桃花长桥倚夕曛。
渐有灯船喧鼓吹，江东门外又移军。

送仙裳之白下同金观察入署

广陵三月送春时，握手相看又离别。
花萼有情频命酒，竹林无事日题诗。
祖筵南浦侵晨发，鼓吹仙舟向晚移。
正是白门行色壮，风光常寄故人思。

秦邮夜泊

芦花岸口系轻艖，落日关城傍大河。
风静湖波澄玉镜，云开峰影点烟螺[2]。
稀疏遥见渔灯宿，嘹呖闲听雁阵过。
伏枕那能安客梦，倚舷中夜起劳歌。

---

① 赓酬：诗酒酬唱，互相应和。

② 风静湖波句：此联写高邮湖上风平浪静，有如一面玉镜；倒映在湖中的山峰，犹如一颗青螺。此诗写法参照了唐雍陶《题君山》："烟波不动影沉沉，碧色全无翠色深。疑是水仙梳洗处，一螺青黛镜中心。"

仙裳弟过宿拳石楼

老去论交少得人，只将竹屋闭城闉。
千秋喜订他乡弟，一笑无殊故旧亲。
姜被诗吟秋雨夜[①]，蕚楼酒熟早梅春。
前期但愿闲身健，访道时时可结邻。

① 姜被:《后汉书·姜肱传》:"姜肱字伯淮,彭城广戚人也,家世名族。肱与二弟仲海、季江俱以孝行著闻,其友爱天至,常共卧起。"谢承《后汉书》:"肱感《凯风》之孝,兄弟同被而寝,不入房室,以慰母心。"后以"姜被"为兄弟友爱之典。

吴绍浣

吴绍浣，字杜村，丰南人，侨居扬州。乾隆戊戌年进士，以参与修理《四库全书》而被赐授翰林。嗜书画，精鉴赏，四方名迹多归之，如徐浩《朱巨川告身书》、怀素小草《千字文》、王维《辋川图》等。与当时名流赵翼、彭元瑞、董诰、王杰等交游。晚年纳粟捐道员，补河南南汝光道，卒于官。

舟中感怀

枫叶兼芦荻，纷纷满客舟。
水云千里外，风露一天秋。
独宿同孤雁，愁怀寄远鸥。
披衣人不寐，剪烛数更筹[①]。

江湖天地阔，感慨别离多。
壮岁犹如此，衰年更奈何?
怀人看落日，倚枕发高歌。
长啸惊龙蛰，寒风起碧波。

（钱泳《履园丛话》云：杜村诗不多作，亦无专集，而笔甚遒峭。尝记其《舟中感怀》二首，录之如右。七言如："乡思暗随灯影动，客愁齐逐雨声来。"又"乱山钟响僧归寺，古渡灯昏月满船"。又《咏梅花》诗云："山间月暗谁横笛，江上春寒独掩门。"又《寒夜》诗云："众星皆淡漠，孤月自精神。"十字亦妙。）

① 更筹：古代巡夜的更夫用以计时的竹签。

吴绍汉

吴绍汉，字秋浦，号寿人，贡生。有《秋浦诗抄》。

金 山

云风鞭海蜃，万古结云楼。
丹壑烟霞气，沧江日月流。
天形围铁壅，帆影下孤舟。
返照鱼龙起，惊涛卷暮愁。

晚泊露筋祠[①]

平湖开返照，烟鸟去何之。
皎月悬高树，清流照古祠。
野人能荐藻[②]，行客重题诗。
仿佛云旗降，天风袅袅吹。

① 露筋祠：俗称仙女庙，遗址在江苏高邮县城南三十里。

② 荐藻：《左传·隐公三年》："苟有明信，涧溪沼沚之毛，苹蘩薀藻之菜，筐筥锜釜之器，潢污行潦之水，可荐于鬼神，可羞于王公。"后以"荐藻"为诚心敬献之典。杜甫《槐叶冷淘》："献芹则小小，荐藻明区区。"

题吴君俪云《孝行传》后[①]

生我父兮鞠我母，我无父母身何有？功劳有此百年身，终古戴高而履厚。罔极深恩欲报难，不忍《蓼莪》诗在口。丰溪吴氏读书子，文章才技无人比。双亲先后病魔侵，日月瞿然卧床笫。参苓到此竟无功，求起沉疴泪如水。夜深不肯使人知，模糊臂血凝刀匕。爱亲岂不知爱身，椿萱摇曳秋风里。肫肫肯挚竭吾诚，由来至性通神明。百灵呵护病乃已，还以此身答所生。我仰风徽欲问天，斯人若此无长年？松柏有心翻早折，西河抱痛何黯然！[②]伊谁洒墨笔如椽，表扬德行长流传。

① 俪云：吴绍灏，字俪云，郡庠生。精通医术，曾刲臂肉以疗父母疾病，病竟得愈。

② 西河抱痛：《史记·仲尼弟子列传》："孔子既没，子夏居西河教授，为魏侯师。其子死，哭之失明。"后以"西河痛"为丧子伤心之典。

吴　椿

吴椿，字荫华，号退旃。嘉庆壬戌进士，授翰林院编修，迁通政司副使，督学福建。道光九年以光禄卿充会试副考官，十一年以兵部侍郎督学浙江，十四年以户部侍郎充浙江乡试正考官，均称得士。旋以左都御史留浙督办海塘，不辞劳苦，使数十年未竟工程得以峻工。回京复命，以功授礼部尚书，调户部。道光十九年因病去官。七十寿辰，道光帝御书“宣勤笃祜”匾额以赐之。卒赐祭葬。

百妾主人牡丹台下琐琐娘墓

墓门何处觅金匙，怅望荒园意怆而。
芳草池塘无断碣，夕阳云外有羁雌。
漫云冷骨同鸡肋，犹幸嘉名似豹皮[①]。
不是鼠姑春烂漫，谁从碛砾认摩尼[②]？

隔世徒惊岁月遒，风光可是昔年不？

---

① 鸡肋：《九州春秋》载曹操与刘备交战于汉中阳平关，军不利。“时王（曹操）欲还，出令曰鸡肋。官属不知所谓，主簿杨修便自严装。人惊问修：何以知之？修曰：夫鸡肋，弃之如可惜，食之无所得，以比汉中，知王欲还也。”比喻无多大价值的人或事物。嘉名似豹皮：《列女传》载陶答子妻曰：“妾闻南山有玄豹，隐雾七日不食，欲以泽其衣毛，成其文章。”比喻爱惜自己的名声如同豹子爱惜自己的皮毛。

② 鼠姑：牡丹的别称。摩尼：摩尼珠，即宝珠。碛砾：浅水中的沙石。《抱朴子外篇·广譬》：“摩尼不宵朗，则无别于碛砾。”

尚馀绣户鸳鸯瓦[①]，不见朱轮玳瑁牛。
白堕三更传玉盏，乌号九石试金鏃[②]。
一般凭吊苍凉处，忆煞弓鞋蹴锦兜。

松化虬龙竹化蜓，曲琼花外听东丁[③]。
人间枉重贞娘墓[④]，地下长埋织女星。
辽鹤曾来游月榭（主人没后，曾于月夜出游。详《琐琐娘传》），
彩鸾应去待云骈[⑤]。
白杨遗冢今何在？吊古翻无过客经。

苔痕深碧笋如枪，桂酒椒醑孰奠将？
粉黛成灰情未死，名花掩穴骨先僵。
佳城幸免风兼雨，异代空嗟谢与王。
二百年来多少恨，繁华回首涕盈眶。

《秋灯课子图》为程镇北水部作

贤母迫前轨，秋高夜授经。
寸心孤月白，万古此灯青。
梧影清移槛，蛩声冷逼扃。
要同陶士行，史册令名馨。

---

① 鸳鸯瓦：屋瓦一仰一覆成对覆盖者，称鸳鸯瓦。

② 白堕：美酒的代称。乌号：良弓名。

③ 虬龙：无角的龙。《抱朴子》："松树之三千岁者，其皮中有脂，状如龙形。"东丁：流水声。

④ 贞娘墓：在苏州虎丘。范摅《云溪友议》卷六："贞娘者，吴国之佳人也，时人比于钱塘苏小小。死葬吴宫之侧，行客感其华丽，竟为诗题于墓树。"

⑤ 彩鸾：唐代才女吴彩鸾，家贫，佣书为业。字体遒丽，用笔圆润，笔墨纯熟。传世的书迹有《月令帖》《集韵》等。

我亦嗟孤露，伤心课读时。
循陔空有梦，负米永无期。
辛苦棪图见，昂藏望气知[1]。
三春晖未答，高咏曲江诗。

题张云巢都转《明月送行图诗册》

江淮经岁洒甘霖，一曲骊歌万口吟。
未借西湖润梅鼎，去移北地树棠阴。
官声定复同今好，帝眷还应自此深。
旋拜新恩持节钺，南天重盼福星临。

官迹原知似雪鸿，临歧未免惜匆匆。
待人城府何曾设，与我苔岑特许同。
两袖风收诗卷里，二分月到画图中。
交情那禁离情邈，翘首津门晓日红。

送汪岫云之官蜀中，次《留别》原韵

金石论交久，匆匆判袂行[2]。
胸怀春浩荡，才思锦光明。
黄甲虚前愿，青山怅旧盟。
爱民吾辈事，原不负平生。

西蜀多名胜，高吟百尺楼。
一官傍泸水，千载恋皇州。

① 望气：古代迷信有望气术，望气象而预知家族或国家的运数。

② 判袂：分手，离别。

道笑芙蓉采，离情芍药稠。
何时重把臂，尊酒素心酬。

题《双树庵传衣图》

萧瑟秋风生，策杖西郊步。言寻双树寺，隔水钟声度。老僧已涅槃，宗风犹可溯。行脚万里游，踏遍寒山路。刺血写成经，维摩定呵护。古镜照如何，妙旨禅机寓。成相复离相，罕得知其故。遗迹十三行，苦海慈航渡。想见传衣时，言下大觉悟。双树种何年，婆娑暖烟雾。一笑契上乘，菩提本无树。

秋闱即事

高秋灏气逼星河，一霎驹光匝月过。
老去持衡惭玉尺，古来悬式重金科。
尽多黄绢幕官锦，岂少红纱阻大罗。
爨下焦桐终有韵[①]，几番拂拭眼频摩。

美擅东南竹箭饶，墟分牛斗指璇杓[②]。
漫夸昆圃收三郡（辛卯视学越中，科试金衢严三府而事竣），
真见丰城烛九霄。
锁院烹茶怀陆羽，虚堂误笔笑颜标[③]。

① 爨下焦桐：《后汉书·蔡邕传》："吴人有烧桐以爨者，邕闻火烈之声，知其良木，因请而裁为琴，果有美音，而其尾犹焦，故时人名曰焦尾琴焉。"

② 东南竹箭：《尔雅·释地》："东南之美者，有会稽之竹箭焉。"

③ 陆羽（约733—804）：字鸿渐，号桑苎翁，唐代竟陵（今湖北天门人）。能诗，嗜茶，著有《茶经》，后世称其为"茶神"。颜标：唐代洛阳人。唐大中八年（854）参加科考，主考官郑薰误认他为颜真卿的后人，就将他取为状元。至上殿谢恩之日，方知他与颜真卿并无关系。当时有人写诗嘲讽道："主司头脑太冬烘，错认颜标作鲁公。"

初心忽忆秋灯冷，风雨秦淮听夜潮。

气味芝兰入室香（谓廉峰太史）[①]，珊瑚架畔尽琳琅。
但期白水盟心共，何处朱衣点首忙[②]。
云藻鲜明争击节，星邮迢递记连床（出都后同宿行馆）。
况逢闽峤蜺旌驻，指点黄山话故乡。
（梓庭制府、廉峰太史及余皆歙人也）

暗中针芥有深缘，蕊榜初开姓氏宣。
沧海珠明珍九曲，
奎垣烛耀阅三年（辛卯浙闱以学正与填榜）。
文章燕许旋题塔，经济夔龙孰著鞭[③]。
云外香飘携满袖，挂帆还趁菊花天。
（辛卯自浙旋都，亦以九月治装）

---

① 气味芝兰入室香：《孔子家语·六本》："与善人居，如入芝兰之室，久而不闻其香，即与之化矣。"

② 朱衣点首：《侯鲭录》："欧阳公（欧阳修）知贡举日，每阅卷，座后常觉一朱衣人时复点头，然后其文入格。始疑侍吏，及回视之，一无所见。因语其事于同列，为之三叹。因有'唯愿朱衣一点头'之句。"

③ 燕许：燕国公张说和许国公苏颋，两人在唐玄宗朝先后任宰相，掌朝廷诏令，人称"燕许大手笔"。题塔：唐代科举考试，将新科进士的名字刻于大雁塔壁内，以示褒奖，称"雁塔题名"。夔龙：传说舜时两位贤臣，夔为乐官，龙为谏官。《尚书·舜典》："伯拜稽首，让于夔龙。"杜甫《奉赠萧二十使君》："巢许山林志，夔龙廊庙珍。"后用以指代辅弼良臣。

朱锦琮

朱锦琮，字瑞芳，号尚斋，浙江海盐人，吴椿的妻兄。工书画，嘉庆帝五十寿，献诗画，赐誊录。后官山东东昌知府。有《治经堂诗文集》等。

妹婿吴退旃光禄提学福建志喜

万里停云[①]感别情，邮传星使出瑶京。
七闽才富青衿学[②]，三署名高白马生。
南海定饶珊瑚采，北堂喜见锦衣行。
我翁当日深期望，地下多应慰馆甥[③]。

过吴退旃家小云邸舍

横街东西路，相违数武遥。畏寒久不出，抱影更无聊。晴窗爱冬日，枯条静寒飙。缓步和腰脚，夹巷少尘嚣。到门莫投刺[④]，登堂休折腰。翳松累姻特，华萼蔼丰标。情至罕浮语，意惬成淡交。迟我归白社，逢君在青霄。欣此休沐暇[⑤]，晤言永今朝。

① 停云：凝滞在空中的云，又诗名。陶渊明《停云诗序》："停云，思亲友也。"这里语意双关。

② 青衿：古代学子所穿的青领衣服，这里指府县学的生员，即秀才。

③ 馆甥：女婿，指吴椿。

④ 刺：名刺，名片。

⑤ 休沐暇：古代官员每十天休假一次，称旬休或休沐。

吴退旃馈岁志谢

为是离家客，分来守岁盘。
经年生计促，此夜酒杯宽。
谊系葭莩薄，期回黍谷寒①。
故留馀味在，不尽一宵欢。

吴退旃招共守岁饮

暮纪怜孤寂，邀同竟夕欢。
乡园隔形影，亲串坐团栾。
杜老长安舍，肩吾别岁盘②。
两家情事异，合作画图看。

夜过吴退旃邸舍

大官闲日少，亲串见时稀。
路只一弯隔，迹同千里违。
照人春夜月，被我水田衣。
恐误早朝事，无言独影归。

---

① 葭莩：芦苇秆内的薄膜，比喻关系疏远、淡漠的亲戚。《汉书·中山靖王传》："今群臣非有葭莩之亲，鸿毛之重，群居党议，朋友相为，使夫宗室擯却，骨肉冰释。"黍谷：地名，又名寒谷。《太平御览》载："传言邹衍在燕，有谷地美而寒，不生五谷。邹子居之，吹律而温，至生谷，至今名黍谷焉。"

② 杜老：杜甫。肩吾：南朝梁文学家庾肩吾，字子慎，河南新野人。其《岁尽应令》："岁序已云殚，春心不自安。聊天柏叶酒，试奠五辛盘。"《本草纲目》："五辛菜，乃元旦立春，以葱、蒜、韭、蓼、蒿，杂和食之，取迎新之义，谓之五辛盘。"

扬州喜晤吴退旃通副暨大妹、诸甥话旧四首

箫声惊客耳，放棹至扬州。
自古烟花地，何人跨鹤游。
举杯明月上，绕郭大江流。
骨肉重携手，灯花豁倦眸。

闽峤偕行日，《皇华》使者车[①]。
红云饕啖荔，绿雪隽烹茶。
心迹双清励，相思五载赊。
林泉供养志，检点到桑麻。

头角诸甥好，言词小妹纡。
大雷予尺素，宅相尔三姝[②]。
乐事家庭具，前程显晦殊。
苍生思谢傅[③]，伫望跃天衢。

悠悠谁似我，昏宦两无成[④]。
离别愁儿女，艰难仗弟兄。
浮云春驻岭，荒草卯兮城。
挥手增惆怅，难为去住情。

---

①《皇华》:《诗经·小雅》中的篇名。其《序》云:“皇皇者华,君遣使臣也。送之以礼乐,言远而有光华也。”为赞颂使臣之典。

② 大雷:地名,在今安庆市望江县长江边。南朝宋诗人鲍照有《登大雷岸与妹书》,是写给妹妹鲍令晖的一封家书,辞采瑰丽,写景生动,为六朝散文名篇。

③ 谢傅:东晋丞相谢安。

④ 昏宦:昏通“婚”。唐代士人把婚姻与仕宦视为人生的两大事。

挽大司农吴退旃椿

几度精魂入梦来，挽公诗尚欠泉台。
屋梁月落茅鸡唱，忍泪挑灯赋《八哀》[①]。
（公薨于本年五月，计至，括八阅矣。）

①《八哀》：杜甫所作的一组五言古诗，哀悼王思礼、李光弼、严武、汝阳王李琎、李邕、苏渊明、郑虔、张九龄八人。

朱葵之

朱葵之，字乐甫，号粟山，浙江海盐人。嘉庆二十三年（1818）举人，官黄岩训导，武康、景宁教谕。善属文，尤工诗赋，有《妙吉祥诗钞、文钞》等。

喜吴退旃椿光禄视学闽中

小别今三载，依依旧雨情。
云泥新媾附，星使列乡荣[①]。
踪迹扬州鹤，文章大海鲸。
白华能洁养，此志慰生平
（君家扬州，乞假便道迎养云）。

吴退旃妹巩招赴闽幕偶成四首

一编矻矻手经年，忽听人来自日边[②]。

① 星使：东汉时有郎官上应星宿之说，后世因称郎官为星郎或星使。吴椿曾任兵、户二部侍郎，这次奉命视学福建，故称其为星使。

② 日边：代指京城。《世说新语·夙惠》："晋明帝数岁，坐元帝膝上……因问明帝：汝意谓长安何如日远？答曰：日远。不闻人从日边来，居然可知。"李白《行路难》："闲来垂钓碧溪上，忽复乘舟梦日边。"

使者远通红鲤信，书生喜咏《白驹》篇[1]。
漫劳亲串殷勤送，剩有妻孥宛转怜。
最好兄弟双幞被（花墅兄偕行），依然风雨对床眠。

记曾携策帝乡游，拂袖归依祖豫州（豫抚方来青师。）
秃尽中山玄兔管[2]，敝馀上国黑貂裘。
一鞭秋指芙蓉阙，片席春生竹箭流。
南北劳劳成底事，梦甜尔自让沙鸥。

朔风吹面作严寒，毛躁心情惨不欢。
抱璞红滋和氏泪，循陔白洁广征餐[3]。
晚香秋圃看丛菊，暴贵人情艳牡丹。
琴剑一囊无长物，切云还整远游冠[4]。

数声冷笛举离觞，愁思先随远道长。
豹蔚幸逢君子变，莺啼还望友生良[5]。
一丸月浸红波白，千里雪遮海气黄。

---

① 红鲤信：书信。古诗《饮马长城窟行》："客从远方来，遗我双鲤鱼。呼儿烹鲤鱼，中有尺素书。"尺素，小幅的绢素，古人常用来写信。《白驹》：为《诗·小雅》中的一篇。朱熹以为："贤者必去而不可留矣，于是叹其乘白驹入空谷，束生刍以秣之。而其人之德美如玉也，盖已邈乎其不可亲矣。"见《诗集传》卷十一。

② 中山玄兔管：毛笔。传说蒙恬造笔，以中山郡（今河北保定一带）所产的兔毛为原料，造出的笔质量最好。参看韩愈《毛颖传》。

③ 抱璞红滋和氏泪：据《韩非子·和氏》，楚人卞和得玉璞于山中，先后献给楚厉王和楚武王，两王都不识宝，反诬和氏为诳，先后割去了他的左右足。楚文王即位，卞和抱璞痛哭，文王命玉工凿开璞，发现里面的宝玉。和氏泪比喻怀才不遇的伤心之泪。循陔：《南陔》本为《诗经·小雅》的笙诗，但歌词久佚。晋代束皙替其作《补亡诗·南陔》，首章为："循彼南陔，言采其兰。眷恋庭闱，心不遑安。"寄寓思亲之意。

④ 切云：很高的帽子。屈原《九章·涉江》："带长铗之陆离兮，冠切云之崔嵬。"

⑤ 豹蔚幸逢君子变：《易·革卦》上六爻辞："君子豹变，小人革面。"《象》曰："君子豹变，其文蔚也；小人革面，顺以从君也。"

碧水丹山先陇在，好羞苹藻荐馨香[①]。

榜发被放，呈典试吴退旃少司农一首

到底难调阆苑笙[②]，天风吹梦落江城。
文忠究未知方叔[③]，
祖禹何曾荐吕生（宋范祖禹为吕希哲妹婿，范荐吕为崇政殿说书）。
孤棹白萍秋水阔，乱山红树夕阳明。
龙门陡绝登非易，且与鸥凫共结盟。

① 羞：同“馐”，祭祀时进奉祭品。苹藻：代指微薄的祭品，典出《左传·隐公三年》。

② 阆苑：阆风之苑，神仙所居之境，花卉妍丽之乡。又指地名。《舆地纪胜》卷一八五《景物上》：“唐时鲁王灵夔、滕王元缨以衙宇卑陋，遂修饰宏大之，拟于宫苑，由是谓之隆苑。其后以明皇讳隆基改，谓之阆苑。”此处用前义。

③ 文忠究未知方叔：文忠，苏轼谥文忠。方叔：李廌，字方叔，“苏门六学士”之一。据《冷庐杂识》载：“苏文忠公典贡，举遗李方叔，吕大防有“失此奇才”之叹。”

江嗣珏

江嗣珏，字兼如，号丽田，歙县江村人。工诗书，擅音乐，尤精于琴，得古人不传之秘，有“琴仙”之誉。晚年隐居黄山丞相源。

喜晤溪南吴继堂偕黟阳胡雪嵋入云谷下榻

看云挟册入岩阿，学浅因君得切磋。
益友对床藜共照[①]，名山扶屐砚重磨。
他年钟鼎应镌勒，此日齑盐足啸歌[②]。
我亦有居深竹里，欲劳杖履一相过。

① 益友：有益的朋友。《论语·季氏》：“孔子曰：益者三友。友直，友谅，友多闻。”

② 齑盐：咸菜，代指粗粝食物。

吴文桂

吴文桂，字子华，工部司务。

秋海棠用王渔阳《秋柳》韵

《牡丹亭》传谱离魂[①]，宛若云鬟立寝门。
珪月隔帘衣弄影，金风拂砌靥添痕[②]。
空房思妇原无偶，出塞明妃尚有村[③]。
琐屑檀心如欲诉，不知幽怨向谁论。

九月园林未见霜，娇姿犹自照陂塘。
轻摇翠羽依莲幕，细写红珠入镜箱。
双泪欲倾河满子[④]，三生应嫁水仙王。
任他憔悴微波上，不肯移根旁教坊。

梧宫舞罢越罗衣，故国苍凉景物非。
百宝阑干尘积满，千秋院落客来稀。

①《牡丹亭》:明代汤显祖创作的戏剧作品，又名《还魂记》，借杜丽娘与柳梦梅的爱情故事，歌颂了冲破生死阻隔的人间真情。

② 金风:秋风。古代以四季分配五行，秋令属金，故称金风。

③ 出塞明妃:即王昭君出塞的故事。昭君名嫱，西晋时避司马昭讳，改称明君。

④ 双泪欲倾河满子:中唐诗人张祜《宫词》:“故国三千里，深宫二十年。一声河满子，双泪落君前。”

墙根渍雨蛩犹咽[①]，屋角斜阳蝶懒飞。
妒煞繁华西府好，春风队里愿都违。

亭亭瘦影最堪怜，衰草闲庭锁暮烟。
蜗角尚然知解脱[②]，蛛丝何故太缠绵。
几曾带笑逢佳日，只觉颦眉似去年。
欲乞散花天女使[③]，再来须植彩云边。

仁义院

古寺苍烟里，危亭乱石间。
花随流水去，鸟带夕阳还。
壁上前朝画（院壁有吴仲道先生所画松梅，笔力苍劲），
门前隔县山。
闲来宜小坐，底事叩禅关。

① 蛩：蟋蟀。

② 蜗角：《庄子·则阳》："有国于蜗之左角者，曰触氏。"后以"蜗角"比喻极细微之物。

③ 散花天女：《妙法莲花经》载，法云和尚讲《法华经》时，天花像雪片一样纷纷飞进讲堂，在空中不落。

黄 钺

黄钺（1750—1841）字左田，号左君（亦作左军）、井西居士。祖居徽州祁门左田村，本人生活在安徽当涂，官礼部商书，太子少保、户部尚书。工诗文，善书画，精于鉴赏。著有《壹斋集》。

游仁义院观吴仲道、郑千里画壁[①]

去年来游坐梅雨，时靴一足行颇苦。已闻古寺壁画好，促归未得升堂睹。今年来游喜久晴，村村布谷催春耕。川原绝似郭熙笔，人物可入桃源行。东风吹云日欲暮，沙净无泥软可步。松下茅庵径径通，竹阴经阁窗窗露。入门梅竹两壁立，吴隆题字墨犹湿。若将花叶较新鲜，墨君潇洒尤难及。殿脚遥窥佛无量，廿四圆光种种相（壁上画大士二十四相）。仙梵潮音静欲闻，蜗蜒虫网潜来障。我向山僧征画史，郑姓重名字千里。颉颃时有丁云鹏，规矩远师吴道子。浪游山寺遍吴会，辄见郑君有图绘。净慈大士像庄严，报恩诸天笔雄快（杭州净慈寺方丈悬千里所画大士像，长丈馀，有须数十茎，极庄严之至。江宁大报恩寺殿壁天尊相传亦千里笔也）。僧言前者修山门，百计乃得两堵存。撤将屋瓦夹巨版，寒花翠竹无纤痕。诸佛天人合供养，未许淫霖泣龙象。只愁妙画自通灵，达摩欲面空相向。我闻此语笑贪痴，普门开元妙一时。世无东坡谁访之，此壁此画空尔为。

① 吴仲道：吴隆，字仲道，工画佛像。郑千里，郑重，字千里，号无著，歙县诸郑人，寓居南京。仁义寺原有两人合作画的壁画，光绪末年院壁倾圮，今已无存。唯此诗描述了壁画的内容及风格。

石涛摹仇英《百美争艳图》

秦宫六国充美人，汉廷三千修蛾颦。《关雎》后妃只一德，化被江汉流千春。世人好色不好德，惯规花面涂樱唇。荒唐素女谤黄帝，减损绝色污昭君。环肥燕瘦斗百态，细腰高髻徒纷纭。二周士女世少见，仇英赝本多于真。石涛盘礴向有士夫气，乃亦妩媚为传神。绢高五尺长四丈，一机所织非缝纫。昔闻崔白大图仅三丈，今兹所过奚止尺寸论？请言图所有，百艳迎朝暾。温帷密帐天未曙，妆楼四面烘晴云。桃花颒面金莲盆，圆冰手弄流湿银。阿谁作剧陵清晨，秋千珠索娇且颦。紫鸳蹴浪锦水鳞，石阑拍手如可闻。琉璃盖瓦桥琢珉，十十五五艳绝伦。弹丝吹竹临芳津，翩然水上疑阿甄。芳兰欲妒芙蓉嗔，翠巾锦帔香温縻。最后端坐若妃嫔，五色雉尾云中分。阶下一人舞锦茵，嘈嘈仙乐数十群。其馀景物摹写尚琐琐，约略记之难具陈。自言目见实甫作，摹之三载何逡巡。作为无益耗日月，将军好士空殷勤。我闻古来图画示劝戒，玩物丧志书所云。奈何一匹好宫绢，不图列女图红裙。呜呼！不图列女图红裙，不观武元以后渐淫费，蛾眉见嫉幽长门。

（图高四尺一寸，长三丈三尺，绢本。康熙丁丑石涛为辅国将军博尔都作。）

与巴子安慰祖游丰乐溪吴氏园亭

丰溪富亭榭，有园名曰果。主人入门右，延客导之左。不辨桃李蹊，一例翠鬘鬌。是时雨涨池，周堂深可舸。湖桥三尺宽，野竹乱飞笴。假山故招人，谁使跛御跛（时病左足）。有明吴周生（桢），此间富长者。奔走董（其昌）与陈（继儒），小像为合写。董时年八十，陈少三岁也。周生微有须，四十年上下。小幅闲自题，苏黄漫捋撦。山人占身分，习气诚可呵（眉公题跋自拟于苏黄）。传闻董少时，教授此村社。名园十二楼，尚有画一堵。已为俗手更，不蔽风雨洒。同时有二吴（羽字左干，隆字仲道，皆家于此），笔墨亦娴雅。合图回廊中，盖亦存者寡。剩有香光题，淋漓照屋瓦。即今墨尚鲜，想见笔初把。我来拂陈迹，水草几没髁。蹒跚到山亭，茶话可聊且。指点旧池台，兹游难遽舍。高阁面清漪，溪山好无数。微风将雨来，窗牖黯如莫[①]。我闻丰乐水，远自云门注。黄山尚未登，兹溪喜先渡。何时归结茅，及兹理渔具。八十一株梅，株株霏玉屑。虚堂受清芬，扁榜为“钓雪”。凡夫创草篆，粗率体殊拙。此榜正此书，尚不至恶劣（钓雪堂三字为明赵宧光篆）。其南山有亭，下瞰众芳列。悔未花时来，嗅此百和熏。今年山雨多，到处水鸣穴。迎梅到送梅，匝月何曾歇。青子落满阶，山童弃不掇。何当压损枝，屈此一丈铁。

吴子华文桂以钺嘉庆庚申所画《溪山春雨便面》寄书，因题

不见吴生已廿年，重看画扇记前缘。
溪山春雨应如昨，
为想三峰一黯然（三峰阁，子华所居。嘉庆辛亥春曾信宿其上）[②]。

闲中寝辄来山馆，老去情尤倦友生。
山抹微云看更好，
却因玉树忆冰清（子华为巳子安婿，子安下世三十年矣）[③]。

三王合卷

三王合卷赠巢民[④]，萧散虚和学富春。顷见《秋山红树》本，廉州似

① 莫通“暮”。

② 按嘉庆（1796—1820）年间无“辛亥”。此处当是“辛酉（1801）”或“乾隆辛亥（1791）”之误。

③ 冰清：《世说新语·言语》刘孝标注引《卫玠别传》：“玠颖识通达……娶乐广女。裴叔道曰：妻父有冰清之姿，婿有璧润之望。”后以“冰清”代称岳父。

④ 巢民：即冒襄，字辟疆，号巢民，江苏如皋人。明清之际文学家，与侯方域、龚鼎孳、吴应箕合称“明末四公子”。

有捉刀人[①]（三王合笔赠冒巢民，卷藏吴子华处。顷见廉州《秋山红树》及模赵文敏诸本，密致可爱，绝似石谷，不类合卷笔）。

歙吴小岩云蒸以予乾隆甲寅所作丛竹扇见示

一丛翠筱足烟岚，喜与王戎续旧谈。
三十八年游迹在，
清风将我到溪南（小岩，子华水部之子。溪南，所居村也）。

① 捉刀人：代笔人。典出《世说新语·容止》："魏武将见匈奴使，自以形陋，不足雄远国，使崔季珪代，帝自捉刀立床头。"

胡长庚

胡长庚，初名唐，字西甫，邑城人，晚号城东老人。为巴慰祖之外甥，服膺其外祖父，精篆书，善治印，端严浑穆，卓然名家，是清中叶徽派篆刻的领军人物。兼工诗词，喜蓄砚，著有《印谱》《砚谱》《岭云词》《木雁斋杂着》。

丰溪八景诗

柳田春雨

旧名杨柳干，平畴爱南阪。
春膏一犁足，烟景悦人眼。
柳线青垂垂，秧针绿短短。
睍睆来好音，会心不在远①。

荚塘秋月

溪中最深处，澄潭清见底。

① 睍睆：形容鸟鸣声清脆圆转。《诗·邶风·凯风》："睍睆黄鸟，载好其音。"会心不在远：《世说·言语》："简文入华林园，顾谓左右曰：会心处不必在远，翳然林水，便自有濠濮间想也。觉鸟兽禽鱼，自来亲人。"

云轻罗影薄，风动縠纹起[①]。
凉月展高空，上下净可喜。
不觉水沉秋，翻疑月堕水。

南山横翠

好境幽人辟，南山松柏林。
翠色普陀路，涛声沧海浔。
寥廓旷怀抱，尘坱消衣襟。
到此忘我倦，落日衔遥岑。

高湖环绿

陂久变为陆，沟洫成沃壤。
春深绿围幄，乔木参天上。
中有往哲阡，邈然令景仰。
佳气郁茏葱，似抱西山爽[②]。

街桥灯火

社木耸百尺，春秋祈报趋[③]。
石梁在其东，两端联络衢。
不见淙淙泉，翼以居人居。
纺车鸣衣嫺，有时闻读书。

---

① 縠纹：形容水波荡漾像丝绸起伏一样。

② 佳气郁茏葱：《后汉书·光武纪》："后望气者苏伯阿为王莽使至南阳，遥望见春陵郭，唶曰：气佳哉！郁郁葱葱然。"

③ 春秋祈报：古代春秋两季到社屋祭祀报赛农业神，称春祈秋报。

松林烟市

秦时五大夫，受之自可耻①。
逃名三十年，岚翠幻成市。
朝暾林外来，夕溟溪中起。
双鹤不飞去，高枝巢有子。

中洲露白

晴沙净无尘，布席客肯留。
溥溥珠露下，襟衰忽已秋。
山远滃逾好，溪寒浅不流。
夜深莫横笛，一弄惊眠鸥。

茶园水春

沿溪种茶地，谁置湍边碓。
茶利或不赡，赁舂力可贷。
湍流逝不返，轮转了无阂。
天道无停机，斯意吾已会。（七十二翁胡长庚）

蔡忠惠《外除赴京诗》、米南宫《蜀素卷》，所以迭经摹刻者，盖以其词翰双美也。胡君城东为所书自作《八景》咏句，宗王孟，法陈□，足称今之蔡、米，异日镂工，有若茅绍之、章简甫其人者，当举而付之贞珉。因识以俟。道光十年岁次庚寅七月既望，短檠庵居士吴汝謇。

吾乡面岗背流，周回数里，林木园亭，颇多佳胜。元季，梅溪翁为

① 五大夫：为秦朝官爵名。《史记·秦始皇本纪》："二十八年……乃遂上泰山，立石，封，祠祀。下，风雨暴至，休于树下，因封其树为五大夫。"

八景旧刻，枝指生追咏诗帖是也。前明中叶，别有八景，《溪南志》所载有目无诗。国初，其渊观察又增景十六，一时名士各有题咏。尝观其叙引，亦仅及元时八景而不复知明有八景矣。今春，族再叔定甫氏以木雁居士补题八景诗卷赠余。闲斋展玩，殊觉精彩溢目，神味盎然，爰付钩勒，非特颉颃祝氏，且俾后来者略知乡中胜概云。

道光戊申夏至日醒原吴文枢书于春社秋棠吟馆

吴 煌

吴煌，字葭畦，附贡生，善鼓琴。

题鲍北山《黄山纪游》

奇峰天际出，突兀缋难工。
安得如椽笔，万态归牢笼。

先生饶有逸兴，芒鞋踏遍崇岗。
到此诗情更远，烟霞收贮锦囊。

乞借清辞抵卧游，宛如陟险豁双眸。
他时倘有莲花访，我欲相从最上头。

张安保

张安保，字怀之，号石樵，仪征人。博古工书，有《味真阁诗集》。

偕厉惕斋、吴问山、程兰畦过西溪书院

客邸寂无事，招寻冷处行。
痴云酿雪意，曲港断冰声。
寒燠变时节，炎凉验物情。
向来飞动意，只觉负平生。

吴 淇

吴淇，字号及生卒年不详。

思睦祠赏桂

故家乔木郁苍苍，掩映崇祠曲水傍。
不道花神今证佛，全身丈六散天香。

中秋辛桥赏月

春初琴剑早来游，看水看山直到秋。
千里长途环似带，一年佳节迅如流。
阴云暗没高低岭，凉气微含远近楼。
岂为羁人离思苦，团栾不向碧空浮。

赠别艺甫

东道曾难尽寸私，只缘徒壁少馀资[①]。
最难此别惟今日，重得相逢待几时。
天地秋风吹木叶，江湖夜雨长莼丝。

① 东道：东道主。《左传·僖公三十年》载烛之武对秦伯言："若舍郑以为东道主，行李之往来，共其乏困，君亦无所害。"徒壁：即家徒四壁，形容极度贫穷。

座中雅有伤离客，遮莫轻歌《燕燕》诗[①]。

附：艺甫和作

丰乐溪南水一湾，溪边求友鸟关关[②]。
古城山碧同携屐，别墅花红昔解颜。
踏水敢辞宵露湿，论诗聊趁夜灯闲。
半年聚首今分袂，岸柳萧萧莫遽攀。

十二楼

到门春水碧玻璃，十二栏干映水齐。
红曳藤花穿树曲，青横石笋压檐低。
壁□□画看仍在（廊下有董思翁画壁），海上真仙渡不迷。
最是潇湘好明月，一轮长照庾楼西。

题钓雪堂

石床石几罥藤萝，时鸟啁啾唤客过。
细草侵阶新绿瘦，杂花生树乱红多[③]。
山横远岫浓如染，水漾层波淡似罗。
亭占春风高百尺，翠玲珑馆更嵯峨。

---

①《诗·邶风·燕燕》："燕燕于飞，差池其羽。之子于归，远送于野。瞻望弗及，泣涕如雨。"为送别诗名篇。

② 关关：鸟鸣声。

③ 杂花生树乱红多：梁朝丘迟《与陈伯之书》："暮春三月，江南草长。杂花生树，群莺乱飞。"

文昌阁（道光二年三月四日）

帝遣名山护此邦，千家瑟瑟嵌西窗。
山僧乞与山前地，招客先开四十双。

关帝庙前看水（四月十六日）

不辨天光与水光，登楼满目悉汪洋。
争如樵牧酣游地，竟作蛟龙幻化乡。
高岭云封连树黯，狂澜风转带沙黄。
休夸郡县犹天上（谚有“一滩高一滩，新安在天上”之谣），
山国居然水一方。

程荣功

程荣功，字鄂君，歙县人。道光丙午（1846年）举人，候补国子监监丞。有《鄂君诗抄》《香雪海诗》《溪上词》。

题吴吟素女史《绿窗吟草》

金粟家风最赏诗（金粟系女史曾大父子华先生外号），
彩鸾气韵不差池[①]。
清清丰乐溪头水，洗出琼闺幼妇词。

① 彩鸾：唐代才女吴彩鸾，善诗书，家贫，佣书为业。书法秀润遒丽，今存墨迹有书《集韵》《月令帖》等。不差池：不相上下之义。

吴士权

吴士权，字号及生卒年不详。

丰南纪胜四首

烟锁双扉久不开，秋霜春雾每低徊。
肯构曾孙经国手，奉璋多士掞天才（祠宇落成，良意未竟，日就芜圮。今庀材鸠工，因与创等）。

利涉往来客并驾，雄封南北控双堤。
长虹千尺烟波上，只待仙郎彩笔题（溪桥聿新，溪流东注，砥以石梁。历年既久，剥蚀冲激。今尽撤旧石，莹如琢玉，焕若敷霞）。

天初衢辟近芳辰，车马喧阗十丈尘。
何似平平南陌路，三春丝管殢游人①（里中旧路自祠垣折而北，又折而东，乃达舆梁，奥曲芜污，行者苦之。今直道如弦，玉质冰纹，争夸琼砌；桃李来植，乐只春晖；丝竹喧阗，履舄杂沓，诚丰南独专之胜矣）。

绿畴行尽得青林，竹雾松烟五里阴。
更有懒云飞不去，风吹狼藉扑衣襟（吾乡诸务，自太史归田，次第修举。或创或因，独惜由新堤直达寨山，其路未能如堤之润耳）。

---

① 殢：缠人。柳永《玉蝴蝶》词："殢人含笑立尊前。"

吴元照

吴元照，字星门。著有《省过斋诗草》。其妻林兰，为扬州才女。咸丰十一年（1861），太平军攻占扬州，林兰投井死。城被围期间作有《自述诗草》八首。

忆妇四律

兀坐荒庐日似年，无聊慨赋续新篇。
暂栖茅舍将三月，惨别荆房各一天。
官少丹心谁守土？妇抛井臼定归泉[①]。
回乡也作移家想，岂料中途梗不前。

村居默处倍凄然，回首乡园泪怎捐。
戕我苍黎馀白骨，补他行伍掳青年。
闻风早避方为福，在劫难逃各有天[②]。
亿万生灵归定数，伤哉老妇断情缘。

终朝沉寂闷胸前，追溯闺情实惨然。
无意村游抛内子，那知城变失家园。
萍踪困顿延多日，家计扶持赖有年。
愁绪萦怀难解释，怆神往事若痴颠。

① 井臼：水井和石臼，代家务劳动。《后汉书·冯衍传》：“儿女常自操井臼。”

② 各有天：迷信的说法，人各有自己的天命、定数。

霏霏陇畔雨缠绵，镇日乡思梦寐牵。
井里难投多险阻，湖村暂避几更迁。
鸾分未卜能重合，月缺何期得复圆。
待到回城欣睹面，亦如再世续前缘。

北湖村居有感叠前韵

平湖百里水漪涟，结屋村居别有天。
陋室栖身甘隐世，荒庐托足暂逃禅。
杜鹃枝上啼红血，鹦鹉洲头语碧田。
少释愁怀聊遣兴，一竿桥处钓前川。

农家布谷夏初天，垂柳如丝絮如绵。
麦陇迎风翻白浪，药阶含雨间青田[①]。
黄鹂百啭皆愁调，紫燕双栖亦夙缘。
犊背小童归去晚，柴扉半掩月光前。

插遍秧斜麦秀天，清和气爽袅晴烟。
蛙声阵阵歌溪岸，鹭影双双过水田。
新月初生青海上，夕阳犹挂碧云边。
宵来渔唱轻帆稳，隐隐疏灯几钓船。

昼永无聊一晌眠，平原散步意超然。
豆棚共语春前梦，瓜架招凉雨后天。
避乱乡园如隔世，寄居僻野不知年。
荒田数亩留娱老，守业山庄课子贤。

---

① 药阶：种满花药的台阶。

附：林兰女史《自述诗草》

探亲黄珏计期还[①]，讵识烽烟顷刻间。
侬是孱躯行不得，隔墙争化望夫山。

红巾白刃肆诛求[②]，一任狂奴到处搜。
自毁容颜肤似漆，蓬松十月不梳头。

历尽辛酸不忍言，拼将一死护家门。
糠皮榆面充饥腹，十指如耙掘草根。

懔懔霜华夜气清，弟兄姑婿可怜生。
那堪先后同归劫，不敢人前哭一声（贼恶人泣，闻有哭声，即入宅查出杀之）。

逆骑纷纭竟夜行，将军整旅入空城。
御强无策偏欺软，侬愿捐躯不损名。

筹思无计理残装，更结邻家姊妹行。
幸得儿夫搘杖入，一齐扶病到甘棠。

客途寄迹亦无聊，为感深情赴北郊。
说到城中无限事，满堂儿女泪鲛绡[③]（适喜氏小姑近避于邵伯之北乡）。

---

① 黄珏：地名，今属扬州市邗江区方巷镇。

② 红巾：太平军将士的装束，头裹红巾。

③ 鲛绡：指手绢。左思《吴都赋》："泉室潜织而卷绡，渊客慷慨而泣珠。"刘逵注："俗传鲛人从水中出，曾寄寓人家，积日卖绡……鲛人临去，从主人索器，泣而出珠满盘，以与主人。"

白头相向互评量，不识乡关在那方。
和靖有妻梅共隐[1]，莫教人世阅沧桑。

① 和靖：北宋林逋隐居西湖孤山三十馀年，梅妻鹤子。死后，门人私谥“和靖先生”。

吴　榕

吴榕，字莲椒，又字才甫。嘉庆十五年（1810）举人，次年成进士，扬州府学教授。工画梅，非其人则不与。

《白雁图》为凌芝泉女刘烈妇作

凄绝离群雁，哀鸿剧不平。
云罗何太密，琴柱故无情[①]。
已尽子规泪，犹恶姑恶声[②]。
鸩媒徒宛转[③]，鸾镜自分明。
肠早惊弦断，痕馀证雪清。
唯应鲁黄鹄[④]，堪□此坚贞。

① 云罗：阴云密布如同张在空中的罗网。琴柱：琴上用以固定琴弦的木头，代指琴。

② 子规：即杜鹃鸟，于暮春时啼叫，鸣声凄切，相传为蜀帝杜宇所化。姑恶：鸟名，以叫声似“姑恶”而名之。苏轼《五禽言》诗自注：“姑恶，水鸟也。俗云妇以姑虐死，故其声云。”

③ 鸩媒：巧舌如簧的媒人。典出屈原《离骚》：“吾令鸩为媒兮，鸩告余以不好。”

④ 鲁黄鹄：《列女传》载，鲁国陶婴少寡，鲁人慕其义上门求亲，婴乃作歌以明志：“悲黄鹄之早寡兮，七年不双。”此代妇女守节不再嫁。

吴希龄

吴希龄，生平不详。

邗江旅邸冬夜赠江海门

读罢文通赋[①]，相逢岁暮时。
雪溪窗易晓，梅淡鹤先知。
砚冷冰难释，肠枯句更迟。
还期五色笔，示我别来诗。[②]

题自画瓶梅

采复采兮餐复餐，漫愁索向画图看。
我生穷过陶元亮，那有东篱种菊看。

题　画

拱辰门外花成市，画里传真遣客愁。
看到紫云春去后，风光四月艳扬州。

① 文通：江淹，字文通，南朝梁文学家，著有《恨赋》《别赋》。

② 五色笔：《南史·江淹传》，江淹梦有人自称郭璞，言："吾有笔在卿处多年，可以见还。"淹从怀中探得一支五彩笔还之。尔后作诗，绝无好句。比喻出众的才华和文思。

夏日为友画梅花便面偶题[1]

一蝉唱起碧天霞，水榭池塘柳半遮。
消夏自多冰雪伴，藕花香里画梅花。

① 便面:扇面。

洪　镔

洪镔，字莲甫，岩镇人。同治十年（1871）进士。光绪间以直隶州知州出任江苏，与侯云松、梅曾亮谈论文艺极相得。诗学宋人，有《澹斋遗稿》。

吴丈幼莲招同莲溪上人游天宁寺，暮憩红桥小饮

为践诗人约，言从方外游。
琴停禅室静，树老寺门秋。
朗彻三生石[①]，庄严万佛楼。
探幽来上界，不觉是扬州。

袖惹旃檀气，添将酒国香。
小桥欹夕照，虚室正新凉。
入座尽名士，倾谈多故乡。
红腔齐拍手，一笑辩才狂[②]。

① 三生石：据唐人袁郊《甘泽谣》，李源与僧人圆观同游蜀，乘舟出川经三峡时，圆观坐化而亡。临别前约李源十二年后至杭州天竺寺相会。十二年后李源如期而至，只见一牧童骑在牛背上唱《竹枝词》："三生石上旧精魂，赏月吟风不要论。惭愧情人远相访，此身虽异性长存。"

② 辩才：北宋诗僧，与苏轼等人交往密切。这里指代僧人莲溪。

吴旭照

吴旭照，字圣传，敕授征仕郎、詹事府主簿。

车中口占

日落暮烟低，行人路欲迷。
荒村千里梦，茅店一声鸡[①]。
晓月衔山口，寒沙没马蹄。
故乡今已远，踏破白云溪。

王家营

风沙满目接黄河，千里闲关一瞬过。
醉里不嫌诗思淡，客边翻觉梦缘多。
荒村逗出江南路，凉月分开水面波。
我已乘车颠簸惯，仆夫况瘁待如何[②]。

① 茅店一声鸡：化用温庭筠《商山早行》"鸡声茅店月，人迹板桥霜"而来。

② 况瘁：恍惚憔悴。况同"怳"，即恍惚。

七里泷

布帆高挂夕阳红，一曲芦花两岸枫。
鸟没烟光浓淡里，水翻鸦影有无中[①]。
波涛撼石千寻直，峰岭冲霄万笏同。
陡觉钓台犹在望，披裘五月忆严翁[②]。

① 鸟没烟光浓淡里，水翻鸦影有无中：化用杜牧《题宣州开元寺水阁》："鸟去鸟来山色里，人歌人哭水声中"句法。

② 钓台、严翁：东汉严光字子陵，年轻时与光武帝刘秀同学，后屡拒朝廷征召，躬耕垂钓于富春江，后人名其钓处为钓台。见《后汉书》卷八十三《逸民传》。

吴昶照

吴昶照，原名兆熊，丰溪三十四世。字以占，号旸谷，又号梦溪，国学生。光绪丙子侨寓崇川。

丁丑九月七十书怀（寓崇川作）

闲参庄子《养生》篇，浪迹江湄剧可怜。
便说金丹能益寿，未闻火食得升仙。
身当择处还凭我，事到无权且听天。
七十年来如一瞬，拈花微笑独超然①。

丁丑九月朔由崇川辞别友人归里

漫说优游自在身，一生潦倒向谁陈？
诗将问世心难信，书欲求工手不仁②。
莫道耄而犹好学，自惭壮也不如人③。
夕阳影里桑榆晚，遐想无怀只率真④。

---

①《坛经》载佛祖在灵山法会上拈花示徒众，唯迦叶会意微笑，佛便将心法传授给迦叶。

② 不仁：麻木，麻痹。

③ 耄：七十曰耄。壮也不如人：《左传·僖公三十年》载烛之武对郑伯曰："臣之壮也，犹不如人；今老矣，无能为也已。"

④ 桑榆：原指黄昏日暮时分，引申为晚年。无怀：即无怀氏，传说中的上古帝王名。罗泌《路史·禅通记》载无怀氏之民"甘其食，乐其俗，安其居而重其生"，"鸡犬之声相闻，而民至老死不相往来。"

三径休嫌辟草莱，篱东又见菊花开。
乍呼健仆提壶去，偶见奚童报客来。
发白自怜侪辈少，衿青甘让后生才。
须知此日琴樽会，定有前缘未许猜。

生不逢辰受折磨，红羊小劫几经过[1]。
松龄鹤算人间少，玉碎珠沉世上多。
（予于去岁八十日内殇三子一孙）
差幸散材存栎社[2]，愿将衰朽息烟萝。
数椽茅屋书千卷，便是平生安乐窝。

① 红羊小劫：指咸丰年间的太平天国战乱。红羊，与洪杨谐音，指代洪秀全、杨秀清。

② 散材：无用之材。《庄子·人间世》："匠石之齐，见栎社树，其大蔽牛。谓弟子曰：散木也，无所可用，故能若是之寿。"

吴载勋

吴载勋，字莡卿，号慕渠。工诗书，有《味陶轩诗词集》。曾双钩摹勒赵孟頫的《兰亭十三跋》及欧阳询的《化度寺碑》，几能乱真。

雨后东园观梅有感（道光壬寅）

梅花消瘦夕阳烟，镇日无心镇日眠。
多少闲愁抛不得，春心都被柳丝牵。

一丝杨柳一丝烟，玉骨依然近水边。
如此春光容易过，为卿憔悴为卿怜。

落　梅

江南江北旧相思，寥落春风我自知。
曾记玉楼宵醉后，为卿亲课女儿诗。

梦醒西楼月又圆，六桥流水草如烟（六桥：《名胜志》苏州开六桥通水，一曰跨虹，二曰东浦，三曰压堤，四曰望山，五曰锁澜，六曰映波）。
与卿重访孤山鹤[①]，惆怅东风二月天。

① 孤山鹤：宋代林逋隐居孤山三十馀年，梅妻鹤子，为高洁隐士之冠。

春心如梦复如烟，回首西楼倍黯然。
曾向孤山寻鹤伴，于今憔悴又谁怜？

是谁看见梦中身，纸帐春风别有因。
三十六宫花事了，不堪重忆玉楼人。

丁卯立夏日出山海关作[1]

雄关镇蓟北，扶摇与天接。南望海汪洋，北顾山重叠。远树与云齐，摩空鹰隼疾。辅弼有山海，斯名为第一（门楼题“天下第一关”五字）。狂风逐天起，层峦如壁立。乱石走轮蹄，惊沙扑面急。晴日暗无光，使我心悲戚。双眸障不开，惟闻车历历。忽而凉飔生，好雨慰岑寂。四顾意彷徨，凄其如伏枥。孤身万里征，何事苦行役。回首忆匡庐，长啸海天碧。

① 丁卯：同治六年(1867)。这年吴载勋被贬谪黑龙江，此诗为他出山海关时所作。

李汉章

李汉章，字少平，号甘草山人，后改黄蘗山人，真州人。为吴载勋之婿。

登岱（丁巳秋陪石琴舅氏、慕渠姻丈同游）

曰予从舅氏，凌秋陟泰山。揽胜恣壮游，相与穷登攀。灵境惬所好，对此开心颜。往哲远莫追，幽意如连环。飞泉自天落，激石鸣潺潺。虑尽体自轻，直欲超尘寰。吴刚本仙吏，政静心颇闲。偶因鸣琴暇，载酒临松关。嘉会足千古，清言异人闲。自愧非仙才，得厕于末班。愿言蹑高踪，长啸不复还①。

生无山水缘，碌碌为尘鞅②。忽作山中客，超然天际想。木石含古姿，云水相混漾。过目尽灵质，倾耳无凡响。朱阙何玲珑，福庭闼宏敞。兹山挺雄秀，实为五岳长。登封事则已，台观留遗像。长怀十万年，下视八千丈。

苕苕出东园，矗矗造天家。小语天可闻，大言安足夸。天门一翘首，五色生云霞。缥缈古之仙，飘飖鸾凤车。手把青芙蓉，一一秋作花。恍惚不可接，伫立成长嗟。下窥人间世，历历皆虫沙。势若无九州，安在

① 愿言蹑高踪，长啸不复还：与晋代郭璞《游仙诗》“高蹈风尘外，长揖谢夷齐”，旨趣相近，表达了高蹈远引、遗世独立的隐士情怀。

② 为尘鞅：为俗事而奔波忙碌。

天一涯。纵体凌长烟，此乐何能加。愿采不死药，驻彼白日斜。

白日忽云已，命驾起旋归。缅我同游人，舆马相追飞。灵舆难久留，私心长依依。是时秋正中，明月何光辉。光辉照我影，我影与心违。人生寄一世，倏若朝露晞[1]。仙人久见招，何为吝一挥。逝将宅斯宇，世事焉所希。

寄吴文慕渠四首

华筵惜别起离声，寒酒前宵记共倾。
故园未归终有恨，几年相傍不无情。
哀时庾信空文藻，乞食陶潜剩姓名。
一饭未酬高厚意，登车深觉负平生。

摩挲剑铁起长嗟，作客冯谖鬓欲华[2]。
曾共莲花开幕府，又随萍梗落天涯。
未知肝胆抛谁是，且把诗书引兴赊。
别后明湖无恙否？试将消息问黄花[3]。

孟冬十月走霜轮，又向天涯寄此身。
岂薄功名耽大隐[4]，愧无经术济斯民。
扶持正气留天地，歌哭文章动鬼神。

① 人生句，感慨人生短暂。古诗《今日良宴会》："人生寄一世，奄忽若飙尘。"以及《驱车上东门》："浩浩阴阳移，年命如朝露。"为此联所本。晞：干，晒干。

② 摩挲剑铁句，用冯谖客孟尝君的故事，见《战国策·齐策》。借指自己寄人幕下的游幕生涯。

③ 明湖：指济南的大明湖，作者曾在此与吴载勋惜别。

④ 大隐：晋王康琚《反招隐诗》："小隐隐陵薮，大隐隐朝市。"

三十年来无说处，鲁连坟上一沾巾[①]。

潘岳闲居莫漫愁，萧然事外且优游。
百年易过浑如梦，千载难期始足忧。
种菊有心师靖节，观鱼得乐契庄周。
若能解识鹓雏志，腐鼠猜疑自可休[②]。

寄吴慕渠西安[③]

生还万里九重恩，天不教君老塞垣。
头白怕听江水黑，心寒难借罽裘温。
飘零八口倾巢鸟，奔走千山失木猿。
唱彻阳关从此去，可怜怀抱共谁论。

哀丝豪竹泰山阿，爱听销魂《折柳歌》[④]。
岂谓当时怜窈窕，果然今日涉关河。
灞陵春色应犹在，小玉儿家近若何[⑤]。
闻说将军能好客，感恩定比十郎多。

---

① 鲁连：即鲁仲连，战国时齐国处士，以高洁志行、好奇伟倜傥之策游于诸侯间，曾多次为诸侯国排难解纷，功成而不受赏。详见《史记·鲁仲连传》。

② 鹓雏：凤凰一类的鸟。此联典出《庄子·秋水》中的一则寓言，说鹓雏从南海飞到北海，非梧桐不栖，非竹实不食，非甘泉不饮，而鸱（猫头鹰）正在啄食一只腐烂的死老鼠，以为鹓雏要抢吃自己的腐鼠，就大叫着威吓它。比喻小人以己卑污之心度君子之腹。

③ 原注："吴回京，旋赴西安将军之招。"西安将军指毕沅，乾隆二十五年（1760）状元。毕沅是江苏太仓人，但祖籍休宁，所以与吴载勋有同乡之谊。乾隆三十五年，毕沅任陕西按察使，不久，又升任陕西布政使、陕西巡抚，因致书邀吴入幕。此诗当作于1772年左右。

④《折柳歌》：一作《折杨柳》，属乐府《横吹曲辞》，古人有折柳赠别的习俗，歌词多抒发离别之情。

⑤ 灞陵春色句：李白《忆秦娥》词上阙："箫声咽，秦娥梦断秦楼月。秦楼月，年年柳色，灞陵伤别。"小玉儿家：借《列仙传》中箫史与弄玉之典，指代弄玉，传说她是秦穆公的女儿。

几载苌弘血未消[①]，空山谁把旅魂招。
传经通儒清风杳，吹笛山阳旧雨凋[②]。
大树摧残原有数，幽花狼藉太无聊。
西州门外羊昙泪，弹与彭宣路更遥[③]。

乱离身世苦漫漫，独向江头理钓竿。
海上孤琴成绝调[④]，天涯长铗莫空弹。
秋来惜别情难遣，老去依人强自宽。
几度寄书书未得，欲因宵梦到长安。

---

① 苌弘：春秋时周敬王的大夫，后被周敬王杀死。传说他死后，蜀人藏其血，三年血化为碧。

② 吹笛山阳：西晋向秀早先与嵇康、吕安同为竹林之游，嵇康被司马氏杀害后，向秀经过其在山阳的旧庐，"于时日薄虞渊，寒风凄然，邻人有吹笛者，发声寥亮。追思曩昔游宴之好，感音而叹。"于是作《思旧赋》，以抒悲愁之怀。见《文选》卷十六。后世遂以"山阳笛"作为物是人非之典。

③ 羊昙泪：《晋书·谢安传》载羊昙为谢安外甥，谢安去世后，"(昙)辍乐弥年，行不由西州路。"一次因醉行至西州门，不禁悲感交集，诵曹植诗："生存华屋处，零落归山丘。恸哭而去。"彭宣：字子佩，西汉武帝时大臣。《汉书·张禹传》载彭宣与戴崇俱师事张禹，"宣为人恭俭有法度，而崇恺弟多智，二人异行。禹心亲爱崇，敬宣而疏之。"禹厚待崇而淡待宣，但彭宣坦然不介意。

④ 海上孤琴：蔡邕《琴操》："伯牙学琴于成连先生。先生曰：吾能传曲而不能移情，吾师有方子春，善于琴，能移人之情，今在东海上，子能与我同事之乎？伯牙曰：夫子有命，敢不敬从。乃相与至海上见子春受业焉。"

吴义培

吴义培，字集生，历任山东堂邑、福山、汶上、历城知县。工诗文篆刻，兼工草书，法孙过庭《书谱》。其妻虞淑美亦工诗，著《惜花吟馆诗草》。

哭长兄纯甫[①]先生四十韵

苍穹不可测，世事倏变迁。当春值凋谢，惝恍心推悬。忆昔幼随宦，巨寇临澶渊。尽室去武城，避乱锦云川。朝涉玉水渡，暮逐柳埠烟[②]。丙辰日缠戎[③]，般阳挥征鞭。戊午兄授室，梁父秋张筵[④]。葆生诞稷下[⑤]，笙歌喧霜天。乐极悲欻至，陟屺洟涕涟。兄遍陟山谷，卜葬完备阡。及乎岁纪丙，寄祸来胡遄[⑥]。应官兄至晋，侍亲我去边。三年寒塞归，悲喜相后先。兄病官未补，我橐笔入燕。癸酉往秦陇，联镳逾灞滻[⑦]。乙亥东入都[⑧]，兄从并州还。还转农部飧，千里春光妍。五月兄返晋，兄病时未

① 纯甫：吴德培，字纯甫。

② 柳埠：济南南郊一小镇。

③ 丙辰：咸丰六年（1856），太平军派遣张宗禹、李开芳北伐，在山东境内与清军激战。当时吴载勋正任历城县令。

④ 戊午：咸丰八年（1858）。梁父：泰山脚下一小山，这里代指泰安。

⑤ 稷下：今山东临淄。

⑥ 岁纪丙：丙寅，即同治五年（1866），这年，其父吴载勋被飞语所诬，谪戍黑龙江，三年后蒙赦归，侨寓高邮。吴义培随父在黑龙江居住了三年。

⑦ 癸酉：同治十二年（1873），这年吴载勋应毕沅之邀赴西安。灞滻：灞水和滻水，流入渭水的两条支流。

⑧ 乙亥：光绪元年（1875）。

痊。乃复恶言病，去志转益坚。入室别阿嫂，无复言諓諓。鸱歧露谶语，先几使之然。是冬我之鄂，星仰轸翼躔。信阳得兄书，云中参军权[①]。悠悠逾半载，寄书梗邮传。传叩孟陬月[②]，兄谢红尘缘。疑是复疑非，寸心百忧煎。悲深转无泪，痛极翻欲颠。兄年未衰老，兄嗜渐弃蠲。一病胡不起，遽尔归黄泉。窃恐伤亲心，造语相斡旋。回瞻云中郡，云深路几千。非无旷达怀，烦忧胥洗湔。紫荆枝同气，菉竹根相连。植物性尚尔，人宁斯愁捐。风雨声瑟瑟，池塘草芊芊。独夜步阶所，抚膺悲雕镌。忍悲勖葆生（葆森原名葆生，字晓浦），怆怀难终篇。寥天唳鸿雁，楚山泣杜鹃。思兄兄解脱，问天天高蹇。忧端浩如海，精卫安能填？[③]

雪夜读坡公诗用其韵赋此怀养源二兄

雪里梅花耸玉英，天心几点此堪名。
比邻闻笛思良友，寒夜围炉念阿兄。
未必袁安真断火，寒同终子请长缨[④]。
平陵阏路坚冰合，可有当年策骞声？

昔年筑室倚山村，雪夜趁墟归叩门。
明月翻真浮玉影，寒烟浮地俨波痕。
两仙新架扬雄宅，南郭曾开陶令尊。
今日之罘兄吏隐[⑤]，计偕西上冷无言。

---

① 云中：山西大同的古称。

② 孟陬月：孟春正月。

③ 忧端浩如海，精卫安能填：句法与杜甫《自京赴奉先县咏怀》结尾“忧端齐终南，澒洞不可掇”相同。

④ 袁安断火：《后汉书·袁安传》注引《汝南先贤传》：“时大雪，积地丈馀。洛阳令自出按行，见人家皆除雪出，有乞食者。至袁安门，无有行路，谓安已死。令人除雪入户，见安僵卧。问何以不出？安曰：大雪人皆饿，不宜干人。”

⑤ 之罘：亦作芝罘岛，在山东烟台海边。这里代指烟台。

东临渤海踏苍烟，朔雪严风思渺然。
罗雀当门故廷尉，泥鸿陈迹感华年①。
伊谁三致千金产，相像偶耕百亩田②。
冬夜休嫌龟拆手，忍寒作草学张颠③。

长安节署出怀寄二兄及内子

流光曲水去难留，砧杵青门报早秋。列子梦蕉原寓意，季鹰莼菜岂无愁④？虫鸣夜雨终南馆（终南山馆，毕秋帆中丞所建，在署东南隅，余即下榻其侧），蝉噪斜阳太白楼（馆东为太白楼，祠太白山神。高可供眺，亦毕所建）。往事那堪重说起，可怜张绪最风流⑤（张诗舲中丞抚秦，极一时人文之盛，后为人弹去，士流每念其遗爱）。

附：内子淑美和作

长安何事久淹留？戎马倥偬已再秋。
妆阁藉书闲行兴，高堂无恙慰离愁。

---

① 泥鸿：雪泥鸿爪的略称。苏轼《和子由渑池怀旧》：“人生到处知何似，应似飞鸿踏雪泥。泥上偶然留指爪，鸿飞那复计东西。”表达一种超逸旷达的人生情怀。

② 三致千金：《史记·货殖列传》载范蠡经商，十九年中三致千金，散给亲友。偶耕：一作耦耕，两人并耕。《论语·微子》：“长沮、桀溺耦而耕。”

③ 龟拆手：皮肤因受冻而皴裂，如同龟壳上的裂纹，称龟拆手。张颠：唐代书法家张旭，以善写狂草著称。

④ 列子梦蕉：《列子·周穆王》载，郑人伐薪捕获一鹿，击而藏之，上覆以蕉叶。后忘记藏处，以为作梦，于是对旁人述说此事，旁人依其言而取鹿。伐薪者其夜真梦见藏鹿处，又梦为人所取，于是讼而争之。士师曰：“若初真得鹿，妄谓之梦；真梦得鹿，妄谓之实。”后以“梦蕉”比喻人生为变幻莫测的梦境。季鹰：晋人张翰字季鹰，“在洛见秋风起，因思吴中菰菜羹、鲈鱼脍……遂命驾便归。”见《世说新语·识鉴》。

⑤ 可怜：可爱之义。张绪最风流：《南史·张绪传》：“此杨柳风流可爱，似张绪当年。”

西风寒逼凋庭树，北雁声酸入画楼。
莫倚小窗频望远，邻莺睍睆好音流。

夏五雨夜得二兄霭庭家书次日赋寄

昨夜家书到垅头，打窗凉雨俨如秋。
据梧茶罢心多感，开卷灯前咏《莫愁》①。
死战朝廷非爱惜，高堂菽水待绸缪。
离情五处应俱发，岂独离情满雍州②。

二兄霭庭以重阳诗见示依韵和之代柬

寒气凌晨下九皋，每歌《天问》首常搔。
插萸怀抱王维喻，射石命途李尉忉③。
顾我驰驱独佣笔，傍人门户愧题糕④。
年来曲意新除傲，频折腰肢敢学陶？

邮筒远寄家书至，未发封函已动愁。
壮志闻鸡僧舍月，酸心归雁灞陵秋。
诗篇滞涩非缘懒，生计绸缪那得休。

---

① 据梧：凭几而坐。《世说新语·排调》："范荣期见郗超俗情不淡，戏之曰：夷、齐、巢、许，一诣垂名，何必劳神苦形，支策据梧邪？"《莫愁》：乐府古诗，一名《河中之水歌》："河中之水向东流，洛阳女儿名莫愁。莫愁十三能织绮，十四采桑南陌头。"

② 离情五处：此联化用白居易《望月有感》"共看明月应垂泪，一夜乡心五处同"意境。

③ 射石命途李尉忉：用李广射虎的故事。《史记·李将军列传》："广出猎，见草中石，以为虎而射之，中石没镞，视之，石也。"忉：忧愁，忧伤。

④ 佣笔：为他人代笔，指笔砚生涯。题糕：邵博《邵氏闻见后录》载，刘禹锡作《九日诗》，欲用糕字，以《五经》中无此字而作罢。故宋祁《九日食糕》诗讥笑道："刘郎不敢题糕字，虚负诗中一世豪。"

此日西邮正烽火，不堪更抱杞人忧[①]。

楼船横海指燕然[②]，昔向洮湟误乞怜。
縻帑舳舻留陆地，让舍将帅退屯边。
修名不立惭诗史，转饷从戎度酒泉。
堪笑清流徒有议，未闻马谡首枭悬[③]（昔杨制军岳斌有洮湟用炮船之议[④]）。

瀚海微躯胡不捐？□□家贫乃行权。
追随诸将称书记，俛仰无方守砚田。
投笔西征年二八，凭辕东望路三千。
迢遥倩此代缄札，风雨重阳霭暮烟。

庚辰二月悲二兄霭庭先生之逝

来从沪渎涉沧波，棹过维扬听踏歌[⑤]。
息影漫然临甓社[⑥]，移家暂尔住车逻。
者番春草池塘梦[⑦]，无那秋宵风雨何。
忆对支离兄病骨，良医不遇叹沉疴。

---

① 杞人忧：无故多馀的担心。《列子·天瑞》："杞国有人忧天地崩坠，身亡所寄，废寝食者。"

② 燕然：燕然山，在蒙古境内。《后汉书·窦融传》："（窦）宪、（耿）秉遂登燕然山，去塞三千余里，刻石勒功，纪汉威德，令班固作铭。"后以"燕然勒铭"为凯旋纪功之典。

③ 马谡：三国时蜀国将领。诸葛亮伐魏，使马谡为前锋。他违反军事部署，兵败失去街亭。诸葛亮按军法挥泪斩之。

④ 杨岳斌：湘军将领，原名载福，字厚庵。以镇压太平天国战功，官至陕甘总督，加太子少保。

⑤ 踏歌：歌唱时以脚踏地为节拍。

⑥ 甓社：即甓社湖，在江苏高邮市。

⑦ 者番：即这番。春草池塘梦：化用谢灵运《登池上楼》"池塘生春草，园柳变鸣禽"而来。

西风萧瑟古邗沟，暂系梅花岭下舟[1]。
寄我音书回舻棹，谓兄殗残拥衾裯。
犹思和缓斟方药，其奈膏肓成隐忧。
两岸鸣蝉声聒耳，扣门斜阳碧天秋。

猱杂凄凉不自由，横空塞雁唳中秋。
高堂忽抱西河痛，兄仲已成蒿里游[2]。
纵证一龛前世果，不禁双泪客襟留。
旃檀香里春归去，风马云軿说益州。

秋雨秋风感不胜，抚披痛哭壮凌兢。
万千魔障归尘梦，卅七年华入定僧。
精卫痴思填恨海，文人慧业喻春冰。
七贤港口招魂赋，碧落黄泉呼不应[3]。

完备山居晚眺

牛羊纷下翠微岑，牧笛遥传空谷音。
山带斜阳翻草首，风吹凉雨涤尘襟。
鹿车挽羡归耕侣，鹤俸縻作吏心。
漫道匡时无远志，繁霜两鬓日侵寻。

（琳按：完备山在历城南乡吴家庄祖茔之对面，盖茔在南而山在北也。）

---

① 梅花岭：在扬州城外。

② 蒿里：西河痛：用子夏居西河教授，因丧子而哭泣失明之事，见《史记·仲尼弟子列传》。汉乐府古诗有《蒿里行》，为送葬的挽歌。蒿里游意为死亡。

③ 碧落：青天。白居易《长恨歌》："上穷碧落下黄泉，两处茫茫皆不见。"

壬申秋日，淑美捡旧笥，见昔藏秋葵花瓣颜色犹新，已十余年，聊集句寄慨

十载沧桑感变迁（集），小窗今捡旧时笺。
记经娘子关前路（淑），曾醉匈奴塞上烟。
举案孟光相敬久，着鞭祖逖任争先。
天涯寥落知音少，漫抚秋花忆往年（集）。

世事升沉影与行（淑），聚如春梦散如萍。
于今西涧秋磷碧（集），旧日南园暮草青。
感泣铜驼埋楚棘（淑），欷嘘泪鹤唳华亭[①]。
天荒地老心千折[②]（集），那识人先微物零（淑）。

风雨重草尚青（淑），归鸿作阵写苍冥。
湘兰佩撷骚经艳（集），篱菊簪分靖节馨。
子夜闻歌悲故园（淑），丁年玩物方晨星[③]。
寒蝉聒耳鸣高柳（集），断续秋声不忍听（淑）。
（琳按：虞氏淑美系三先伯集生公之德配。）

经南仙馆闲步成此寄内

雨馀芳草绿回环，庭际斜阳树外山。
别有幽情何处说，碧阴深处听关关。

---

① 感泣铜驼埋楚棘：《晋书·索靖传》，索靖于西晋末年，预知天下将乱，指着洛阳宫门前的铜驼叹息道："会见汝在荆棘中耳！"欷嘘泪鹤唳华亭：西晋陆机遭谗被诛，临刑前悲叹："华亭鹤唳，岂可复闻乎！"

② 天荒地老心千折：化用李商隐《曲江》诗："天荒地变心虽折，若比伤春意未多。"

③ 丁年：壮年。古代男子二十即为成丁。

闲庭独步起离思，鸟语花香五月时。
记否小窗听春雨，不眠剪烛夜联诗。

屈指西园已残春，紫荆花放净无尘。
夜来应亦停针绣，念我萍踪浪迹人。

美寄诗，步韵复之代柬

长夜寂无聊，侧闻更漏遥。
经营新史录，检点旧诗瓢[①]。
尔意皆千折，余情拂九霄。
青门读幽札，落叶正萧萧。

太白雪初霁[②]，岚光碧有情。
烽烟度垅暗，荧惑敢宵明[③]。
相国运筹策[④]，将军徒战征。
酬诗寄远道，阁笔已参横[⑤]。

附：淑美原作

缄札语聊聊，潼关客路遥。
催寒闻漏箭，得句贮诗瓢。
山驿环红树，霜钟隔碧霄。

① 诗瓢：计有功《唐诗纪事》卷五十："(唐)球居蜀之味江山，方外之士也。为诗拈稿为圆，纳之大瓢中。后卧病，投于江曰：斯文苟不沉没，得者方知吾苦心尔。"

② 太白：太白峰，在长安城南，为秦岭的最高峰。

③ 荧惑：火星。

④ 相国运筹策：《史记·高祖本纪》："运筹帷幄之中，决胜千里之外，吾不如子房。"

⑤ 阁笔：即搁笔，作诗完毕停笔。参横：参星西沉，表明夜已很深。

北风动帘幕，庭际响飘箫。

陇底惟归客，燕南望远情。
不知天上月，两地可同明。
戍柝含愁思，清砧怨别声。
寄言各珍重，窗外雪纵横。

春夜和淑美七夕原韵

戍柝杂钟声，箫声对月明。
青山迹今滞，天汉影犹横。
牛女尚垂野，光阴非昔情。
秋风蓟州道，矮屋剔寒檠[①]。

附：淑美原作

银汉澹无声，双星分外明。
渡虽云影隔，躔与月钩横。
那有风波阻，终多离别情。
无心群乞巧，独对此宵檠。

夏日携眷抵都感赋（清同治甲戌）

昔我年六岁，长巷依母袂。骑竹行庭前，戏以蒿为鞭。越岁之东鲁，军书正旁午[②]。避乱锦云川，来往并渡间。遂涉般阳水，乃登徂徕山。日

① 檠：灯盏。

② 旁午：杂多，纷乱貌。

月倏代谢，玉菡重跻攀。十三学文翰，陟屺伤心颜[1]。二十遭奇祸，从戎越榆关。榆关山崔嵬，西拱神京隈。丁卯立秋日[2]，税驾正卜魁。己巳返都门[3]，秋深黄叶堆。盛世敢云遁，顾非经济才[4]。百计谋菽水，研田每尘堆。为贫乃求仕，射策来金台。下第投笔去，回度增嘲诙。西征为军谘，三见陇头梅。此日五至都，居庸图画开。回思罔极恩，寸心弥悲哀。舟行逾二闸，一一记重来。来从函关道，辙碾临洺草。五月多南风，吹熟田间稻。对此感隙驹[5]，叹余犹潦倒。俛仰增烦忧，人谁尽封侯。相期宰一邑，麦熟三五秋。

武昌寄内

朔风吹竹韵清凄，芳径明朝雪作泥。
试向江南望江北，万家楼阁汉川西。

旅馆灯残梦不成，武昌夜雨雁归声。
今年大别山前住，无那离情日日生。

岩前朔雪满江关，缄札欣逢北雁还。
记得张潮江上句，人传郎在凤凰山[6]。

---

① 陟岵：《诗·魏风·陟岵》“陟彼岵兮，瞻望父兮。父曰嗟、予子行役，夙夜无已。”后以“陟岵”作为思念父亲之典。

② 丁卯：同治六年(1867)。

③ 己巳：同治八年。

④ 经济才：经邦济世之才。

⑤ 隙驹：白驹过隙的缩略语，即光阴似箭之意。

⑥ 中唐诗人张潮《江南行》：“茨菰叶烂别西湾，莲子花开犹未还。妾梦不离江上水，人传郎在凤凰山。”

附：淑美和作

宣南坊侧雨凄凄，海燕双巢认旧泥。
料峭东风惊梦觉，未能吹到庾楼西[①]。

鹦鹉当筵草赋成，应知掷地作金声[②]。
劝君莫把春光负，放浪幸勿侪阮生。

卿云璧月丽燕关[③]，黄鹄矶头郎未还。
他日归来纡墨绶，双随杖履玉菡山[④]。

除夕蓄须赋此

卅年浪迹走天涯，辜负光阴鬓已丝。
傲世犹存真面目，壮怀深愧此须眉。
诙谐侪辈遮拦语，感慨仪容笑将时。
同学少年应问我，座中参政是伊谁？

爆竹声中节候移，鹄乡春信太迟迟[⑤]。
者番拂处嗟新影，几缕拈来话旧时。
鬓发参差逢残岁，年华老大感题诗。

---

① 庾楼：一名庾公楼，在江西九江，东晋庾亮镇守江州时所建。白居易《庾楼晓望》："三百年来庾楼上，曾经多少望乡人。"

② 掷地作金声：《世说新语·文学》："孙兴公（绰）作《天台赋》成，以示范荣期，云：卿试掷地，要作金石声。"

③ 卿云：五色祥云。《史记·天官书》："若烟非烟，若云非云，郁郁纷纷，萧索轮囷，是为卿云。"

④ 绶：绾印的绶带。墨绶：七品官的绶带。纡墨绶，即辞官。玉菡山：在济南东边的章丘，当时吴义培一家已定居于此。

⑤ 鹄乡：西溪南自宋代以后，属歙西中鹄乡礼教里。

维扬此去无多路，江水滔滔说与谁？

病 起

病直颓然已九秋，伤离感逝滞高邮。
一行作吏将增陆，二竖侵余转棹舟[①]。
消渴秦园品雪藕，悼亡沈港抚庭楸。
养疴窗隙数帆影，野马纷纭不暂休[②]。

铿訇笳鼓振街衢，会出都天灾祟驱。
我病新瘳渐健步，人声远沸聚狂徒。
风尘士女遗环佩，荼火旌旆俨画图。
豪兴欻然消渴尽，一轮寒月耿高梧。

夜静灯窗细细思，埙篪井臼不胜悲。
者番庭草纵横长，方幅日花寂灭时。
雁序联吟成梦幻，牛前对泣感仳离。
叹余病起愁肠绕，恍似春蚕自吐丝。

丝竹中年闻怆怀[③]，真情往事感无涯。
万缘谢傅饱经历，一哭阮生致蹇乖[④]。
莫道饥躯思转淡，也因俗伍事难谐。
高堂菽水责谁委，降格随时强自排。

① 二竖：指膏肓之病。见《左传·成公十年》。

② 野马：尘埃。

③ 丝竹中年闻怆怀：《世说新语·言语》载谢安语王羲之曰："中年伤于哀乐，与亲友别，辄作数日恶。王曰：年在桑榆，自然至此，正赖丝竹陶写。恒恐儿辈觉，损欣乐之趣。"

④ 谢傅：身安曾任太傅，故名谢傅。一哭阮生致蹇乖：《晋书·阮籍传》："（籍）时率意独驾，不由径路，车迹所穷，辄恸哭而反。"

重阳舟次济阳感怀并示少渠

雁阵惊寒天欲霜，孤城有水柳条黄。
登高莫把茱萸插，南长堤望故乡。

风雨凄凉落帽辰，无端社燕语酸辛。
疏篱残菊少颜色，霜华如啼对恨人。

闻韶台矗碧烟芜，九日河干客棹孤。
纵说催租败诗兴，败馀兴更酷催租①。

记曾兄弟共题糕，燕市秋来持蟹螯。
此日鹡鸰烦取读，登堤掩泪朔风高。

清晨负手步城东，旧事迷离若梦中。
蓟北维扬一千里，满城秋雨感秋风。

吴庄谒墓感赋

小憩山头店，遥逾大涧沟。
穿林疲蹇去，古寺野泉流。
问讯首农事，行藏嗟楚咻②。
暖风送蝉语，愁思满松楸。

---

① 催租败诗兴：据葛立方《韵语阳秋》载，宋代潘邠老重阳节前在家中作诗，刚写下首句“满城风雨近重阳”，忽听催租人敲门，顿时诗兴全无，再也写不下去。

② 行藏：《论语·述而》：“子谓颜渊曰：用之则行，舍之则藏，唯吾与尔有是夫。”楚咻：典出《孟子·滕文公下》：“有楚大夫于此，欲其子之齐语也……一齐人傅之，众楚人咻之，虽日挞而求其齐也，不可得也。”比喻所处的环境不利。

空山雷电夜，阿母莫惊心。
儿近来相看，历年悔远行。
从戎学王粲，绾绶羡潘生。
墓侧尝新荐，权教妾代烹。

忆昔侍慈母，吴庄走小车。
今携妾与子，空对墓庐前。
马鬣牛无恙，龙经原有书。
偶然值田叟，絮语过荒墟①。

完备山前路，两仙谷里村。
往返纵萍梗，安适即桃源。
居羡王中允，学惭庞士元。
旧游梁文地，侍坐记松门。

南望奉高邑，东瞻终子枌②。
平陵昔随宦，舆颂今尚闻。
坂宅王尊驭，甑同范史云③。
古今审出处，忠孝各心勤。

---

① 此联从王维《终南别业》“偶然值林叟，谈笑无还期”翻出。

② 终子：汉代终军，济南人。枌：枌树，古代多植于坟墓边。

③ 王尊驭：王尊字子赣，西汉末年人。《汉书》本传载，王阳为益州刺史，行部过邛郲九折坂，叹曰：“奉先人遗体，奈何数乘此险！”后弃官去。后王尊为益州刺史，又经此地，问曰：“此非王阳所畏道耶？”便命车夫快些通过，说：“王阳为孝子，王尊为忠臣。”范史云：东汉范冉字史云，“少为县小吏，奉檄迎督邮，冉耻之，乃遁去。到南阳，受业于樊英。又游三辅，就马融通经，历年乃还。”“桓帝时，以冉为莱芜长，遭母忧，不到官……遭党人禁锢，遂推鹿车，载妻子，捃拾自资，或寓息客庐，或依宿树荫。如此十馀年，乃结草室而居焉。所止单陋，有时粮粒尽，穷居自若，言貌无改。闾里歌之曰：甑中生尘范史云，釜中生鱼范莱芜。”见《后汉书》卷八十一《独行列传》。作者用这两个典故感慨自己为生计而奔波仕途，俸禄微薄，生活清贫，又不得尽孝双亲。

何日返田里，彩衣乐老莱。
传尝高士读[①]，宅况近仙台。
亦有梁鸿志，且衔元亮杯。
退耕示不伍，宦迹又相催。

山村遣兴

策蹇荒村月半棱[②]，四围峦壑翠层层。
波光涵碧太空净，岚彩变苍斜照蒸。
旧识时来村学究，归途遥尾上方僧。
翻嫌太祝诗徒淡[③]，匿迹销声终未能。

作家书寄两弟

总总寄数语，涉笔增我愁。
檐溜晴犹滴，寒云冻不流。
据梧缄复拆，驿使去还留。
类有健忘疾，踌躇不自由。

都门雪夜与曹幼三仲文、理斋、少渠同赋

朔风晚初急，吹雪迷城阙。楼阁玉琢成，一白鲜凹凸。檐溜垂琉璃，沉云弊瑶月。围炉相与坐，坐久森毛发。庭柯叶已彤，寒梅香渐发。回忆夏赏荷，境倏判胡越。物理各有常，岁时欻消息。今我嗟未遇，平居心蓬勃。与其诉衷肠，池荷散炎暍。何如抱洁清，与梅共馝馞。蠖屈将

① 传尝高士读：为“尝读《高士传》”的倒装句式。嵇康和皇甫谧均著有《高士传》。

② 蹇：疲弱驽劣的驴。

③ 太祝：官名，即太史，明清时称翰林官职为太祝。

求伸[①]，聊复事早谒。踏雪走长安，耐寒非傲兀。

葆珹两侄

黄台山下我停桡[②]，急以平安语尔曹。
屈计晡时来北郭，迎人新月上林梢。

葆珹之烟台诗以勉之

诘旦发东郭，余心已黯然。
自兹勤尔学，慎勿负华年。
桴海胸襟阔，梯云眼望穿[③]。
会须论时务，奋著祖生鞭[④]。

① 蠖：一种似蚕的小昆虫，依靠身体的屈伸来前行。

② 桡：船桨。

③ 桴海：《论语·公冶长》载孔子语曰："道不行，乘桴浮于海，从我者，其由与？"桴：木筏。

④ 祖生鞭：《晋书·刘琨传》："（琨）与范阳祖逖为友。闻逖被用，与亲故书曰：吾枕戈待旦，志枭逆虏，常恐祖生先吾著鞭。"后以"祖生鞭"为积极进取之典。

吴荫培

吴荫培，字少渠，吴载勋之子。同治十二年（1873）恩科举人，任外务部和会司郎中，著有《紫云山房诗词稿》。

赋得湖色宵涵万象虚

万象归无象，深宵雅趣探。湖光初远映，夜色总虚涵。千顷浮寒碧，三霄印蔚蓝。微风难蹙浪，凉月乍临潭。山回螺痕隐，天高雁影含。化机空际悟，妙相静中参。清景诗凭写，澄辉画恰堪。液池簪笔近，共沐圣恩覃①。

（本房加批：“动墨散珠，摇笔横锦。”见癸酉科乡试朱卷。）

咏颖芝编修同族又同名赋此以志

伻人笑说有宾至，同姓同名主客论。

两不相侔却相□，那知汉代一根源。

（自注：乡学即误作余。癸酉，余捷北闱，会试榜发时，吴燮臣侍郎树梅在闱中，喜以为余殿试一甲三名进士，悉以为是余。后颖芝授编修，曾来拜访，在余斋头见所藏丰溪谱，彼乃汉代回公后也。朱芷青太守隽瀛题余《学征》诗，亦言及同名事。）

① 液池：太液池，泛称皇宫内的湖泊。明清人称今北京故宫的中海、南海，为太液池。覃：深厚。

咏颖芝编修同族又同名赋此以志

东风萧瑟入山房，又见春来柳线长。
长啸一声回首望，群山烟翠色苍苍。

空山寂寞东风冷，茅舍萧条春夜寒。
岭上月明清似水，深宵独自倚栏杆。

庚辰春闱号中口占

一从作客到燕州，荏苒光阴岁十周。
芸馆雠书钦帝纪，薇垣珥笔重皇猷[①]。

纪游燕

时维壬寅岁，佳节当端阳。天子侍圣母，金殿坐堂皇。亲贵左右侍，济济复锵锵。剑戟阶檐下，排比列成行。外臣依次进，丹陛近龙光。脱脱以仲敬，鞠躬致严庄。奉命通和好，福寿颂无疆。礼成下御阶，承旨至后堂。相将坐琼宴，酌之以酒浆。乾清与养心，同游遍上方。观剧阅是楼，楼下锦筵张。臣工咸侍宴（奉圣旨，外务部各每员均入座侍宴），娱宾称兕觥。歌舞鸣盛世，雅乐鸣丁当。饮和复食德，欢乐未有央。表章此德意，四海波不扬。酬酢联邦交，上旨殊深长。歌诗纪典礼，斯意其未忘。

---

① 芸馆：皇宫中藏书处。三国魏鱼豢《典略》："芸台香辟纸鱼蠹，故藏书台称芸台。"唐代称掌管秘书的秘书省为芸台或芸馆，明清时国史馆、翰林院亦称芸馆。薇垣：汉代尚书省称薇垣，这里指翰林院，为皇帝的顾问机构。珥笔：为翰林待诏的代称，插笔于帽上，表示随时准备起草文书。皇猷：国家谋略。

朱隽瀛

朱隽瀛，字芷青，大兴人。同治元年（1862）举人，官至河南知府。有《金粟山房诗集》。

题《学征》诗

卓绝延陵子，于今品孰侔？官新居外部，柱久镇中流。遍草殊方檄，频怀册府游（修《会典》成，同蒙奏留校刊《会典》。经乱事寝）。良朋共名姓（与颖芝侍讲同姓名），要自有千秋。

少渠姑丈六秩晋八寿诗

岁寒松柏傲风尘，岭上梅花渐作春。
元亮编诗存甲子，左徒揽揆降庚寅①。
衣冠自昔殊流俗，朝市如今见逸民。
更与香山添韵事，好随丹桂近灵椿②。
（时己未十月）

① 元亮编诗存甲子：陶渊明在东晋义熙元年(405)以后，写诗只用干支纪年，不署年号，以此抗议刘裕篡晋，以示忠于旧朝。左徒：指屈原，他年轻时曾官楚怀王的左徒。庚寅：屈原出生的日子。《离骚》："摄提贞于孟陬兮，惟庚寅吾以降。"楚地民间习俗认为庚寅日是良辰吉日。

② 香山句：白居易晚年闲居洛阳，自号香山居士，与胡杲等九位文人组成"香山九老会"，优游林下，诗酒酬唱，被视为文人韵事。灵椿：《庄子·逍遥游》："楚之南有冥灵者，以五百岁为春，五百岁为秋；上古有大椿者，以八千岁为春，八千岁为秋。"为祝寿的颂语。

吴葆森

吴葆森，字晓圃，国学生，分发补用知县，陆军部部员。有《友石山房吟草》。

壬辰八月初四日夜口占[①]

重岩昨又爱新凉，入耳呻吟几断肠。
诸叔宦游羁远道，寸衷遑云乏锦囊。
孤灯独坐愁无计，众仆酣眠梦未央。
忽听乱鸦争报晓，亟求和暖觅良方。
（作毕，天已辨色。）

痛　心

韶华转瞬又初春，回首萱堂倍痛心。
卅载劬劳恩未报，一生罪孽恨无涯。
未封马鬣心滋戚，
遥望燕云痛一均（先君灵榇尚滞京华，每一念及，寸心如焚）。
为问苍天何厄我，不教反哺志稍伸。

① 壬辰：光绪十八年（1892）。

老　鹰

城头一老鹰，冒雨而独立。
顾盼有神姿，飞翔亦迅疾。
昔作扶摇抟，今乃羽毛湿。
摇翮会凌云，燕雀安能及？

又示诸弟

衣奔食走累我身，骨肉分离剧惨神。
转眼重阳佳节近，茱萸插不到征人。

步和三弟林伯《吴庄杂咏》之一

济州南畔是吴庄，土色山光处处强。
我祖佳城卜斯地，当年几费相阴阳。

哭　内

昔年姑病苦忧煎，午夜焚香暗吁天。
臂肉剪来和药进，竟能愚孝获安痊。

家贫怕尚重严道，典质强供菽水资[①]。
脱却臂钏迎弟妇，几曾稍露嗟怨辞。

① 典质句：典押衣物首饰，以换取柴米之需。

书勉仲弟兼以自慨

男儿志四方，学为身之宝。忆昔垂髫时，嬉游鱼戏藻。每逢丙夜读，忧心常懆懆。暨悉诸父教，始识诗书好。不幸遭颠沛，奔驰南北道。腹无半卷书，惭愧冬烘脑[①]。所望吾弟贤，箕裘汝克绍。乃当弱冠年，年无犹未晓。嗟哉予不德，不足为师表。人生贵自立，发愤须及早。凡事当虚中，尤宜戒轻佻。片语属两间，勿使亲心扰。

挽秋鹿从叔诗四首

丹青妙手丰溪人，描写生灵造化身。八十年来囊底物，鸳鸯两个戏池滨。（秋翁于民国廿四年夏历八月初五日卯时作古，囊空如洗，笥中遗有鸳鸯荷花小幅，受之族长向其女公子索寄以资纪念云。）

朔南画展君名列（昔君加入南社画展会。民初，予又介入北平溥克臣先生勋青莲社画展会），《加官图》成称逸才（民国甲子，君写《加官图》见寄）。伯道于今何所碍（君殁后无子奉祀，故祠主牌写“虚右”两字以示无后），浩然正气古今来。

义友孝亲精艺术（受之翁函君：对友义，事亲孝，又精绘事），湖光放浪得天然（张辂振代订润目附启云：君客岁之浙，寓吴山之巅，饱餐湖光山色，以其所得舒写花鸟瑞苑，流利生气远出，今世殆无其匹）。丹青卖却资蔬粝，不使人间造孽钱（受之族长函云：秋翁自书联有云“闲来写幅丹青卖，不赚世间造孽钱”之句，可以见其一生也）。

白岳黄山才辈出，溪南老叟驻童颜。可怜一阵西风冷，驾鹤仙游海上山（秋鹿翁遗嘱，故后大殓时着蓝袍黑马褂，不用寿衣，不延僧道诵经。受之适

① 冬烘：迂腐、浅薄，这里是谦词。

回里，遇此事，慷慨担任经纪其丧，视为分内事。受翁之为人真令我敬佩也)。

吴庄杂咏

又到山头店行外，漫崖弥谷草还荣。
燕南济北天时异，节届冬初地气平。

未见太函见玉函(太函山在歙邑，玉函山在吴家庄东北)，
揉蓝拖翠历山南。
年华倏忽朱颜改，又到吴庄且驻骖。

回思畴昔到吴庄，耆旧虽稀体颇强。
十禩人多登鬼录，峰峦依旧送斜阳(吴毓春、穆旺春均物故多年)。

无端心事说从头，木叶飘摇岁又秋。
记得毛儿沟上路，未曾狭仄足难留。

半生若梦复如烟，四十韶光迥异前。
白叟黄童都不识，必须曳杖过村边(余先期至村布置，复至党家庄迎先父柩及继母方太恭人柩并两位老李氏老姨太太柩。与仲成四弟、季章六弟、祝彭七妹、王杰孙、王仁甫、崔子元、崔景三、金某步行二十里至吴家庄林地，沿途鼓手奏乐，并抬徐总统挽额，祭者络绎于途，颇极一时之盛云)。

半世浮沉似转蓬，花开花落任东风。
回天无术千年恨，闲倚孤松数断鸿(余之姬人洪氏心道，浙江兰溪人。多材多艺，又富于道德，着有《割烹法》。偶因痨瘵，于民国辛酉年阴历十月二十三日逝世，廿七日厝于北京永定门外双庙歙县义园，丁山卯向。十

一月初九日，又赴吴庄葬亲，先母耿太夫人柩由林地北三段地内移入林地合葬。启墓时，见耿太夫人棺上有花纹，并露水气，可见地气之佳。至小李老姨太太厝，在此三段地内，在西，大李老姨太太在东，均取丁山癸向，与林先父之方向同。此系浙江陶菊坡先生鸿宾阡葬，先父穴亦同）。

金受中

吴林伯如夫人洪氏挽词

浣溪女子兰溪人，王母侍儿清洁身。
卅载尘寰留色相，一点灵机证夙因。

浔江蓟塞奔波道，画荻相夫皆令才[1]。
劳燕分飞宝簟冷，人间到处有馀哀。

阶下海棠花萎后，深庭玉貌凋朱颜。
可怜一幅断肠泪，洒向红尘十二鬟。

鸾镜生尘悲永昼，流苏帐底泣鸳鸯[2]。
深愁万斛归何处，明月依然绕画堂。

① 画荻：荻：芦苇。北宋欧阳修四岁而孤，其母郑氏以荻管画地，教他读书习字。

② 流苏：用彩线或五彩羽毛织成的条状饰物，呈下垂状。韦庄《菩萨蛮》："红楼别夜堪惆怅，香灯半卷流苏帐。"此句意为流苏帐上绣的鸳鸯似乎也在哭泣。

许承尧

许承尧（1874—1946）曾用名芚，字际唐，一字芚公，号疑庵，室名眠琴别圃，歙县唐模人。1904年中进士，点入翰林，为庶吉士。许承尧精于诗词、书法及地方志的研究。著有《歙事闲谭》《疑庵诗》。

游丰乐溪[①]

秋雨十分好，幽绝山居人。冬晴尤可味，酝酿明年春。微霜涤薄蔼，山色看愈真。晚叶姣如花，意态何鲜新！久蜇思近游，娱戏清溪滨。清溪石累累，石隙潜寒鳞。喜无网罟患，犹有钓者纶。不贪乃全生，得食嗟艰辛。大化幸厚我，不乐当何陈？

示吴绮川[②]

蒙郁情犹热，怆凉世欲疏。
爱君歧路慎，念我岁华徂。
咄咄今燕市，寥寥故酒徒。
悲歌飞动意，颁白未全无。

① 此诗选自《疑庵集》。

② 此诗选自《疑庵集》。吴绮川，西溪南人，是许承尧的学生。

秋 望

指点郊原入望遥，园林几处尽萧条。
秋烟一片明如画，夕照苍茫隔板桥。

题吴廷画像

石渠宝笈斑斑在，名印纵横发古馨。
身往昔年书画舫，曾经馋煞董华亭。①

① 董其昌，字华亭。董其昌与西溪南大收藏家吴廷友善，交谊甚深。吴廷书画收藏甚富，当时收藏有王羲之的《快雪时晴帖》。入清后被清高宗弘历贮养心殿，名其室曰“三希堂”。

词选

吴 绮

望江南·溪南杂咏七首

溪南好，水阁对斜曛[①]。滩响声流三伏雪，画阁闲倚一秋云，客到可论文？高雨阁

溪南好，十二有高楼。碧槛暗随朱阁转，红灯遥映绿窗幽。花底夜藏钩。十二楼

溪南好，曲水旧名园。老树阴连看奕馆，藕花香绕读书轩。元龙榻自眠。曲水园

溪南好，松云带翠微。百尺帘栊红日早，四窗屏障碧山围。遍倚欲忘归。松云馆

溪南好，新桥一道通。雁齿溪边飞孤鹭，鱼鳞花下偃垂虹。画槛正当中。新桥

溪南好，檐卜欲成林。砖上金留奇树影，壁间波动海潮音。松古一亭深。仁义寺

溪南好，桂树一亭多。天上寒夜生玉兔，人间秋老发金鹅。仙斧莫轻磨。桂园

① 斜薰：斜阳、落晖。

吴之騄

望江南·本意并序

客楚经年，时怀故土，喜乡园之多盛，嗟旅寓之无聊，率尔舒笺，遂成小令。嗟乎！子山归国，叹漂泊以何年[①]；仲宣登楼，遂凄其而欲赋[②]。虽非连昌雅制，溯天宝之当年；诚如玉树歌传，想南朝之千古矣[③]。

溪南好，春酒荐辛盘。玉管楼中传乐部，银灯会里看泥山。火炮到更阑。

溪南好，二月看春灯。天半楼台连夜起，长堤箫管尽更清。士女艳妆行。

溪南好，桃柳最撩人。陌上踏青裙舞蝶，桥边凝碧浪游鳞。寒食最销魂。

溪南好，梅雨绿阴馀。槛外云深迷远树，山河水涨好罾鱼。高爽坐

---

① 子山：庾信，字子山，原为梁朝文人，梁亡后出使西魏被扣，终老于北朝。庾信晚年的诗赋创作以抒发亡国之哀、羁旅之愁、故国之思为主，情感哀怨悲凉。

② 仲宣：王粲字仲宣，汉末文人，年轻时避乱流寓荆州，后归曹操。他羁留荆州时写有《登楼赋》，中有“虽信美而非吾土兮，曾何足以少留”等语句，是文学史上写羁旅之愁的名篇。

③ 连昌雅制：中唐诗人张籍、王建、元稹等人写了一批反映宫女生活的乐府诗，称《连昌宫词》，追忆盛唐时代宫中的奢华生活，多寄寓怀古伤今、今非昔比之感慨。玉树歌传：即南朝陈后主所制的《玉树后庭花》舞曲，风格淫靡艳丽，被后世史家视为亡国之音。

花居。

溪南好，池馆早风凉。暗麝香清添鬓白，草衫肌腻衬衣黄。午日醉蒲觞。

溪南好，碧藕试香甜。曲水园中青玉琞，松云馆内水晶帘。暑尽不知炎。

溪南好，新月正如钩。瓜果盛来香阁畔，银河看去海天悠。儿女夜凝眸。

溪南好，最好是中秋。桂蕊家家飘嫩馥，繁弦处处引清讴。明月醉南楼。

溪南好，萸社共衔卮。红叶红林争绮丽，芙蓉盈砌斗娇姿。黄菊又当时。

溪南好，阳月雁南飞。赛社早看台式巧，内家先斗艳妆奇。村店蟹眶肥。

溪南好，辜月有奇葩。腊树花如龙眼大，山茶红比海棠佳。多丽鬓边斜。

溪南好，腊尽不曾寒。半阁留宾长夜饮，上园梅吐老枝繁。雪里好寻看。

钱 枚

百字令

皖城吴茶坪云:“前明嘉靖时,吴某家素豪富。所居果园,广营声伎,有琐琐娘者,色艺冠绝一时。既病夭,主人痛惜之,即葬于园中牡丹台畔。园后归于茶坪令祖,客寓园中者,犹于月夜仿佛见琐琐微步华下。”赋此纪异。

百年池馆,间舞衫歌扇,飘零何处?只春愁琐琐不尽,分付牡丹留住。燕子重来,雕阑已换,寂寞寻黄土。料应紫玉,香魂不化烟缕。

闻道翠袖翩跹,云鬟倭髻,时作蹒跚步。天上凉蟾明似镜,仍照旧时眉妩。绝胜秋娘[①],钗横鬓乱,夜唱坟头伫。一番凭吊,东风摇曳如许。

① 秋娘:指中唐女诗人杜秋娘,原为节度传李锜妾,后入宫,为唐宪宗所宠。所传有乐府诗《金缕衣》。

叶申芗

齐天乐

忆昔教泽留闽部，春风先被蓬户。（司农督学闽中时，胞侄入学者二人。）使转频移，星轺再莅，仍恋湖山暂驻。（司农先亦督学浙江，兹以典试再来。）芹庠翘楚，快趁此高秋，竞思轩举。文字机缘，金针神巧定重度[①]。

南宫夙钦座主，公门桃李，盛持节无数。（司农己丑春闱门下士，今科同典试者九人。）分出词曹，群司文柄，月府霓裳同赋。栽花仙侣，更风味堂前，亲承校屦。（分校李峒云明府亦司农门下士。）天下英才，想皆归孔铸。

① 金针神巧定重度：元好问《论诗绝句》："鸳鸯绣出从教看，莫把金针度与人。"

吴载勋

蝶恋花·本意秋

六曲阑干春几许，偷入花丛，那管春心妒。底事梦魂惊又住[①]，双双蹴损花间雾。

消息不知春欲暮，闲恨闲愁，遮断江南路。飞絮又将芳信误[②]，暗香渐逐东风去。

① 底事:何事。

② 芳信:春天的消息。

吴念培

蝶恋花·春晚

楼外流莺时乱语，杨柳堤边，又见风吹絮。倚遍阑干心更苦，檐前燕子频来去。

蝴蝶花开闻杜宇[①]，寂寞空庭，几阵黄昏雨。最是无情春又暮，愁肠寸寸浑难数。

生查子·春夜

黄昏柳絮飞，小院门初掩。月色上帘钩，人被春愁染。

无情春欲归，漫把重帘卷。花落子规啼，脉脉春寒浅。

菩萨蛮·月夜怀都门两弟

小园寂寂春归去，相思离乱如飞絮。最怕鹧鸪声，夜深和月鸣。

浮云深蔽月，何使长相缺。游子未归来，搴帷独感怀。

声声慢

丁卯冬日，三弟自塞上寄余一律，并属余和。余不能诗，冬夜谱此

① 杜宇：传说杜宇为古蜀国国君，号望帝，后失国身死，魂魄化为杜鹃鸟。暮春时啼鸣，其声凄苦哀怨。

以答。

萧萧瑟瑟，寂寂岑岑，时时惨惨恻恻。断雁和风入耳，怎生消得？朦胧欲睡还醒，到夜阑、漏声凄咽。往事、万千端，恰似漆胶黏臆。

寄我新诗一幅。细检点，遥知塞垣消息。节候初寒，又见冻梅生色。倚窗欲拈湘管，尽推敲、诗思转塞。待异日，重聚首，相与省识！

忆秦娥·庚午八月二十四日望月感怀

玉钗折，消魂独对当时月。当时月，照人颜色，绮罗初结。

七年梦觉如朝雪，徘徊底事伤情切。伤情切，重门深闭，对灯凄绝。

附录：三希墨宝有其二

——明末徽州收藏家吴廷其人其事

故宫西侧养心殿内有一间面积不大但宁静幽雅的书斋，名三希堂，始设于乾隆十一年（1746），是乾隆皇帝万机之暇读书休憩的书房，因斋内藏有三件晋人的墨迹而得名，即王羲之《快雪时晴帖》、王献之《中秋帖》和王珣《伯远帖》。次年，乾隆命大臣梁诗正等从内府收藏的历代法书墨迹中挑选出三百四十件作品，及众多的名家题跋，摹刻精拓成帖，命名为《三希堂法帖》，由此可见乾隆对这三件晋人墨迹的宝爱。

其实，这三件晋人书迹并非现代意义上的书法作品，只是东晋士人日常生活中嘘寒问暖、吊丧问疾的尺牍短札。最短的《中秋帖》才22个字，《伯远帖》也只47个字，寥寥数行，书写率意自然，笔致潇洒流畅，晋宋名士风流宛然浮现。由于这三件书迹出自东晋最负盛名的琅邪王氏书家之手，经历了一千四百年的历史沧桑，躲过了无数的水火兵燹和天灾人祸，其间经无数收藏家的递相传承，凭借冥冥中的神物护持，才于清初汇聚于清宫内府，被喜好风雅的乾隆皇帝视为稀世之珍，也确实是一个奇迹。然而，三希中的两件墨宝，即《快雪时晴帖》和《伯远帖》，在流入清宫之前，在明末的万历、天启年间，曾被徽州商人吴廷所收藏，是其馀清斋的镇斋之宝，知道这段艺林掌故的人恐怕还不多。

吴廷（1555—约1626），一名国廷，字用卿，号江村、馀清斋主，明末徽州府歙县西溪南村人。其人正史无传，仅在徽州的一些地方文献及明人别集杂著中有其生平事迹的零星记载。如沈德符《万历野获编》卷二十六："近日新安大估吴江村名廷者，刻《馀清斋帖》，人极称之，乃其友杨不器手笔，稍得古人遗意。"（《万历野获编》，中华书局1959年版）吴廷所刻的《馀清斋帖》，确是明人刻帖中的精品（原碑石今存三十六方，陈列于歙县新安碑园），但他本人并非是富甲一方的“大估”，而是一位亦贾亦儒、贾而好儒的古董商人。他出生时家道已经衰落，幼年丧父，饱尝了生活的苦难艰辛，后来弃儒服贾，从事书画古董行业，日积月累，成为名闻海内的收藏大家。李维桢在为吴母所作的《吴节母墓志铭》中略述吴廷的家世生平：

>……母（田氏），卫镇抚庄女，归吴长公尚钧。吴以赀豪累世，长公少孤，刻意向学，不问生产，产日益减，母黾勉求之，曾不实漏卮……长公邑邑不得志，遂卒。母年未三十，用卿始扶床耳，其兄国逊方龀，其弟国旦方娠。母治长公丧如姑，每欲引决，念国旦之在腹也，强食粥不逾嗌。国旦生，幸平善，泪并乳以哺幼者，而捃拾以食长者，所为织纫纂组，夜以继日，如养姑时，因以转移有天，幸得无乏绝也。稍羡，为三孤具师贽，备昏礼，供宾祭，及问遗往来之费，无一不自手出。已，更裕，则属国逊登什一，始遂称中贾，而用卿与弟为诸生。久之，皆入赀为太学生。（《大泌山房集》卷102《吴节母墓志铭》，万历三十九年刊本）

吴廷之母田氏的事迹亦略见《丰南志》卷四“人物志·节妇”：“吴尚钧妻田氏，年二十九而寡，抚孤成立，寿七十九而终。尚钧字和甫，号清川，四门祠人。”现存的《溪南吴氏族谱》所记与李维桢《墓志》所载略同。吴尚钧于嘉靖丁巳年（1557）去世，当时吴廷才3岁，哥哥吴国逊8岁，弟弟吴国旦还在遗腹中，母亲田氏独撑门户，含辛茹苦抚养三个孩子。她不仅具有坚忍的毅力，而且思想开明，目光远大，有经商头脑。吴国逊十几岁时便遵从母命外出经商，“营什一，始金陵，继广陵，继海陵，继吴门，继武林，遂称中贾。”家业逐渐中兴。“国逊行贾，地不过数百里。母以为男子生，桑弧蓬矢射四方，何局促乡土为？用卿则与兄俱之京师，悉出金钱箧篚易书画鼎彝之属，鉴裁明审，无能以赝售者。好事家见之，不惜重购，所入视所出什百千万。”（《吴节母墓志铭》）吴国逊经商成功后全力支持两个弟弟读书，希望他们走科举仕进的道路。但在封建时代，科举成功的概率实比经商更小，后来吴廷与吴国旦皆入赀为国子监生。他们并不想凭借捐生这区区功名入仕当官，而是借此跻身士人行列，获得与贤豪名流交往的身份地位，以文雅游扬缙绅间，即徽商信奉的“以儒术饬贾事”。吴廷后来成为董其昌的挚友，两人经常切磋交流法书名画的收藏信息，董氏称呼他为“新都吴太学”。

从明代中后期起，徽商经营的传统行业不外茶、典、盐、木四大类，但吴廷兄弟却另辟蹊径，主要投资书画古董行业。大约在万历二十年（1592）左右，吴国逊和吴廷就在北京开设了一家文玩古董店“馀清斋”，经营古董书画。此店得名的缘由是因他们收藏了元代画家王蒙的《有馀清图》，而将馀清斋作为店名；后来他们在西溪南老家按照《有馀清图》的画面布局，建造了一处私家园林住宅，也以馀清斋命名。由于吴廷喜好诗文书画，具备博古知书的儒学修养，又喜结交名流雅士，加之家族世代经商的经验积累，和诚信不欺的商业道德，所以他很快在这一行业大获成功，不仅获利颇丰，更收揽了一批海内珍品。若单就藏品的数量论，吴廷可能远不及同时代嘉兴的收藏家项元汴；但就珍品而言，则吴廷可与之分庭抗礼。如被誉为“天下第一行书”的《兰亭序帖》，其真迹已陪葬昭陵，存世的主要是有欧阳询、虞世南、褚遂良、冯承素等人的摹本及翻刻本。万历时冯承素摹本被项元汴收藏，虞世南摹本（亦称张金界奴本或天历本）则归吴廷。项氏在得到冯摹本后有一行小字题识：“唐中宗朝冯承素奉敕摹晋右军将军王羲之《兰亭禊帖》，明万历丁丑（1577）孟秋七月墨林山人家藏真赏。原价伍百伍拾金。”而虞摹本后则有朱之蕃、董其昌等人的鉴定题跋。朱跋云：“定武佳刻世已希遘，矧唐人手笔妙得神情，可称嫡派者乎？此卷古色黯澹中自然激射，渊珠匣剑，光怪离奇，前人所共赏识，用卿宜加十袭藏之。”董跋云：“万历丁酉观于真州，吴山人孝甫所藏以此为甲观。后七年甲辰上元日吴用卿携至画禅室，时余已摹刻此卷于鸿堂帖中。董其昌题。”丁酉为万历二十五年（1597），吴孝甫名治，谱名邦治，字孝甫（一作孝父），也是西溪南人，工画山水花卉。他先得到此帖；七年后即万历三十二年（1604），此帖转归吴廷，吴廷携往松江华亭，经董氏鉴定为虞摹真迹。帖后有一行题识："万历戊戌除夕用卿从董太史索归是卷，同观者吴孝父治、吴景伯国逊、吴用卿廷、杨不弃明时，焚香礼拜。时在燕台寓舍，执笔者明时也。"（《兰亭墨迹汇编》，北京出版社1985年版）此处"戊戌"或为"戊申"之误，即1608年，吴廷从董其昌处索回此帖，于除夕日与吴治、杨明时等人在北京寓舍共同赏玩，并请杨明时题写了此跋。杨明时字不弃（器），是明末徽州著名的刻工，尤善临摹古帖，吴廷的《馀清斋帖》、吴桢的《清鉴堂帖》均由他摹勒上石。可见，约从万历三十二年起，虞世南摹《兰亭序帖》一直由吴廷收藏，至于何时散佚，已不可考。

民国时，西溪南村人吴吉祜辑有《丰南志》一书（稿本，今藏安徽省图书馆），卷五"人物志"列举了吴廷馀清斋的部分书画藏品：

> 吴国廷，一名廷，字用卿，丰南人。博古善书，藏晋唐名迹甚富。董其昌、陈继儒来游，尝主其家。尝以米南宫真迹与其昌，其昌作跋，所谓"吴太学书画船为之减色，然尚藏有右军《官奴帖》真本者也"。刻《馀清斋帖》，杨明时为双钩入石，至今人珍袭之，谓不减于《快雪》《郁冈》诸显帖。所刻有《馆本王右军十七帖》，唐人双钩本、宋濂跋《鸭头丸帖》，宋绍兴御题《胡母帖》《行穰帖》《思想帖》，赵孟俯、文征明等跋《遵汝帖》《霜寒帖》，其昌跋以为虞永兴临摹。《黄庭》《乐毅》《曼倩》三楷帖，米跋云是唐临，馀皆其昌跋，或国廷自跋。王大令《简草帖》《东山帖》《中秋帖》，王珣《伯远帖》，虞伯时《积时帖》，智永书《归田赋》，孙过庭书《千字文》，颜鲁公《蔡明远帖》，苏东坡书《赤壁赋》，米南宫书《千字文》，又临王右军《至洛帖》，皆刻于万历中。清大内所藏书画，其尤佳者半为廷旧藏，有其印识。

《丰南志》言"清大内所藏书画，其尤佳者半为廷旧藏"，是否夸大其辞？我们不妨以流传至今的一些法书墨迹为例，参照同时代学者的相关记载，看此话有无夸张的成分。

《快雪时晴帖》今藏台北故宫博物院，现经多位文物考古专家鉴定，它也并非是王羲之的真迹，而是唐人的摹本。上面密密麻麻地钤满了各时代的收藏、鉴赏印章，诸如“政和”“宣和”“绍兴”“明昌御览”等，说明它在宋、元时曾入秘府，还有“秋壑珍藏”“北燕张氏珍藏”“冯铨之印”“冯源济印”等，说明它又经南宋权相贾似道、明末冯梦祯、清初大学士冯铨收藏。康熙十八年，冯铨之子冯源济把它献给清内府。如果仔细观看此帖的影印件，就会发现在“山阴张侯”四字的左下角、小楷“君倩”二字的左方，还有一方“吴廷”的朱文长形印章，说明吴廷一度是此帖的主人。但吴廷何时何地得到此帖？帖后王稚登的跋语记述了他所亲历的流传原委：

> 朱太傅所藏二王真迹共十四卷，惟右军《快雪》、大令《送梨》二帖乃是手墨，余皆双钩廓填耳。宋人双钩最精，出米南宫所临者，往往乱真，故前代名贤不复辨论，概以为神品。其确然无疑者，独《快雪》《送梨》，玄赏之士自能鉴定，不可与皮相耳食者论也。《送梨》已归王敬美，此帖卖画者卢生携来吴中，余倾橐购得之，欲为幼儿营负郭。新都吴用卿以三百锾售去，今复为延伯所有。神物去来，但贵得所，不落沙叱利，幸矣！在彼在此，奚必置意。考《宣和书谱》，此卷曾入天府，后归贾师宪，又尝为米老所藏，米自有跋。今在韩太仆家。因延伯命题，并述其流传转辗若此。己酉七月廿七日太原王稚登谨书。

己酉为万历三十七年（1609），在此前后数年间，《快雪时晴帖》三易其主。先是王稚登在吴中“倾橐购得之”，旋又被吴廷“以三百锾售去”，不久“复为延伯所有”，这里的“延伯”是湖北麻城的刘承禧，字延伯（一作延白），其父刘守有在万历初年曾任锦衣卫都督、提督巡捕。刘承禧为武进士出身，袭父职为锦衣卫千户、指挥。他身居武职而崇尚风雅，喜结交文人墨客，好古玩书画，是吴廷的好友。吴廷在《快雪时晴帖》后也写了一段跋语，详述他收藏此帖的曲折经过：

> 余与刘司隶延伯寓都门，知交有年，博古往来甚多。司隶罢官而归，余往视两番，欢倍畴昔。余后复偕司隶至云间，携余古玩近千金。余以他事稽迟海上，而司隶舟行矣，遂不得别。余又善病，又不能往楚。越二年，闻司隶仙逝矣。司隶交游虽广，相善者最少，独注念于余。余亦伤悼不已，因轻装往吊之。至其家，惟空屋壁立，寻访延伯家事并所藏之物，皆云为人攫去。又问《快雪帖》安在，则云存还与公。尚未可信。次日往奠其家，果出一帐，以物偿余闪千金，值《快雪帖》亦在其中。复恐为人侵匿，闻于麻城令君，用印托汝南王思延将军付余。临终清白，历历不负，可谓千古奇事！不期吴门携去之物，复为合清之珠，展卷三叹，因记颠末，嗟嗟！此帖在朱成国处，每谈为墨宝之冠。后流传吴下，复归余手，将来又不知归谁。天下奇物，自有神护，倘多宝数百年于馀清斋中，足矣！将来摹勒上石，此一段情景，与司隶高谊同炳千秋可也。天启二年三月望日书于楚舟，馀清斋主人记。

万历十六年（1588），刘守有被革职回原籍，刘承禧受牵连也被罢官。可能是为了安慰好友，笃于情谊的吴廷将《快雪帖》连同其他几件古玩一齐转让给刘承禧，但当时刘的手头拮据，未能付给吴廷现金，就携带这些藏品回麻城了，此后两人再未见面。约在天启元年（1621），刘承禧病故，临终遗命家人将《快雪帖》交还吴廷，吴廷赶赴麻城重获此帖，不禁慨叹为“千古奇事”。此帖的得失聚散留下了一段艺林交往的感人故事。

再说王珣的《伯远帖》。王珣字符琳，是东晋开国功臣王导之孙、王洽之子，也是王献之的族弟，官至尚书令，事见《晋书》卷六十五。他传世的书作只有《伯远帖》，为“三希”中唯一的晋人书法真迹，现藏北京故宫博物院。纸本，行书，凡六行，47字。此帖用笔遒劲飘逸，略存汉魏遗意，比较接近王献之的行书风格，乾隆在《三希堂法帖》中题赞云："家学世范，草圣有传。"万历二十六年（1598），董其昌在北京获睹此帖，惊喜万分，用小楷恭题了一段跋语："晋人真迹，惟二王尚有存者，然米南宫时，大令已罕，谓一纸可当右军五帖，况王珣书视大令不尤难觏耶？既幸予得见王珣，又幸珣书不尽湮没，得见吾也。长安所逢墨迹，此为尤物。戊戌冬至日董其昌题。"（见《三希堂法帖》，中国书店1986年影内府初拓本；及《中国书法全集·董其昌卷》第5页）但董氏在跋语中未说明从何人之手获观此帖，其实，当时此帖的主人就是吴廷，董氏在《容台别集》卷二"题跋"中说得很清楚：

> 米南宫谓右军帖十不敌大令迹一。余谓二王迹世犹有存者，唯王谢诸贤笔，尤为希觏，亦如子敬之于逸少耳。此王珣书，潇洒古淡，东晋风流宛然在眼。用卿得此，可遂作"宝晋斋"矣。（《容台别集》，《四库禁毁书丛刊·集部》第三十二册）

由此可知，万历二十六年，董其昌正是在北京吴廷的馀清斋，见到了王珣的《伯远帖》。黄惇先生为此考证道："这说明此时《伯远帖》曾藏吴廷处。据载万历戊戌除夕吴廷曾在京与董氏相会，并索回董其昌借观的《虞临兰亭帖》卷等。此跋时间去除夕未远，因此王珣《伯远帖》跋想来当也是应吴廷之请而作。"（《中国书法全集·董其昌卷》第253页）大约在此后不久，吴廷便将《伯远帖》转给了董氏，董氏为其重新装裱。

再如王羲之《官奴帖》（一名《玉润帖》），存世只有"下真迹一等"的唐人摹本，为右军晚年行书之精品，董其昌对此帖极为推许，曾评其笔法曰："字字骞翥，似奇而反正；藏锋裹铁，遒劲萧远。"这也是董氏学书由唐入晋的一大转捩点。他回忆自己的学书历程时说："吾学书在十七岁时……初师颜平原《多宝塔》，又改学虞永兴。以为唐书不如晋魏，遂仿《黄庭经》及钟元常《宣示表》《力命表》《还示帖》《丙舍帖》，凡三年，自谓逼古，不复以文征仲、祝希哲置之眼角。乃于书家之神理，实未有入处，徒守格辙耳。比游嘉兴，得尽睹项子京家藏真迹，又见右军《官奴帖》于金陵，方悟从前妄自标许……”他题跋此帖云：“右军《官奴帖》，事五斗米道上章语也。己卯秋予试留都，见真迹，盖唐冷金笺摹者，为阁笔不书者三年。此帖后归娄江王元美，予于己丑询之王淡生，则已赠新都许少保矣。”（见《中国书法》1990年第1期影印董其昌书迹）己卯为万历七年（1579），时董其昌25岁，赴南京应乡试，得见《官奴帖》唐摹本，眼界大开，几乎“为阁笔不书者三年”，可见此帖对他的震撼冲击。此帖后归王世贞，十年后即1589年，董氏向王淡生询问此帖的下落，则已转赠新都许少保。许少保即许国，他官至礼部尚书，封少保兼太子太保，是董其昌会试的座师。许国获《官奴帖》是王世贞所赠，许国死后，此帖辗转入吴廷馀清斋，《容台别集》卷二叙述此帖递藏原委颇详：“……已闻为上海潘方伯（潘荣禄）所得，又后归王元美，王以贻余座师新安许文穆公，文穆传之少子胄君（许立言），一武弁（按，可能指刘承禧）借观，因转售之，今为吴太学用卿所藏。顷于吴门出示余，快余二十馀年积想。”据此可知，在明末的近百年间，《官奴帖》的流传次序应是：潘荣禄—王世贞—许国—许立言—刘承禧—吴廷。董氏此跋作于万历三十六年，说明在此前后的若干年间，《官奴帖》为馀清斋中藏品。

又如《十七帖》，为王羲之草书的代表作，乃唐太宗集右军草书书札二十八通而成，因第一札首有“十七日”三字而得名。传世大多为北宋《淳化阁法帖》的摹刻本，而吴廷则得到一份唐弘文馆钩摹本《十七帖》，这在当时已属凤毛麟角、人间珍品，吴廷请董其昌鉴赏评题，后将此帖刻入《馀清斋法帖》。董氏非常推崇此帖，认为草书当“以《十七帖》为宗”，他自己多次临摹过此帖。他在一份摹本后跋云：“新安吴太学以馆本《十七帖》见贻，复以此卷索书。今日凉风乍至，斋阁萧闲，遂临写一过以归之，质之原本，亦可仿佛耳。”（《中国书法全集·董其昌卷》

第 178 页）董氏此摹本今藏台北故宫博物院，书写年代未详，估计是他晚年所作，当在天启、崇祯年间。

又如王羲之小楷《黄庭经》，传世只有唐人的摹本，也被后世书家珍若拱璧，而吴廷就一度收有此摹本，并请董其昌鉴定。《容台别集》卷二《书黄庭经后》："吴用卿得此，余乍展三四行，即定为唐人临右军。既阅竟，中间于渊字皆有缺笔，盖高祖讳渊，故虞、褚诸公不敢触耳。小字难于宽展而有馀，又以萧散古淡为贵，顾世人知者绝少。能于此卷细参，当知吾言不谬也。"

再如米芾的《蜀素帖》，为米芾行书的代表作，因书写在一幅蜀锦绢素上而得名。此帖在明代最先由汪宗道所藏，嘉靖三十二年被顾从义购得，有沈周、祝允明、文征明等人的题跋。其后迭经项元汴、陈增城（海宁藏家）收藏，约在万历三十二年（1604）左右，此帖转归吴廷。这年五月，吴廷携此帖至杭州西湖，请董其昌赏鉴。董一见大喜过望，立即以多件名迹换得此帖，并兴奋地在帖末题云："米元章此卷，如狮子捉象，以全力赴之，当为生平合作。余先得摹本，刻之《鸿堂帖》。甲辰五月，新都吴太学携真迹至西湖，遂以诸名迹易之。时徐茂吴方诣吴观书画，知余得此卷，叹曰：已探骊龙珠，馀皆长物矣。吴太学书画船为之减色。然复自宽曰：米家书得所归。太学名廷，尚有右军《官奴帖》真本。董其昌题。"此跋语后，董氏意犹未尽，又于卷首题道："增城嗜书，又好米南宫书，余在长安得《蜀素》摹本，尝与增城言：米书无第二，但恨真迹不可得耳。凡二十余年，竟为增城有，亦是聚于所好。今方置棐几。日夕临池。米公且有卫夫人之泣，余亦不胜其妒也。董其昌题。"（《中国书法全集·董其昌卷》第 83—86 页。）由于董氏一生服膺米书，吴廷也就割爱，将《蜀素帖》转让给他，可谓是物聚于所好，得其所归。

此外，吴廷收藏的米书精品还有《评纸帖》，也请董其昌鉴定过。《容台别集》卷二："米元章评纸，如陆羽品泉，各极其致，而笔法都从颜平原幻出，与吾友王宇泰所藏《天马赋》同是一种书。临写弥月，仍归用卿，用卿其宝之。"《馀清斋法帖》卷十五收有董其昌对此帖的题评：

"此卷在处，当有吉祥云覆之，但肉眼不见耳。己酉（1609）六月二十有六日再题。通观者陈继儒、吴廷。董其昌书。"

又如，被称为"天下第二行书"的颜真卿《祭侄文稿》，也曾一度归吴廷所有。《容台别集》卷二："颜鲁公《祭季明文》真迹，鲜于伯机所藏，跋云：吾家无第一，天下无第二。在新都吴太学家。停云馆刻乃米临，余刻之《鸿堂帖》者是也。"只是吴廷收藏此帖的时间已不可考，估计也在万历、天启年间。

上举数例，足以说明吴廷收藏之富、藏品之精，"清大内所藏书画，其尤佳者半为廷旧藏"，此言洵不虚也。不仅如此，吴廷不像一般的商贾那样视书画藏品为奇货可居，斤斤以赢利为目的；他是因性之所好而收藏，以"如对神明"的态度对待那些承载着历史文化积淀的艺术珍品，所以他不将藏品视为一己之私物而秘不示人，而是与艺林同道切磋交流，互通有无。更难得的是，万历二十四年（1596），吴廷将自己收藏的晋唐两宋书法名迹，请董其昌、陈继儒鉴定后，请好友徽州名刻工杨明时双钩摹勒上石，汇刻成二十四卷的《馀清斋法帖》，使希世法书墨宝化身百千，嘉惠士林，可谓功德无量。该法帖正帖十六卷，刻于万历二十四年；续帖八卷，刻于万历四十二年（1614）。其中正帖收有王羲之《十七帖》《迟汝帖》《虞摹兰亭序》《黄庭经》《乐毅论》《霜寒帖》；王珣《伯远帖》《兰草帖》《东山帖》；隋智永《归田赋》，唐虞世南《积时帖》，孙过庭《千字文》，颜真卿《祭侄文稿》；宋苏轼《前赤壁赋》，米芾《千字文》《评纸帖》，米芾临王羲之《至洛帖》。续帖则有王羲之《行穰帖》《思想帖》《东方朔画赞》《胡母帖》；王献之《鸭头丸帖》《洛神赋十三行》；谢安《中郎帖》；颜真卿《蔡明远帖》等。这些摹勒上石的法书名迹大部分是馀清斋中的藏品，少数是从其他藏家借临。由于《快雪时晴帖》当时不在吴廷之手，所以未被刻入。该法帖所选底本多为古代书家的真迹或是唐人钩摹本，且经当代最权威的鉴赏名家董其昌鉴定，并由海内名刻工杨明时摹勒上石，所以传真度极高，几可与原迹相媲美。吴廷也为此帖撰写了数则题跋。如他跋颜真卿《蔡明远帖》：

余自癸未入都，见嵇兵部泰峰藏颜鲁公《明远帖》，同时殷司隶《祭侄帖》，廿年后皆为馀清斋所有。《祭侄》之草，《明远》之真，笔势遒劲，其运腕皆有转石拔山之力，可称二绝。勒石广传，学书者从此入门，思过半矣。馀清斋主人新都吴廷书。

此跋不仅点明了颜书的风格特征，还叙述了自己收藏法书名迹而付出的心血和甘苦。为收此二帖，前后竟耗时二十年，这需要多大的耐心和毅力！而他得到颜书名帖后即将其公之于世，这又是多么宽博无私的仁者情怀！悠久灿烂的古代文化，正是靠无数像吴廷这样执着的文化传薪者的精心呵护，薪火相传，才历劫而绵延至今。

《馀清斋法帖》一经问世，便名噪艺林，风行海内，博得世人的交口赞誉。晚清书家杨守敬出使日本，向日本书道界阐扬此帖，引起东瀛书界的广泛兴趣和重视，被称作学习书法的最好法帖。今天，《馀清斋法帖》的刻石尚存三十六方，陈列于歙县新安碑园，来黄山旅游的书法爱好者，许多人徘徊于碑廊前观赏这些精美绝伦的古代书作名迹，可曾想到当年西溪南人吴廷为此而付出的心血。饮水思源，让我们向这位徽州收藏家致敬。

后　记

大约是在1974年，“文革”尚未结束，我进入离西溪南村三里路的石桥中心小学读书。当时学校设在村中的吴家祠堂内，共五个年级。低年级的教室安排在祠堂两侧的厢房及附属建筑物内，五年级教室则设在祠堂北端位置最高的享堂。徽州祠堂的传统布局，通常是三进殿堂间隔两个天井、外加左右厢房组成。中堂是建筑主体，是宗族聚会议事的场所；而享堂则是供奉祖宗牌位、祭祀先人的神堂，总有些神秘阴森的气息。不过在我上学时，由于一次次的“破四旧”运动对封建宗法势力的清除扫荡，祠堂的神学氛围早已被一扫而光，只是一个普通的教学场所而已。祠堂大门两侧的石灰墙上写着醒目的红色标语：“战无不胜的马克思列宁主义毛泽东思想万岁！”“伟大光荣正确的中国共产党万岁！”课余时间，男生常抱着中堂粗大的屋柱玩一种“占屋柱”的游戏：八位男生分别站在两列石础上手抱柱子，喊到三时同时跳下石础，跑向对面同学的位置上，同样还是手抱屋柱，如此反复奔跑，互换位置，动作慢的算输。记得五年级时，班上个子最高的男生双手也合不拢一根柱子。

1980年我小学毕业，进入西溪南中学读初中。中学校园原本是溪南吴氏大宗祠的遗址，上了年纪的村民还习惯称中学为大宗祠。不过当时宗祠的地面建筑已荡然无存，三排新建的平房成了上课的教室和老师的宿舍，只有操场两边的围墙还是祠堂原来的老墙，墙体斑驳的石灰已经脱落，青砖外露，墙头长出了稀疏的野草。到了我上高中的1984年，石桥小学一位汪姓校长以教室简陋及教师宿舍不足为由，打报告向县教育局请示，拆毁祠堂重建新校舍，他的申请很快被批准，于是不到两个月的时间，一座承载着石桥村民数百年历史记忆的古祠堂便彻底消失，代之而起的是两排平房教室，如今则被一栋三层的教学楼所取代。从此，石桥及周边村中几代读书人的童年记忆变成苦涩的寻梦，也使村中新生代的童年在没有村史根基的钢筋水泥中度过。

1986年我离开家乡来到江城芜湖，进入安徽师大中文系读书。与来自全省各地的同学相处，第一次感受到地域文化间的差异。上现代汉语普通话课程时，总为自己带有浓郁徽州乡音的普通话感到羞愧；与同乡用徽州方言交谈时，也常被江北的同学取笑为“说外语”。随着读书涉猎面的增广，尤其是在阅读中国古典文学作品的过程中，才逐渐明白：原来“七山二水一分田”的徽州故园，曾经是明清时代中国封建文化最发达的地区之一，曾孕育出灿烂辉煌的徽商文化和新安理学，其山川之灵秀、人物之俊异、风尚之淳朴、建筑之精美，曾令无数的文人墨客为之沉醉倾倒，所以南朝的沈约留下了“洞彻随深浅，皎镜无冬春。千仞写乔树，百丈见游鳞”的诗句，赞美清澈见底的新安江水；李白也发出过“人行明镜中，鸟度屏风里”“地多灵草木，人尚古衣冠”的由衷赞叹；而明代戏曲家汤显祖更是慨叹：“一生痴绝处，无梦到徽州。”表达了对新安山水人文的深情响往；明代休宁诗人吴兆描写丰溪两岸的风光，有“山村处处采新茶，一道春流绕几家。石径行来微有迹，不知满地是松花”之诗，描绘了丰溪两岸如诗如画的田园风光，令人神往。至于外人听来佶屈难懂的徽州方言，其中遗留着大量的古汉语词汇及中原古音，是中原古汉语名副其实的“活化石”。许多旧体格律诗用现代普通话朗读不见得押韵，而改用徽州方言诵读则自然谐韵，毫无隔阂。明末，潭渡村的学者黄生著有《字诂义府》一书，他用典籍文献与方言俗语互证的方法考证古书难解之处，得出的结论令人信服。当今国内一些高校中文专业的研究生也以徽州方言作为硕士、博士论文的选题，近年来出版了一系列相关的研究著作。

1990年7月我大学毕业，被分配到西溪南中学任教三年，有幸结识了吴军航老师。由于性格志趣的相投，加之有着共同的文史及艺术爱好，使我们成为亦师亦友的忘年交。工作上，军航兄是我的同事及学习书法的老师，同时也是徽州有名的书画家和地方史研究专家，尤其对家乡西溪南的历史人文掌故谙熟于心，著有《名人与西溪南》一书。他对家乡历史文化的挚爱及用力之勤、挖掘之深，令我感动，所以业余时间我们常在一起谈古论今，切磋学问。1993年我再次离开家乡，来到泉城济南读书，所学专业为中国古典文学及文献学，此后便一直在齐鲁大地求学、工作；军航兄则调去屯溪六中任教，此后我们一直保持着书信联系。齐鲁是孔孟之乡、礼仪之邦，是儒家文化的发源地；而徽州号称“东南邹鲁”“程朱故里”，我在两种地域文化中分别生活工作了二十多年，深深感受到两者各自的特色及其差异，同时对家乡的历史和文化多了一份理解和眷恋。

最近两年我因身体原因回到家乡休憩，与军航兄相聚的机会更多了，谈论的话题也更广更深了。节假日读书写作之暇，我们常漫步于丰乐河两岸的村巷古道之间，既为家乡日新月异的发展而欣慰，同时也对古建筑的大量消失感到惋惜。童年读书的老祠堂，鲁殿灵光，杳无踪迹；故园乔木，旧梦幽影。曾经矗立在村水口的古枫树林，那里曾是我童年的乐园，当年我和小伙伴们在树根下摸鱼、捉迷藏，童年乐趣，还历历在目。古树的树干需五六个人合抱，虽经数百年的岁月沧桑和人世变迁，仍迎风傲雪，苍虬劲挺，生机盎然；高大的树枝树冠上栖息着许多松鼠和白鹭，像许多活泼的小精灵在林间跳跃飞舞，一派其乐融融的天人和谐景象，不幸也于20世纪70年代末被彻底斩伐。如今故地重游，见昔日的水口林变成一片新辟的菜地，总有怅然若失、惚如隔世之感，这一切都令我们感慨不已。逝者如斯之叹，无补于世；古今兴废之悲，亦属徒然。现代工业文明对古老农耕文化的无情冲刷，几乎是不可逆转的时代潮流，凭我们两人微弱的力量更是无力回天。面对古代文物日渐稀少的现实，我们经长期思考，决定以己所学，为那些业已消失的故园文物作一点抢救性的挖掘整理，虽是亡羊补牢之举，却是义不容辞之责，庶几可以让丰溪后人知道这里曾经有过的辉煌——地面文物的毁坏并不意味着文化内核的全部消失，它还以隐性的形态被记录于典籍文献之中，只是需要后人用心去阅读、体悟和感受。例如曲水园、十二楼早已湮灭，但吴守淮、汪道昆、吴可封等人的诗中多有对这两座名园的歌咏描述；今人通过阅读乡贤古诗而神游千载之上，与历史人物作心灵的对话，亦可间接表达怀古思乡之情。基于这样的设想，我和军航兄合作，编注了这部《明清西溪南诗词选》。我们的初衷，是想从文学的角度梳理明清至近代西溪南的历史，以诗存史，以古鉴今，借此提醒读者：历史上西溪南的兴盛，不仅是因为这块土地上曾出现过一批富甲一方的大商人，更有许多才高学富的文化乡贤，共同创造了明清时代富庶繁荣的丰溪文化。换句话说，明清时西溪南商人因具备较高的文化道德素养，而导致了经商的成功，如吴勉学、吴养春、吴廷等人，贾而好儒、亦贾亦儒是他们的为人本色，其留存至今的诗文作品就是最好的证明。这也是古代无数徽商的成功之道。

本书从构思到起草凡例，再到搜集查阅资料、分头写作、补充修改，直到最终定稿，前后历时约两年。其间我们曾反复地切磋讨论，数易其稿，虽不无案牍奔波之劳，但想到此书的出版多少能传承丰溪之文脉，使丰溪后人饮水思源，不忘先人的世德恩泽，为当今社会增添一点正能量，心里还是颇感欣慰。至于书中的阙误不足、编选失当之处，则有待于读者的评判指正。感谢徽学研究专家张艳红女士、许振东、吴晓春等先生为本书的写作提供的资料帮助，更要感谢出版社同志为本书的出版所付出的辛勤工作。